罪と眠る

ヤメ検弁護士・一坊寺陽子

田村和大

双葉文庫

罪と眠る

ヤメ検弁護士・一坊寺陽子

プロローグ

病室のドアが開いた。

その時が来た、来てしまったのだとわかり、桐生《きりゆう》一志《かずし》は隣に立つ弟の手を握る。晴仁《はるひと》の手は火照《ほて》り、湿っていた。

「一志くん、晴仁くん……入って」看護婦が二人を招く。

一志が顔を向けると、二人が暮らす施設の職員が優しくうなずいた。しかし足が動かない。

手を握りあったまま動かない二人を、看護婦が痛ましげに見る。その視線に反発を覚え、一志はようやく足を踏みだした。

部屋に入ると、大きな窓がまず一志の目を惹いた。夜明けが近いのか、遠く低いところの雲がオレンジ色に光っている。その輝きの一部が窓から射しこみ、部屋に一つきりのベッドをうっすらと金色に染めていた。

――ああ、送るための部屋なんだ。

一年前に母を亡くし、死がどういうものか一志はわかっているつもりだ。

死とは、温《ぬく》もりを無くすことだ。

棺《ひつぎ》に入った母親の頬の冷たさを、一志の指先はまだ覚えている。

死とは、肉体を無くすことだ。

一志は、夢で母と会うことがある。

母の胸にしがみつき、母が抱き返してくれる、ただそれだけの夢だ。目が覚めると、決まって枕が濡れている。そんなとき一志は、布団の中で身じろぎもせず、何かが体の中から去っていくのを待ってから、ゆっくりと身を起こす。辺りを見渡して母はいないと確認し、もう泣かないと何度目かわからない決意をする。小学四年生ながら、一志は、堪えるしかないことを知っていた。

そして今、病室のベッドには父が寝ている。白く薄い布団が、腰のあたりまで掛かっていた。

晴仁が一志の手を振りほどき、ベッドに駆け寄る。

一志は、父の死と同じくらいに、晴仁のこれからを怖れていた。晴仁は母の死から明らかに様子がおかしくなっていた。ぼうっとすることが多くなり、そうかと思うと訳のわからない言葉を呟《つぶや》きながら自分の頭を叩《たた》き続ける。そんな晴仁に、父の死がどのような影響を与えるだろうかと心配だった。

一志は、母を看取《みと》っていない。気が付けば、棺に入れられた母がいた。父は母がどのようにして亡くなったのか言わなかったが、葬儀のときに近所の人が〝首吊り〟という言葉をささやきあうのが聞こえた。そして、最初に見つけたのが晴仁だったという会話も。

ベッドにかじりついた晴仁を追おうとして、一志は足を止めた。

父の顔を見てしまった。頬は入院したときからこけていたが、今、その目は宙を睨《にら》み、唇は吊り上がり、歯は剝き出しになって食いしばられている。鬼、という言葉が一志の頭に浮かんだ。

そんな父の表情が目に入らないのか、晴仁は、ベッドに顔を埋めて泣いている。泣き声が耳に届いたらしく、父が首を回す様を、一志は固唾《かたず》を呑《の》んで見守った。

「さとう……」

嚙《か》みしめられた歯の間を縫って出たのは、思いもよらぬ言葉だった。

「なに、父ちゃん」晴仁が弾《はじ》かれたように顔を上げる。

「さとう……」

晴仁は数日ぶりの父親の声が嬉《うれ》しいらしく、大粒の涙を頬に残しながら笑みを浮かべて、「砂糖が食べたいの?」と無邪気に訊《き》いた。

父の目が、一志を捉える。そこに燃える憎悪に、一志は怖気《おぞけ》だった。

「わかった父ちゃん」とっさに口を衝《つ》いて出た。「わかったから」

いいながら歩み寄り、父の肩に触れる。

途端に、父の顔が緩《ゆる》んだ。

「すまない……」

父は、ため息をつくように最後の言葉を吐きだした。

1

十月の西陽が会議室に射しこみ、腰高窓のカーテンの刺繍《ししゅう》がミーティングテーブルの白い天板に陰影を描いている。エアコンの風が、その濃淡に微妙な揺らぎを与える。

十二年前に法律事務所を開いたとき、一坊寺陽子《いちぼうじようこ》は味気ないアルミのブラインドを嫌い、松ぼっくり柄《マザン》のイタリア産レースを窓に掛けた。

テーブルの向こうには、レース越しの光を背に受けて、桐生《きりゅう》弁護士が座っている。司法研修所で同期だった男だ。

——なぜ私の事務所に？

突然の来訪を告《つ》げられたときに抱いた疑問が、また浮かんだ。

鋭く光る桐生の双眸《そうぼう》は猛禽《もうきん》類を思わせ、紛争を生業《なりわい》とする弁護士に似つかわしいが、黒の半袖ポロシャツにノータックのチノパンが職業を不詳にしている。袖口から伸びる腕は褐色で、陽子は、法廷で初めて会ったときもよく日に焼けていたなと思い出した。

頑《かたく》なにも見える雰囲気は取っつきにくいが、ホームレスや生活困窮者の法律相談など、ほとんど儲けのない案件を数多く手掛けていると聞いている。同時に、弁護士会の集まりには滅多に顔をださず、同業者嫌いとも噂されていた。

その桐生が仕事を依頼したいと、アポイントもとらずに事務所に現れたのだから、陽子は驚いたというより面食らった。

「先に電話をくれればよかったのに。私がいなかったら、どうするつもりだったの」

事務員の中山静乃《なかやましずの》が煎茶を出してさがるのを見計らい、陽子は、非難めいた口調で切りだした。

「そのときは出直したさ。一坊寺先生は忙しいだろうから、わざわざ電話してアポイントをとるのも気が引けて」

桐生は悪びれるふうもない。湯呑みに手を伸ばして一口すすり、おいしい、と呟いた。

「佐世保《させほ》のお茶。でも玉露じゃないわよ」

「玉露は強すぎる。これはしっかり味があるのに飲みやすい。何というか、バランスがいい」

陽子は、毎月、馴染みの茶舗に足を運び、その時々で質が良さそうな茶葉を選んでいた。福岡という土地柄、九州産のものを選ぶことが多い。

桐生の賛辞に気をよくした陽子だったが、ここで甘い顔をしてはいけないと、

「アポなしでいきなり訪ねるほうが、相手に迷惑だとは思わないの」

とさらに問い詰める。

桐生が慎重な手付きで湯呑みを茶托に置いた。

「申し訳ない。アポをとって相談に来るような依頼者に縁がなくてな。皆いつも尻に火がついたように事務所に飛びこんでくる。時間があれば相談にのるし、時間がなくても

待たせて相談にのる。そんな生活だから、アポをとること自体、思い付かなかった。でも確かに、連絡もせずに会いにきたのは非常識だったかもな」

桐生は姿勢を正し、もう一度、申し訳なかったと、テーブルに額がつきそうになるまで体を傾け、これには陽子が慌てた。

「わかったから頭を上げて」

「話を聞いてくれるか」頭を下げたまま桐生がいう。

陽子は、下げられた頭の隅に白いものを見つけた。同期の頭に生えた白髪は、互いにもう若くはないと語りかけてくるようで、陽子は目を逸《そ》らし四十という自らの歳を思った。

「わかったといったでしょ、でも次の相談まで三十分もないから、そのつもりで」

顔を上げて桐生が目元だけで笑った。白髪があってもその笑みは若い。

「二つ事件を頼みたい。一つは殺人被疑事件の弁護人、もう一つは懲戒請求事件の代理人。殺人は俺との共同弁護で、懲戒は俺が依頼人だ」

陽子は桐生を見つめた。ふざけているのかと思ったが、桐生の目は真剣だ。

「……訊きたいことが多過ぎて困る」

「だろうな。時間はあるから、何でも訊いてくれ」

「あなたにはあっても、私にはない。このあと法律相談が入ってるっていったでしょ。話を要領よく聴くには、どちらの事件を先に聴くべき?」

「殺人事件は、懲戒事件を受任してもらうことが前提だ。だから懲戒事件から説明するほうがいいだろうな」

桐生は、隣の椅子に置いていた黒いリュックからクリアファイルを取りだし、テーブルに滑らせた。

「そいつを見てくれ」

陽子は中の書類に目を走らせた。

『懲戒請求事件の調査開始のお知らせ並びに答弁書提出について』

作成名義人は福岡弁護士会会長、名宛人は桐生晴仁となっている。

「貴殿に対し下記の懲戒請求者から別紙のとおり懲戒の請求があり、綱紀《こうき》委員会に事案の調査を求めましたので通知します。なお、正当な理由がなく下記期日までに答弁書を提出されない場合は、請求事由について争う意思がないものとして調査を進めることになりますので、念のために申し添えます。

記

事件番号　　福岡弁令和三年（綱）第三十一号

対象弁護士　　桐生晴仁

懲戒請求者　　鈴木《すずき》太郎《たろう》

答弁書を二部ご提出ください。提出の期限は十一月十五日までにお願い致します」

懲戒を請求された弁護士に送付される、弁護士会からの通知書兼答弁催告書だ。噂に聞いたことこそあれ、実物を目にするのは初めてだった。

大勢の前では決して口にされることのない、密《ひそ》やかにいい交わされる類いの、忌まわしい噂。通知書を受け取った日から、その弁護士は法曹資格を奪われ職を失うかもしれないという恐怖に晒《さら》されることになる。たとえ懲戒請求の理由がどんなに些細でどんなに理不尽であったとしても、「懲戒しない」という決定を受けるまで、そのプレッシャーから逃れることはできない。

陽子は嫌悪を感じながらも、職業的な習性で、得られる限りの情報を読みとろうと紙面を観察する。

答弁書の提出期限が十一月十五日ということは、請求書が提出されたのは九月ごろだろう。事件番号が三十一号ということは、今年になってから福岡県だけで延べ三十人以上の弁護士に対する懲戒請求がなされているということで、自分の知らないところでそれだけの弁護士が懲戒請求を受けているということだ。それにしてもこの鈴木太郎という、作り物めいた名前はなんだ。いったいこの男は桐生の依頼人か、相手方か。

「懲戒請求者とはどんな関係？」

「まったく知らない」

桐生が即座に断定し、陽子は桐生と視線を合わせた。

「まったく知らない人間が、あなたに懲戒請求を起こしたとでもいうの」

「本当に心当たりがないんだ」

確かに、懲戒請求は誰でもでき、弁護士と直接の面識がない人間でも可能だ。しかしそのようなケースは稀《まれ》だろうし、著名なわけでもテレビに出ているわけでもない桐生が、見ず知らずの人間から懲戒請求されるとは考え難かった。

「じゃあ請求原因はどう？　名前でわからなくても、請求原因から誰なのか見当がつくんじゃない」

「請求原因には、心当たりがなくもない。中の懲戒請求書を読んでくれればわかる」

それまでとは違う、奥歯にものが挟まったような口ぶりだ。

陽子は懲戒請求書を取りだしながら、

「でも、何で私に。はっきりいって、親しいわけじゃないでしょ」と訊いた。

事実、司法修習同期とはいえ、桐生との交流はなかったに等しい。

陽子が司法試験に合格したころはまだ法科大学院が存在せず、大学在学中に合格して卒業と同時に司法研修所に入った。裁判官や検察官、弁護士になるための法曹資格を取得するには、最高裁判所の附属機関である司法研修所で司法修習を受けなければならない。

司法修習は時代によって期間や内容が異なる。陽子の時代は、埼玉県和光市《わこう》にある研修所庁舎に集まっての座学が前期三か月後期三か月、前期と後期に挟まれた一年間が全国各地に散っての実務修習という合計一年六か月の修習期間だった。

その年の司法修習生は約千名、研修所での座学は十四クラスに分けて行なわれたから、クラスか実務修習地が一緒でもない限り、同期であっても顔も名前もわからない。だから桐生とは司法修習時代に面識はなかった。

司法修習を終えた陽子は検察官となり、その一年目、法廷で初めて桐生と顔を合わせた。陽子が公判を担当した事件で、桐生が弁護人を務めていたのだ。もっとも、検察官と弁護人という立場だから、相手が同期とわかっても親しく話をする機会はなく、新人同士、互いに与えられた任務を果たすのに精いっぱいだった。

その後、陽子は検察官を五年で辞め、郷里の福岡で法律事務所を開いた。

同期の多くは東京、大阪で就職ないし開業しており、九州第一の都市とはいえ福岡で働く者は十指に満たない。少人数ゆえにかえって忘年会や暑気払いといった懇親会が頻繁に開かれていたが、そういった集まりに桐生は顔を見せず、だから陽子は検察官として会って以来、桐生と話したことはなかった。

それなのに懲戒請求事件という、あまり他人に知られたくはない手続の代理人を自分に依頼してきたことを陽子は不審に思ったのだ。

桐生は、「懲戒請求書を見てくれ」と繰り返した。

陽子は書類を左手で持ち、いつもするように右上端を右手で摘まんでぱらぱらと頁《ページ》を送った。書類の構成を大雑把に把握するためだ。

一番上に懲戒請求書、その後ろに続くのは新聞記事をコピーした束だ。弁護士会が使用する、あまり上質ではないＡ４用紙に印刷されており、請求人が提出した原本を弁護士会がコピーして送ってきたものとわかる。ホッチキスの綴《と》じ方からして、肝心の懲戒請求書は一枚だけ、残りの新聞記事は証拠資料だろうと見当をつけた。

陽子は懲戒請求書を他から取り分けてテーブルに置き、両肘をついて読み始めた。

インターネットのどこかで見つけた雛形《ひながた》を利用したものらしく、懲戒請求書という標題の下に、「請求先弁護士会：福岡弁護士会」「日付：九月一日」「懲戒請求人氏名：鈴木太郎」とあり、その下に「懲戒請求人は貴会に対し下記の理由により下の弁護士を懲戒することを請求します」との一文が記載され、さらに「懲戒請求の理由」「懲戒対象弁護士」と題された欄がある。

その「懲戒請求の理由」の欄を見て、陽子は目を疑った。

ただ一文、〈桐生晴仁が佐灯昇《さとうのぼる》を殺した〉とある。

懲戒請求の理由としてはあまりに簡潔で、あまりに異様な内容だ。

禁固以上の刑になれば弁護士資格を失うから、殺人罪となれば弁護士は廃業だと陽子は思い、いやそうではなく、それ以前の問題だと思い直した。改めて見ると、「殺した」という文言自体が中傷めいている。

佐灯昇。どこかで聞いたことがあると、陽子は目を細めて記憶を探った。

「あのときの被告人……」

検察官として公判に立ち会い、桐生と初めて会った刑事裁判。佐灯昇は、その事件の被告人だ。

「よく覚えていたな」桐生は驚いた様子だ。

「検察官を数年やったら、担当した被告人は百を超えてるはずだ。それに、あの事件は自白事件で一回結審だったし、とっくに忘れているだろうと思っていた」

「初めて担当した、殺人の被告人だったから。でも、あまりよく覚えてない。あなたのいうとおり審理は一日で、私は捜査検事ではなく公判を担当しただけだった。埼玉の、熊谷《くまがや》支部の事件よね」

桐生のいうように、担当した被告人の名前を陽子はぜんぶ覚えているわけではない。検察庁は慢性的な人員不足で、いかに効率よく事件を処理していくかが重要であり、世間を騒がせた事件ならともかく、日々の業務で目の前を通り過ぎていく被告人をいちいち覚えてはいられない。

捜査検事は警察が送致してくる被疑者の勾留を裁判所に請求しつつ、記録に目を通して起訴に足りる証拠が揃っているかをチェックし、必要に応じて警察に補充捜査を指示しながら捜査部長や検事正の決裁を仰ぎ、起訴状を裁判所に提出する。公判検事は、捜査検事から引き継いだ記録を整理して裁判所に提出する証拠を決め、冒頭陳述と論告を起案（作成）し、弁護側証人への反対尋問を考える。

そんな日常においては被告人の名前など、事件管理に使用される一個の記号にすぎない。

「でもどういう意味かしら、この文章。佐灯昇は控訴もせずに服役したでしょう」

陽子は遠くから記憶を引きだし、朧《おぼろ》げな事実を確かめるようにいった。

「そう、一審判決は懲役十七年で未決算入が少しついた。そのまま確定し、服役している」

「だったらあなたに佐灯昇を殺すことはできないじゃない。荒唐無稽ね、まともにとりあう必要ないわよ」

陽子は明るくいいながら、壁掛けの電波時計を見た。次の相談の予定時刻、午後四時まであと十五分しかない。桐生が突然やってきて、準備する時間がなくなってしまった。

「だが、誰かがあの事件を理由に懲戒請求してきたんだ。それが誰なのか知りたい」

「意外と被告人本人だったりして。あなたの弁護活動に不満を持っていたとか。この請求は郵送みたいだし」

「刑務所からなら、刑務官が検閲したときに押す印が隅に付いてるはずだろ。これにはそれがない。それに刑務所から発信する手紙に偽名は使えないし、何より恨みを買うような弁護活動をした覚えはない」

「恨みを買ったかはともかく、もう出所してるかも。仮出所が認められてもおかしくない時期でしょ」

「いや、あいつは仮釈放を希望していない。まだ服役中だ」

本人の希望が仮釈放の条件であることは、検察官だった陽子も知っている。

「彼と連絡をとってるの」

「ごくたまに葉書が来る。仕方ない、唯一の親族なんだから」

その言葉で陽子はまた思い出した。

目の前にいる桐生は、佐灯の従兄弟《いとこ》だ。だから弁護士に成りたてだったにもかかわらず佐灯の弁護を引き受けた。福岡に戻ってきてから知ったが、桐生は佐灯事件のせいで就職したばかりの大規模法律事務所《ローファーム》を辞めざるをえなかったという。懇親会の席で噂好きの同期から聞いた話だ。

沈黙した陽子に何かを察したのか、桐生がいった。

「事件のあと、あいつに残された親族は俺だけさ。友人もいない。あいつは事件まで家に引きこもっていたからな。それで、仮釈の身元引受人になってやってもいい、と書き送ったんだが、断ってきた。仮釈は希望しない、と」

引きこもっていた、との桐生の言葉で、事件の輪郭をさらにうっすらと思い出す。

そう、あれは引きこもりの青年が両親を刺した事件だった。被告人は高校に入学したものの不登校になり、家からも出なくなった。数年が経ったある日、生活態度を窘《たしな》めた父親と争いになって、間に入った母親もろとも包丁で刺したのだ。

僅かの間だがぼんやりとしていたのだろう、桐生が「どうした」と声をかけてきた。

「少しずつ思い出してきた。桐生くん、自首に付き添って警察に出頭したのよね」

桐生はうなずき、そのときの光景がよみがえったのか、眉間《みけん》に皺《しわ》が寄った。人二人が殺された現場なのだから、凄惨さは想像するに余りある。しかもそこに倒れているのは叔父と叔母だ。衝撃はどれほどのものだったかと陽子は慮《おもんぱか》った。

「きつい思い出よね、ごめん」

桐生は首を振った。

「いいんだ。ともかく佐灯の家は事件で絶えているし、友人もいないとなれば、昇のことを気にかける人間なんていないはずだ」

「するとこの鈴木太郎という人間が誰か、確かに気になる」

「だろう？」

「心当たりはない、というのは間違いない？」

「ない」桐生は語気を強めた。「そこできみに代理人を引き受けて欲しいんだ。もちろん報酬は払う」

「ちょっと待って。私が代理人になっても請求人の素性を探れるとは限らない。懲戒手続は、保秘性の高い綱紀委員会が調査を担当するんだから。それに、こんな箸にも棒にもかからない理由なら、答弁書さえ出せばあっさり『懲戒しない』と決定をする可能性が高いと思う」

「それじゃ困る、請求人が誰かわからない。俺としては、鈴木太郎が誰なのか突きとめたい」

「自分でやりなさいよ。わざわざ代理人を付ける必要はないでしょう。それに、検察官として扱った事件だから私には公務上の守秘義務もあるし」

「検察官として知ったことを教えてくれというわけじゃない。佐灯事件と俺の懲戒請求事件は別物だから、守秘義務は問題とならないはずだ。それに、事件を受任した弁護士でなければできないこともあるだろ」

「つまり、自分の手足となって動く弁護士が欲しいってこと？」

陽子が声を尖《とが》らせ、桐生は驚いたように身を反らせた。

「まさか、そんなことは考えてないさ。普通の民事事件のように、代理人としてきみの判断で動いてもらって構わない。もちろん重要な判断をするときは相談してもらうが、それは普通の業務でも一緒だろ。きみに、ああしろこうしろと指図するつもりなんて、これっぽっちもない」

会議室の外が騒がしくなった。壁掛け時計を見ると、四時まで五分を切っている。次の相談者がやって来たらしく、中山が応対しているようだ。

「もう一つの事件の内容は？」

陽子は早口で訊いた。

「被疑者は十七歳の女の子で、少年事件だ。父親を包丁で刺し殺したと、昨日、母親に連れられて警察に出頭し、逮捕された」

「親族殺の自白事件……佐灯事件に似てるわね。当番弁護士で回ってきたの」

「いや、少年を知っている人間から頼まれた」

桐生のいう「少年」は、少年法の適用対象となる未成年者のことで、男女を問わない。

「少年の知り合い、ということは母親ではない？」

「ある団体の職員だ。少年は、父親から虐待を受けて児童相談所に一時保護されたことがある。そのときの受け入れ先がその団体関連の養護施設で、事件を依頼してきた職員は少年のソーシャルワーカーだった。そいつによれば、虐待には性的なものも含まれている」

桐生がいい、陽子はとたんに胸が苦しくなった。

「なんで一時保護が解かれたの」

「父親は虐待を否認して母親も父親に肩入れし、本人もはっきりとは虐待の被害を訴えなかった。それでも児童相談所は粘って保護期間を引き延ばしたが、最後には親元に返さざるをえなかった。それが半年前のことらしい」

会議室のドアがノックされた。立ちあがってドアを薄く開くと、中山が立っていた。

「次の相談者の方がお見えです。応接室にお通ししました」

「すぐ行く」

陽子はドアを閉め、席に戻った。

「なんで一人でやらないの。二人分の弁護士報酬が出るとは思えないけど」

桐生が懲戒請求書を指差した。

「懲戒請求手続があるからさ。仮に懲戒となったら、弁護士活動ができなくなるかもしれない」

「いくら何でも気にしすぎ。こんな請求理由で懲戒になるとは思えない」

「万が一ということもある。それに少年は女の子だ、同性の弁護士のほうが何かとスムーズだろう。報酬については最悪でもきみの分は俺が何とかする」

時刻はすでに四時を回っている。

「とりあえず最後の質問。私を選んだのはなぜ」

「佐灯事件のことを知っている弁護士は、全国広しといえどもきみの他にいない」

陽子が口を挟もうとし、桐生は待ったというように手をあげた。

「事件のことは忘れていたといいたいんだろ。だが忘れていたとはいえ、きみは俺の弁護活動を実際に見ている。そこから鈴木太郎に結びつく、何らかのヒントが得られるかもしれない。それに同期だし。正直、ほかに誰に頼んでいいかもわからないんだ」

「同期でも今までほとんど話したことがない。誰か親しい弁護士に頼んだら」

「親しい弁護士なんて、いないのさ」

「あなたは公益活動に積極的だと聞いてる。そっちの活動で仲良くしてる弁護士はいないの」

「悪いが、俺がやっているのは弁護士の仲良しクラブじゃない。ＮＰＯや任意団体の人たちと一緒に闘っている。きみは炊きだしをやったことがあるかい？　余剰食糧を求めて飲食店を回ったことは？　クスリが欲しくてたまらず、そんな自分が嫌で死にたいと思う男の話を、徹夜で聞いたことは？」

陽子は黙りこんだ。桐生はテーブルに置いていた両手を広げていう。

「親しい弁護士なんていない。何度もいわせないでくれ」

言葉とは裏腹に口調は明るく、親しい弁護士がいなくて幸いといった様子だ。

「わかった」

いいつつ、陽子はため息をついて本意でないことを示した。

「両方とも引き受けるけど、懲戒手続で請求人の素性を確かめることは法律行為じゃないから受任の目的には含めない。そこははっきりさせておく」

弁護士の業務は、法律上の権利義務に関することに限られる。例えば、浮気を突きとめる行為は、それ自体は事実の発見を目的とする行為だから弁護士業務とはならない。不貞による損害賠償請求や離婚といった法律問題を受任した場合のみ、その前提事実として弁護士は浮気を調査することができる。

「弁護士法は俺も知っている。委任契約の目的にはならなくても、手続過程でできる限り調べて欲しい」

「できる範囲でね」

今度は陽子が両手を広げた。

「申し訳ないけど、今日はここまで。日を改めて打合せをしましょう、いつがいい?」

「きみに合わせる」

陽子は手帳を開いた。

「明後日の午後一時から」

「いいだろう。弁護人選任届は俺が被疑者からもらっておく。懲戒請求事件の委任状も用意する。ほかに必要なものはあるか」

「佐灯事件の記録は残ってる?」

「俺が手掛けた初めての刑事事件だからな、記念にすべて保管してある。ただそれをきみに見せてよいものか……」

「理屈上はダメかもね。じゃあ請求人の追及は諦める? 懲戒請求人は事件関係者の可能性があるのよ」

陽子がこれ見よがしに壁掛け時計に目を遣《や》ると、桐生は「わかった。事件記録も用意する」と苦笑いし、立ちあがりながら「着手金は、両事件とも五十万ずつでいいか」と訊いた。

「懲戒事件はちょっと多いわね。三十万でいい。出来ることは限られそうだし」

「だったら、しっかり働いてもらうためにも五十万を受け取ってもらわないと」

陽子は、立ちあがった桐生を送りながら、

「報酬金を高く設定する方法もあるし、細かいところは明後日つめましょう。さあ、帰ってちょうだい」と、笑みを含ませた声でいった。

2

陽子が玄関で靴を脱いでいると、市川史郎《いちかわしろう》の間の抜けた声が耳に届いた。

「ようこ～」

返事をせずにキャリーケースの車輪を除菌シートで拭いて框《かまち》に上げ、リビングに通じる廊下を牽《ひ》いて歩く。ケースには今夜中に目を通しておくべき訴訟記録が収まっている。十四階建てマンションの十三階に位置する3ＬＤＫの部屋は、三年前に陽子が購入したものだ。

リビングに入ると、寝ていたらしい史郎がソファの背もたれから顔を覗《のぞ》かせた。髪に寝癖がついている。

「いまなんじ？」

「八時ぐらいじゃなかと」

「ヤバッ」史郎がソファから下りた。

「メシの約束しとったい。八時に大名《だいみょう》で」

「もう過ぎとうよ。誰とね」

陽子は寝室に入り、クローゼットから部屋着を出してジャケットとスカートを脱ぐ。

「蝶野《ちょうの》さん。出資するかもしれん人を紹介してくれるって」

蝶野は、甘棠館《かんとうかん》高校の史郎の二つ上の先輩だ。福岡市にある甘棠館は、江戸時代の藩校の流れを汲んでいるだけあって九州大学への進学率が高く、県下一の公立高校といわれている。

陽子と史郎は甘棠館の同級生だ。だから蝶野は陽子にとっても先輩ということになるが、会ったことはなく、会いたいとも思わず、できれば史郎にも近付いてほしくないと思っていた。OB・OG会で蝶野の評判を訊いて回ったところ、「ヤバイ商売をしてるらしいから気をつけろ」という忠告ばかりが返ってきたからだ。

「陽子が帰ってくるのを待っとったと。手持ちが少なくて、蝶野さんと食事するには心細かけん」

陽子はワイシャツのボタンを外す手を止めた。

「昨日あげた三万円は」

「スロット。あ、負けたんじゃなかよ、トントンやった。やけど、ちょっとだけ減ったけん」

嘘だ、と陽子は思った。史郎のスロットの遊び方は知っている。勝っているうちに引きあげるということを知らず、金がなくなるまで、あるいは時間の許す限り遊び続ける。ホールの開業中に引きあげるのは、他に用があるときか、金を使い果たしたときだけ。待ち合わせが八時なのに、それまで遊ばないで、寝癖がつくほどソファで寝ていたのだから、早々と有り金をはたいてしまったに違いない。

陽子がそこまで考えたとき、いつの間にか忍び寄っていたらしい史郎の体温を背中に感じた。ワイシャツの襟口から差し入れられた史郎の右手が、ブラジャーの上から陽子の左胸を包む。抗《あらが》おうと陽子は左手で史郎の右腕をつかんだが、今度は史郎の左手が陽子の内股を撫で、ショーツにまで這い上がってきた。

「いくら?」

「三万でいいよ」

陽子は、力の緩んだ史郎の手から逃れ、ハンドバッグから財布を取りだし、三枚の万札を抜いて史郎に差しだした。

「今度の事業が上手くいったら、必ず返すけん」

史郎は、恭々《うやうや》しく両手で受け取ったがすぐに無造作に折りたたみ、ズボンの尻ポケットに突っこんだ。陽子の体を引き寄せ、陽子の髪を優しく摑んで顔を反らせ唇を吸う。

「帰りは遅くなると思うけん」

上機嫌にいい、玄関へと向かう。

陽子は、乱れたワイシャツを整えることも脱ぐこともせず、ベッドに腰かけた。

十分以上かけて気を取り直すと脱衣所に向かい、ワイシャツや下着を脱ぎ捨て、バスルームでシャワーを頭からあびる。

史郎の無心はいつものことだ。きっと彼なりに気を遣っているに違いない。だから金を渡したあとにキスをした。陽子は自分にいい聞かせる。

髪の表面で弾かれていた湯が次第に中へ浸みこんでいく。陽子は半ば無意識に後頭部へ手をやり、そこにある傷痕に触れた。すぐに手を下ろし、首の後ろで髪を絞る。

顔を上げると湯が体の前面にあたった。四十を過ぎた肌理《きめ》は、粗くはないまでも滑らかともいえず、昔のように水が玉になることもない。陽子は水の流れから目を逸らして、ふたたび湯を頭からかぶった。

ふと、検察官を辞めるとき髪を思い切り伸ばそうと決めたことを思い出した。

検察実務の第一線にいる間はヘアスタイルに気を遣う余裕はなく、ミディアムからセミロングの間を行き来していた。美容室には滅多に行けず、その場凌ぎに髪を整えていたら必然的にそうなったのであり、女性検察官の多くが似たようなものだ。

しかし、検察官になろうと陽子に決心させた司法研修所の検察教官は綺麗な黒髪を背中まで伸ばしていた。東京地検特捜部で女性初の副部長となった、四十半ばの検察官だった。

3

陽子が修習生のころ、検察官志望者は少なく、検察庁はリクルートのために優秀で魅力的な人物を教官として研修所に送りこんでいた。

それでも修習生の間では、せっかく法曹資格をとるのだから自由業の弁護士になるのが当たり前、独立性が確保されている裁判官ならまだしも、上意下達の検察庁で窮屈な宮仕えする奴の気が知れないという雰囲気だった。

そんな中、一人ひとりが独立官庁として警察を指揮し、特捜部に入れば首相すらも逮捕できるという検察官の魅力を説き、国家ではなく国民のための仕事だと笑顔で語る検察教官は、陽子にとって新鮮だった。修習日程が進むにつれ、陽子のクラスでは検察官を志す修習生が確実に増えていった。

「一坊寺さん」

その日、講堂で東京地検特捜部長の講演を聴き終え、教室に戻ろうと階段を一段上ったところで陽子は教官に声をかけられた。

「今日の講義が終わったら、検察教官室に来てもらえる？」

周りの修習生が、ちらちらと二人を見ながら階段を上っていく。

「何か？」

起訴状や冒頭陳述、論告の起案といった検察講義の試験成績はクラスの上位で、教官に呼びだされる心当たりはない。陽子は自分の家族事情からして検察官にスカウトされるとは考えていなかった。

「進路のことについて、ちょっと話を聴きたいの」

「でも、私は……」

「お父さまのことなら承知の上よ。ともかく、教官室に。よろしくね」

講義終了後、教官室に出向いた陽子を、教官は部屋の奥へと導いた。パーティションに囲まれた会議テーブルの隅に陽子が腰を下ろすと、斜向《はすむ》かいに座った教官は口を開いた。

「修習終了後の進路は、弁護士？」

陽子はうなずく。

「どこか内定をもらっている？」

「いえ、まだ。実務修習中に、福岡の事務所を回ってみようかと」

「東京と違って福岡はまだ売り手市場らしいから、一坊寺さんならきっといい事務所が見つかるでしょう」

そんなことはありません、と小さく首を振る陽子を見て、教官は微笑んだ。

「でも、私はもったいないと思う。あなたには検察官の素質がある」

「もったいない？　素質？」

思わぬ言葉に、陽子は教官の顔を見つめた。

「あなたの起案は、どれも事件の全体像を見てとろうとする姿勢が表れている。ヤマを見ている、と感じたわ」

「ヤマを見る、ですか。ヤマって、事件のことですよね」

教官は、束ねた長髪を揺らして首を横に振る。

「ちょっと違う。刑事司法で事件というとき、それは犯罪の要件に該当する事実を指す。でも、ヤマというのは、構成要件該当事実に限られない、生の事実のこと。いい換えれば、法律を適用する前の、世の中で起きた事実をあるがままに捉えたもの。ヤマを見るとは、世の中の出来事を把握する能力、といえばいいかしら」

説明を聞いても、陽子の困惑は消えなかった。

「事件、との違いがよくわかりません」

「そうね、法律家は、法律の要件に該当するかどうかで事実を取捨選択していく。これはわかるわね」

はい、と陽子はうなずく。

「取捨選択するには、その材料となる事実を集める必要がある。でも法律家は、事実収集の段階でも、法律要件に該当しそうかどうか考えながら集めていく。そして法律家として優秀であればあるほど、その傾向は強くなっていく」

「何となくわかります」

陽子は、裁判官志望の修習生たちの、法律至上主義ともいえる物の見方を思い出していた。

「でも、それだと、人の想いや、苦しみ、絶望といったものは零《こぼ》れ落ちてしまう。それでは世の中の出来事をあるがままに見たとはいえず、ただ表象をなぞったにすぎない。私たち検察官は、表象の下にある、人の感情や想い、欲望や主義主張といったものをひつくるめて出来事を把握すること、つまりヤマを見ることに長《た》けていなければならない」

陽子は、教官の熱弁に圧倒されていた。

「あなたがヤマを見ようと努力しているのは、あなたの起案を見ればわかる。どう、検察官を志望してみない?」

陽子は視線を落とした。いつの間にか拳を強く握っていて、開かずとも手のひらに汗をかいているのがわかる。教官の言葉に心を揺さぶられていたが、心の中には抜き去りがたいわだかまりがあった。

「でも、私は……」

「お父さまが公職選挙法違反で有罪判決を受けたことは知っている。でもそれはあなたの入庁に何の障りもない。親は親、子は子よ。そこを履き違えるほど度量の狭い組織ではないわ」

——違う。

教官にいいたかった。父は無実だった。有罪にしたのは、警察と検察だ。

陽子が高校生のときに県議会選挙があった。工務店を営んでいた父親は新人候補者の選挙事務局長を務め、候補者は見事に当選する。

しかし陣営が喜びに浸ったのも束《つか》の間《ま》、県警捜査第二課が、選挙区で住民にビールを配ったとして、陽子の父と事務局員を逮捕した。

陽子の父は否認した。しかし、事務局員の「陽子の父の指示で配布した」という証言によって、執行猶予付きの禁固刑を受けた。連座制が適用されて新人議員の当選は無効となり、彼と最後の一議席を争った、それまで連続五期当選中だった重鎮が県議に返り咲いた。

「俺は本当に知らんかった」判決言渡し後の法廷で、陽子の父は力なくいった。「事務局長じゃなかと連座制の適用が難しかけん、俺が狙われたったい」

ビール配布を自白し、父親の法廷で証言した事務局員は、なぜか不起訴になっていた。

ビールが配られたかどうか陽子にはわからない。わかっているのは、たとえ配られていたとしても、父はそれを知らなかったということだけだ。

有罪判決の影響は大きかった。建設業法上、禁固刑以上に処せられた者は建設会社の取締役になれず、陽子の父は工務店を手放すしかなかった。家計は苦しくなり、一時は陽子の大学進学も危ぶまれたが、奨学金のおかげで進学を諦めずに済んだ。

県議に返り咲いた重鎮は、県議会警察委員会の委員長を長年務めており県警幹部と仲が良く、事務局員は取調べ検事に不起訴をちらつかされて事務局長の指示だったと証言したらしい。そう父親が悔しそうに陽子に語ったのは、大学に入った直後だった。

——断ろう。父のような冤罪《えんざい》被害者をださないよう弁護士として活動する。そのために司法試験の勉強をしたのだから。

そんな陽子の思いに気づくことなく、教官はしゃべり続ける。

「一坊寺さんは刑事裁判や刑事弁護の教科も優秀なようだし、刑事事件に興味があるんでしょう。日本で有罪無罪を決めるのは検察官であって、裁判官でも弁護人でもない。私たち検察がスクリーニングし、間違いなく有罪の者だけを起訴する。有罪率九十九パーセントは日本の刑事司法が病的なようにいわれる数字だけれど、それは検察官がしっかりと証拠を見極めて、有罪の者だけを起訴しているから。弁護人が無罪にできるのは裁判になった人のみだけれど、検察官は、それ以前の、起訴するかどうかを決める時に冤罪を防ぐ。日本で本当に冤罪を生まないよう努力し、そして実際に冤罪を防いでいるのは検察官よ」

——だったら、父はどうなるのだ。

「でも残念なことに、まだ完全ではない。有罪率九十九パーセントということは、残り一パーセントは無罪になったということ。それは検察官が無罪になる起訴を防げなかったということでもある。無罪の一パーセントを無くすために、ヤマを見るあなたに検察官になってほしい」

無罪になる起訴を防ぐ。その一言が陽子の耳に残った。

検察官には、起訴便宜主義という、被疑者を起訴するかどうかの裁量が与えられている。この起訴裁量は検察官だけのものであり、警察にも、裁判所にも、弁護士にも与えられていない。だが陽子は、その起訴裁量は、有罪の者を検察官が温情で不起訴にするためのものと思っていて、無実の者を解放するために機能していると考えたことはなかった。

――父の事件の検事が教官だったら。

ひょっとして結果は違っていたのかもしれない。父は起訴されず、失職した新人議員が家に押し掛けてくることもなく、自分があんな目に遭うこともなかったかもしれない。

「考えさせてください」

答えた陽子の胸の内は、半ば決まっていた。前期修習の最終日、検察官を志望すると伝えたとき、教官は陽子にいった。

「これからの正義を担うのは、あなたよ」

正義、という言葉に陽子の気分は高揚した。

――そう、私は私のやり方で、私の正義を実現する。

その年、陽子のクラスから検察庁に入庁したのは十二名で、これは格別の数字といえた。

入庁してから陽子は、教官は検察庁が司法研修所に送り込んだリクルート要員で、リクルートした人数が、そのまま教官の評価につながるということを知った。

結局、検察庁に勤めている間に、陽子が正義を感じることはなかった。

ヒラの検察官は、検察官一体原則のもと、部長や次席といった上席検事の指揮監督を受け、上席の意向に沿って事件を処理する。

捜査検事であれば上席の描く事件の絵図を呑みこみ、その絵に合うように証拠を組み合わせて起訴する。公判検事は裁判官の顔色を窺いながら証拠を追加していき、万が一にでも無罪がでないよう、証人を宥めすかし、時には脅して検察に有利な証言をさせる。

思うままに警察を指揮して真相を突きとめ、被疑者を不起訴にするというのは幻想にすぎないと陽子は思い知った。

あるいは、次席検事や検事正になれば、自由に起訴裁量を振るえたのかもしれない。だがそのためには同期との競争を勝ち抜かねばならず、その競争というのが、より大きな犯罪で、より多くの有罪を獲得して上層部の歓心を買うことだと知ったとき、自分にその意欲も気概もないことを陽子は悟った。

東京地検の公判部長に退官願を提出し、その日から伸ばし始めた髪は、福岡の地で一坊寺法律事務所を開所するころには肩甲骨を越えた。

ストレートな髪質だからあまり気にしなくていいと美容師にいわれたが、他人に手を入れてもらいながら髪を伸ばす贅沢《ぜいたく》を味わいたくて足繁く美容室に通い、一時は腰までの長さになった。髪結いの楽しさも覚え、髪を結うならついでに和服をもと着付け教室に入り、ならば茶道も習おうとカルチャーセンターに通ったが、これではまるで花嫁修業だと我に返った。

途端に恥ずかしくなって髪を短くし、髪を切ったことで依頼人から何をいわれるかと心配したものの、みんな気づいていないのか、気づいていても関心がないのか、「失恋したんですか」などと発言する者はおらず、それはそれで物足りない気がした。

依頼人の関心事は、弁護士という肩書の力でいかに早く、いかに多くの経済的利益をもたらしてくれるかに尽きる。開業一年目でも弁護士は弁護士で、依頼人の悩みを独りで引き受け、事件を解決し、依頼人に満足を与えなければならない。

そう気づいてから陽子は髪に拘《こだわ》ることを止め、以来肩先で揃えている。

4

桐生との打合せ日は、朝から湿度が七十パーセントを超え、昼前には気温も三十度に近付いた。十月に入って一週間近くになるというのに、まだまだ真夏日が多い。

陽子は、事務所近くの蕎麦屋《そばや》でランチをとり、肌にまとわりつく空気から逃げるようにして事務所に戻った。会議室で中山の淹《い》れたコーヒーを飲みながら、新聞記事のコピーを読みながら桐生を待つ。

記事は三日前の殺人事件を報じるもので、中山が市の図書館で集めてきた。各紙とも同じような大きさで、一段十五行程度の小さなものだ。

——昨夜、山下寿宏《やましたとしひろ》さん方で寿宏さんが刺されて死亡した。警察は、母親に連れられて博多中央署に出頭した寿宏さんの長女を殺人の疑いで緊急逮捕した。警察は経緯について慎重に捜査を進めている——家庭内の事件で被疑者は未成年、母親とともに自首したといった事情から大きな扱いにはならなかったのだろうと陽子は思った。記事から得られる情報は乏しく、桐生を待つしかない。

陽子は、記事の傍らに置いていた、表紙が薄く変色した大学ノートを手にとった。検察官時代にメモ帳として使用していたノートだ。

佐灯事件は検察官として担当した事件だから、陽子の手元に事件記録は残っていない。そこで大学ノートを引っ張りだし、佐灯事件に関するメモがないかと探してみた。

残念ながら事件そのものについての記録はなかったが、事件を担当した時期の頁に、佐灯昇のイニシャルであるN・Sという文字と、

「熊谷支部の応援」

「支部長から、公判は一回結審だろうと」

「公判前整理手続に慣れさせるためか。弁護人は同期？」

という走り書きがあった。

公判活動の詳細は検察庁の専用の簿冊に記入することになっており、大学ノートはあくまで個人的な備忘メモだ。それにしてもそっけない三行の文章は、陽子にとって佐灯事件が重要ではなかったことを示している。

「熊谷支部の応援」というのは、新人として配属された東京地検公判部から、さいたま地検熊谷支部へ応援人員として派遣されたということだ。新任検察官は全員が東京地検

へと配属され、そこで一年間のOJT（オン・ザ・ジョブ・トレーニング）を経た後、全国の地検に赴任する。そのOJT期間中に関東近辺の地検に派遣されることがあり、応援という名目ではあるものの実体は研修の延長だ。

陽子はさいたま地検熊谷支部に派遣され、公判検事として佐灯事件を担当することになった。佐灯事件は殺人事件でありながら、自白事件で証拠が揃っており、支部長のいうように「一回結審」、つまり起訴状朗読から論告求刑・弁論まで一日で終わる簡単な事件と見込まれ、研修の素材となったのだろう。

「公判前整理手続」は、当時裁判員裁判導入に向けて新設された手続で、検察官と弁護人が主張や証拠を互いに開示しながら裁判の争点を詰めていく手続だ。

佐灯事件は裁判員裁判が始まる前の事件だが、公判前整理手続の対象にはなっており、陽子も、弁護人である桐生から請求された証拠を開示した覚えがある。

――そういえば、この手続の最中に弁護人の桐生くんが同期だと知ったんだっけ。

陽子は「弁護人は同期？」という文字を眺める。

それまで陽子は、新人として日々の業務をこなすのに忙しく、弁護人が誰であるか気にかけたことはなかった。

しかし公判前整理手続では、検察官は弁護人と頻繁に連絡をとる必要がある。桐生の極端に丁重な物いいと、国選弁護人ではなく私選弁護人であることに興味が湧いて、支部にあった日弁連発行の弁護士名簿で桐生を調べてみた。ところが名簿に名前がなく、陽子が戸惑いながら日弁連事務局に問い合わせたところ、新規登録の弁護士であるため発行済みの名簿には掲載されていないといわれ、桐生が同期だとわかった。

「自首に関連する証拠の開示時期がいつになりそうか、お伺いしたいのですが」

恐る恐るといった様子で電話をかけてきた桐生に、

「開示準備が整いましたので、後ほど一覧表をファックスします」

とまずはよそ行きの声で答え、

「ところで桐生先生、昨年十月に研修所を卒業されたそうですね、私もそうなんですよ」

と、陽子なりに打ち解けた口調で話しかけてみた。「同期？　研修所は何クラスでした？　実務修習地はどこ？」といった反応を期待したのだが、桐生は、うろたえたように「そうですか」というと、「ファックスお待ちしています、失礼しました」と慌ただしく電話をきり、陽子は肩透かしをくらった。

法曹の中には、同期というだけで親しげに振舞うのを嫌う者もいる。あるいは、状況次第で激しい論争にもなりうる証拠開示の場面で、同期だと告げた陽子が馴れ馴れしく見えたのかもしれない。その後陽子は桐生に積極的に話しかけることはせず、いつものように淡々と事務処理に努めた。

だから福岡に帰ったときも桐生がいることを知らず、福岡在住の同期が歓迎会を開いてくれたとき、唯一の欠席者が桐生であると教えられて初めて知った。

――遅い。

ノートから顔を上げて壁掛け時計を見ると、約束した午後一時を十分過ぎている。

陽子はさらに五分待ってから、サイドデスクの電話機で桐生法律事務所に電話をかけたが、いつまでたっても誰もでない。フックボタンを押し、もう一度電話をかける。やはり呼出音が鳴るばかりだ。

いくら同期でも連絡なしに遅刻するのは非常識だと陽子は苛立《いらだ》ち、一方で、事故にでも遭ったかと不安も芽生えた。携帯電話にかけたいところだが、あいにく番号を聞いていない。

陽子はスマートフォンを取りだし、少し躊躇《ためら》ってから、福岡の同期でただ一人の女性弁護士に電話をかけた。

〈陽子、久しぶりじゃない。どうしたの〉

「沙耶華《さやか》、ちょっと桐生くんに連絡をとりたいことがあって、彼の携帯番号を知りたいんだけど」

〈桐生くん？　あなたと彼に繋がりなんてあった？〉

「同期という繋がり」

受話口の向こうで、あははと明るい笑い声が上がった。

〈それなら私も一緒。だけど、私は彼の携帯番号に興味はないわよ。ね、いいなさい、どうしたっていうの〉

陽子は内心ため息をついた。電話を躊躇ったのは、彼女がせんさく好きおしゃべり好きだからだ。桐生に関する陽子の知識も、彼女の噂話に拠《よ》っていた。

「どうもしないわよ。ただ会務の関係で連絡をとりたいだけ」

〈だったら事務所に電話すればいいじゃない〉

「しました。二回電話しても誰もでない。だから携帯に電話したいの」

〈会務ってなんなの。彼が弁護士会の活動をしてるなんて、聞いたことないけど〉

「綱紀の関係」

〈え、彼、綱紀委員会だったの！〉

嘘はついていない。調査する側か、調査される側かを伏せただけで、勘違いしたのは彼女の勝手だ。ちょっとした罪悪感に、陽子は心の中でいい訳をした。

〈彼、同期会に来ないから、何やってるのかイマイチわかんないんだよね。こっちで事務所を開いたときも、何の挨拶もなかったし〉

「へえ、事務所披露式はやらなかったんだ」

余計なことと思いつつも訊かずにはいられなかった。

弁護士が新たに事務所を開くとき、親しい弁護士や同期を新事務所に招いて立食形式のパーティを開くのが慣例だ。事務所のお披露目の意味合いのほか、祝儀を集めて開所費用の足しにするという目的もある。

〈そうなの、糸島《いとしま》に法律事務所ができたと聞いて、それが同期の事務所と知ったときは

ビックリしたわ〉

「そういえば桐生くん、なんで糸島で事務所を開いたんだろ。もともと東京で働いてたのよね」

〈よくわかんない。福岡に知り合いがいて、ローファームを辞めたときに勧められたらしいって話は聞いたことがあるけど〉

さすが噂好き、よくわかんないといいつつ充分詳しいと陽子は呆《あき》れた。

〈まあ、天神《てんじん》や大名といった中心街より家賃は安いし、それなりに人口はあるし、新人弁護士がいきなり開業する場所としては目の付けどころは悪くないわ〉

糸島市は福岡市に隣接し、人口は十万人ほど、その中心駅である筑前前原《ちくぜんまえばる》駅は福岡市街地から電車で四十分ほどだ。農業や漁業といった第一次産業が盛んで、最近では観光地としても栄えつつある。

「で、桐生くんの番号、知ってるの」

〈知らないけど、糸島の大御所、高藤《たかふじ》先生に聞いてみればわかるんじゃない。なにせ法律事務所が三つしかないんだし〉

福岡近郊にもかかわらず糸島に法律事務所は少ないと陽子も知ってはいたが、まさか三つしかないとは思っていなかった。

〈市役所の法律相談とか融通しあってると思うから、携帯は互いに把握してるでしょ〉

「高藤先生って、消費者委員会委員長の？　私、あんまり知らないんだけど」

〈だったら私が聞いたげる。その代わり、桐生くんと何かあったらすぐに報告しなさいよ、楽しみにしてるから。ついにあんたも結婚かしら〉

「だから違うって」

〈いいじゃない、桐生くん。顔は悪くないし、体もスマートだし。たまに裁判所で見るといつもポロシャツで、服のセンスはイマイチだけど、それも見方を変えれば野性味あふれるって感じで、法律家っぽくなくていいんじゃない？　あんた、結婚相手に法律家は嫌だっていってたじゃない〉

「だから……」

〈あんた真面目だから遊んでないでしょ、男との飲みに誘っても全然来ないし、かと思えばどうしようもないダメンズ飼ってるし。可愛い顔してるからって世間を舐めちゃだめ、もう四十なんだから。うん、いいと思うよ桐生くん。さっそく高藤先生に聞いてあげるから。じゃあね〉

陽子は軽い目眩《めまい》を覚えながら電話をきった。仕事はできる人間だから、おっつけ連絡があるだろう。

机上のパソコンでメーラーを起ちあげ、新着メールを確認する。もしや桐生からメールが入っていないかと思ったのだが、そんなことはなく、弁護士会からのメールだけがたまっていた。陽子の所属している総務委員会の次回会議の予定議題と資料、それに全会員向けの弁護士会館休館日の連絡。最後のメールはプリントアウトして中山に渡しておかなければならない。

印刷したメールを持っていくと、中山は、左手に銀行名が印刷された封筒を持ち、右手の指を顎に当てていた。

「どうしたの」

「あ、先生、ちょうどよかった、これが桐生先生から届きました」

中山が封筒を陽子に差しだす。机には開封されたレターパックが置いてあり、中山がそれに目を遣《や》って「これに入ってたんです」といった。

陽子は封筒を受けとり、その重さに嫌な予感を覚える。中を覗くと、予想どおり帯封された札束が一つ入っていた。取りだしてみると、万札を束ねる淡黄色の帯に赤字で銀行名が印刷され、福岡支店の角印が押してある。

陽子は札束を封筒に戻して机に置き、レターパックに同封されていた書類に目を通す。

「あいつ！」

書類は、弁護人選任届と委任状だった。

弁護人選任届は捜査機関や裁判所に提出する書類で、「被疑者に対する殺人被疑事件について、弁護士一坊寺陽子を弁護人に選任しましたので連署をもってお届けします」という一文の下に、ひどく丸く、形の不揃いな字で山下梨花《りか》と署名があり、その横に黒い指印が押してある。

委任状のほうは、弁護士会に宛てたもので、「私は次の弁護士を代理人と定め、下記事項を委任します」という一文と陽子の名前、事務所名が記載され、その下に桐生の署名と押印がある。ただし、こちらは原本ではなくコピーで、陽子が腹を立てたのは、右上に弁護士会の受付印が押されていたからだ。受付日は昨日。つまり桐生は、この委任状をすでに会に提出しているのだ。

書類はその二枚だけで、送付状も手紙も入っていない。

――ひと言の断りもなく委任状を提出するなんて、失礼にもほどがある。

「先生、落ち着いたほうがいいですよ」

中山が冷静にいった

「だってこんな失礼なやつ、許せないでしょ。約束をすっぽかした挙げ句、金をレターパックで送りつけ、おまけに委任状を勝手に提出したのよ」

「まあ気持ちはわかります」中山は札束を見た。

「現金をレターパックで送るというのはルール違反ですね。こんなにはっきり『現金を送ることはできません』と書いてあるのに」

中山はレターパックの表面を指差す。

「そこじゃない。いやそうなんだけど……何の断りもなく百万円を送りつけてくるところが非常識でしょ」

「でも先生は受任されたんですよね。着手金を送ってくること自体は当然で、早く納付するなんてむしろ感心じゃありませんか」

「金額はまだ決めてなかった。だいたい、着手金も委任状も、今日ここに持ってくればいいじゃない。それをこそこそと、黙って提出したり送りつけたり」

陽子はスマホで沙耶華の携帯を呼びだした。

「桐生の番号、わかった？」

〈いま高藤先生から聞いたところよ。いい、番号は……〉

陽子の厳しい口調に気圧《けお》されたのか、沙耶華は無駄口を叩かずに十一桁の番号を口にする。陽子は礼もそこそこに電話をきり、すぐに中山の机の電話機から桐生にかけた。

〈はい、桐生〉

一度のコールで桐生は答えた。

「どこにいるの。打合せは？」叩きつけるように陽子はいう。

〈一坊寺か。悪い、行けなくなった〉

陽子の尖った声に怯《ひる》む様子もなく、桐生は若干声を落としていった。

「だったら連絡しなさい。それにどういうつもり、委任状を勝手に弁護士会に提出するなんて」

〈届いたか。着手金も入れておいたから、よろしく〉

「よろしくじゃないわよ。正直、依頼を引き受ける気はなくなってる。打合せをすっぽかすような依頼人の仕事は受けられない」

〈急に事件が入ったんだ。依頼者が攫《さら》われた〉

「攫われた？」

不穏な言葉に、陽子は顔を曇らせる。

〈貸金業者に債務者が攫われた。ようやく居所がわかったんで、これから身柄を確保してくる〉

「大丈夫なの」

〈お、心配してくれるのか〉

「当たり前でしょう。これで死なれたら寝覚めが悪い」

ハハ、と桐生は笑った。

〈心配はありがたいが、一人じゃない。それに相手は、いちおう登録業者だ。無茶はしないだろう。大丈夫〉

桐生の声には余裕があり、大丈夫というのは嘘ではなさそうだ。陽子は安心すると同時に好奇心が湧いた。

「よくあることなの？」

〈たまに、かな。今年は初めてだな〉

「私は経験ないわね。経験がなくて幸せだわ」

〈俺がどういう世界で活動してるか、わかるだろ〉

陽子は桐生が「俺がやっているのは弁護士の仲良しクラブじゃない」といっていたことを思い出す。

「確かに普通の弁護士の仕事じゃなさそう」

〈そういうことで、今日は無理だ。明日なら時間が取れると思う〉

「仕方ないか」

陽子は手帳を繰った。午後二時半から顧問先の法律相談が一件あり、それ以降は空いていた。

〈じゃあ、法律相談が終わり次第、うちの事務所に来てもらうってことでどうだ。足を運んでもらって申し訳ないが、佐灯事件の記録を用意しとく〉

「記録は大量にあるの」

〈大量ってほどでもないが、段ボール二箱はある〉

「仕方ないか」

同じ言葉を繰り返す。結局は桐生のペースに乗せられていることに気づき、少し悔しくなった。

「打合せ前だけど、私も動くわよ。殺人事件のほうは、今夜、署に接見に行ってみる。彼女からこれまでに聴いたことを教えて」

〈それほど訊きだせていないんだ。一昨日と昨日はまだ動揺していて、接見中に黙りこむことが多かった〉

「そう……無理もないか。私のほうで訊いてみる。懲戒事件のほうは、請求人に接触できないか試してみる」

〈わかった、頼む〉

「明日はすっぽかさないでね」

陽子がいうと、桐生はまたハハと笑ってから電話をきった。

受話器を置く陽子の頰は緩み、そんな陽子を中山が見つめている。気づいた陽子は表情を引き締めた。

「なに？」

「いえ、なんでもありません」

中山がにっこりと笑う。その笑みに、楽しそうですね、という言外のメッセージを受けとり、そんなことないわよと陽子は心の中で返してから、表情を引き締めたまま席に戻った。

弁護人選任届の弁護人欄に署名押印して書類を完成させ、中山にコピーを頼む。

続いて鈴木太郎に宛てた手紙の文案を頭の中で練った。

桐生の代理人に就任したことを述べて、懲戒請求書の請求理由について訊きたいことがあるので、ぜひ連絡が欲しいと書くのがいいだろう。圧力と捉えられないように、言葉は慇懃《いんぎん》に、それでいて文章は短く。

陽子はパソコンのモニターに向かい、ワープロソフトを起ちあげた。

5

「こんばんは梨花さん、弁護士の一坊寺です。桐生弁護士から聞いていると思いますが、彼と一緒に弁護人を務めます」

遮《しゃ》へい板越しに、少女が陽子を見上げた。その顔は表情に乏しく、瞳は虚ろだった。

博多中央署の接見室は改修されたばかりで、四畳ほどの部屋を中央で仕切る銀色のカウンターテーブルも、テーブルから天井まで伸びる無色透明の遮へい板も真新しく、LED灯からの白い光を眩《まばゆ》く反射している。

陽子は、椅子を引き、梨花の正面に座った。

「体調はどう？　眠れてる？」

梨花が微かに頭を振る。その首は今にも折れそうなくらい細い。首だけではなく体全体が痩せていて、同年代の子に比べても小柄なほうだろう。灰色のＴシャツを着ていることもあって、梨花の体はことさら弱々しく見えた。

——こんな幼い子に、それも我が子に劣情を催すなんて。

陽子の中に怒りの火が点《つ》いた。

「眠れないのは辛いね。お医者さんに診てもらって、眠くなるお薬をもらったほうがいいかも。私から警察にいいましょうか」

梨花がまた首を横に振った。両手をカウンターテーブルの上に出し、神経質に擦り合わせる。左の手首に何条もの薄く白い傷痕が走っているのを見て、陽子は心の中で息を呑んだ。

「ミンザイはこわい」

夜の静かな接見室だからこそ聞き取れた、小さな声だった。

ミンザイは睡眠薬のことだろう。睡眠薬が怖いって？　陽子は意味がわからず、梨花の顔を見る。梨花は、やや俯《うつむ》いて視線をテーブルの天板に向けていた。その頬は小刻みに痙攣《けいれん》している。ようやく陽子は思い当たった。

「睡眠薬を飲まされて、何かされた？」

梨花が震え、陽子の中で怒りの炎が燃えあがる。

そっと大きく息を吸い、手を組むふりをして左手で右手首を押さえ、脈を十数える。怒りに呑まれないための、陽子なりの工夫だ。怒りを感じるのはいい。だが、プロとして怒りはコントロールしなければならない。そう教えてくれたのは、司法修習の実務地で指導してくれた弁護士だった。

「眠れないことについては後で考えましょう。取調べはきつい？」

梨花が頭を振る。

「取調べ、警察は録画してる？」

今度は縦に首を振った。

「取調べの刑事さんたちは、どんな態度？　優しい、それとも怖い？」

梨花は少し考えてから、「女の人が、事件のことを何度も聞いてくる。優しいけど、しつこい」と答える。

陽子は迷った。被疑者は、取調室で事件について根掘り葉掘り訊かれ、疲弊していることが多い。そこで駄目押しのように弁護人が訊けば、被疑者は、また同じことを話すのかとうんざりし、「弁護人も刑事と一緒」と信頼を無くすことがある。

その一方で、記憶が鮮明なうちに事件の内容を訊きだしておかねば有効な弁護活動が困難になってしまう。被疑者の疲弊と情報の把握、どちらを優先すべきかは常に悩ましい問題だ。

「ごめんなさい、疲れてると思うけど、警察は、弁護人に事件のことを一切教えてくれないの。だから、何があったのか、あなたから聴くしかない。私に、事件の日に起こったことを教えてくれる？」

梨花の体が固まった。今夜は控えるべきだったかと陽子が後悔し始めたとき、梨花が口を開いた。

「日頃から殴ったりされてました。酔ったときには、体を触ったり、布団に潜りこんだりしてきて、いやらしいことをされました。あの日も、あいつは昼から酒を飲みに出かけたので、私は台所から包丁を持ちだし、自分の部屋のベッドに隠し、それで身を守ろうと思ってました。夜、あいつが帰ってきたので寝たふりをしてると、部屋に入ってきて、ベッドに上がってきたので、包丁を取りだして刺しました。そのまま部屋から逃げて、母が寝ている部屋に行きました。母は私の部屋に行き、戻ってくると、死んでるといいました。私は母に頼んで警察署に連れて行ってもらいました」

梨花が、棒読みに一気にしゃべった。

「……梨花さん?」

突然の梨花の饒舌《じょうぜつ》に驚き、しばらく沈黙したあとで陽子は呼びかけた。

しかし反応はなく、梨花はぼんやりとした視線をテーブルの天板に向けている。梨花が顔を上げて陽子を見たのは、陽子が接見室に入ったときの一度だけだ。

陽子は梨花を見守っていたが、これ以上の質問は彼女の負担になるだけと判断し、事件の詳細を訊くことは諦めた。

少し考え、覚悟を決める。心を開いてもらうには、こちらがまず心を開かねばならないときもある。もちろん相手によるが。

「私、高校生のときに、男に暴力を振るわれたことがあるの」

梨花は無関心な様子だったが、それでも構わずに陽子は話し続ける。

「その日、家族はみんな外出していて、家には私一人だった。夕方、呼び鈴が鳴って、玄関ドアの覗き穴から外を見ると、スーツ姿の男が立ってた。そいつはね、父が選挙運動を手伝った政治家の人だった。父が選挙で法律違反をしたといわれ、そいつは政治家を辞めなくちゃならなくなった。でも、『父はいませんけど』とドア越しにいうと、『自分のために父上にはご迷惑をかけた。お詫びの品をお持ちした』っていうわけ。それで、私はドアを開けちゃった」

梨花は視線をテーブルの上に固定しているが、耳をそばだてているのがわかった。

「私がドアを開けたとたん、そいつは私を突き飛ばし、『お前の親父のせいで、俺はぜんぶ失った』と怒鳴った。お酒の匂いが、倒れた私のところまで漂ってきたわ。そいつは屈《かが》んで私の服に手をかけた。咄嗟《とっさ》に足を突きだしたら、胸に当たって、そいつは尻もちをついた。私は、立ちあがって逃げようとしたけど、そこから先の記憶はない」

陽子は、後ろを向いた。後頭部のちょっと右耳に寄ったところの髪を掻《か》きわける。

「十一針縫ったわ。そいつが、靴箱の上に置いてあった花瓶で殴ったの。気が付いたら病院のベッドだった。血が飛び散るのを見て、そいつは逃げたみたい。レイプはされなかった」

陽子は梨花に向き直る。梨花は相変わらずテーブルの上を見ていたが、顔の角度がちょっと違う。傷痕を見てくれたのだろうと陽子は思った。

「私は今でも家に独りでいるのが怖い。そいつは逮捕されたけど、俺は悪くないの一点張り。悪いのは私の父であって、その日たまたま家にいた私だというの。私はそれを聞いたとき、恐怖と怒りに駆られた」

陽子は言葉に力を込めた。

「悪いのは、そいつ。どんなときも、悪いのは力で相手の尊厳を奪うほう。それだけは覚えておいて」

陽子は言葉をきったが、梨花から反応はない。

「睡眠薬じゃなく、落ち着くための薬は、どう？」

梨花が頭を振る。

「じゃあ、お母さんに何か差し入れを頼みたいものはある？　漫画とか」

梨花が顔を上げたが、すぐにまた俯いた。

その後、陽子が何を訊いても梨花が反応することはなかった。

6

午後四時過ぎに、陽子は筑前前原駅に降り立った。

駅は糸島市の中心にあり、近くには市役所や警察署が集まっている。市の中心といっても高層ビルなどはなく、駅から一歩踏み出せば空が広がっている。

スマホのアプリを見ると、桐生の事務所は駅から一キロと離れていない。タクシーに乗ろうかと迷ったが、陽が傾き始めていることもあり、日陰を選びながら歩くことにした。

少し歩くと遠くに糸島富士とも称される可也山《かやさん》が見え、微かに西風が吹いている。そういえば西のほうは海だなと考えながら、陽子は日陰を探した。歩き始めてから十分とかからずに目的地に着いたが、汗でブラウスが湿り、陽子はタクシーに乗らなかったことを後悔した。

桐生法律事務所は、三階建てビルの二階に入っていた。年季の入った黄土色のタイルの外壁に、「桐生法律事務所」という小さな袖看板が突き出ている。一階には理容室が入り、三階は個人の住居のようで、ビルのオーナーが住んでいるのだろうと陽子は思った。

理容室の入口で青赤白のサインポールが回っており、店内を見渡せる大きな窓には営業時間が書かれている。午前十一時から午後八時まで、月曜定休。読みながら陽子が前を通ると、待合いのソファに座っている、白衣を着た店主と目が合った。白い髪を短く刈り込み、よく陽に焼けた初老の男性だ。傍らには、読み跡のある新聞が無造作に置いてある。

陽子は軽く目礼し、外階段を上って事務所へと向かう。

しかし、事務所入口には錆《さび》の浮いた横格子の金属シャッターが下りていた。シャッターの奥は片開きのガラス扉で、事務所の電灯はついておらず、人の気配もない。

陽子は一階に降り、外階段の下に設置された集合郵便受けの前に立った。

桐生法律事務所の郵便受けの投入口を指で押し開き、中を覗く。新聞や手紙はなく、ただ運転代行業者のチラシが底に一枚見える。同じチラシは、理容室の郵便受けに突っこまれた、フリーペーパーのタウン紙の上にも載っていた。

「ちょっと、何ばしようと」

先ほどの店主が路上に出てきて陽子を咎《とが》めた。

「弁護士の一坊寺といいます」

陽子は、ジャケットの弁護士バッジを左手で摑んで示した。

「桐生弁護士と約束があったんですが、事務所が閉まってるので、どうしたのかなと」

「それにしたって、郵便受けを覗くのはいかんやろう」

「失礼しました。ただ、約束をすっぽかされたもので」

「だからって失礼を失礼で返していいってもんじゃなかろうもん」

反論されたと思ったらしく、店主は語気を強めて怖い顔になる。

「そんなつもりはなかったんですが、不愉快にしたのなら謝ります」

陽子が頭を下げたことで機嫌を直したのか、店主の顔がいくぶん和む。「ちょっといいですか」と陽子は切りだした。

「なんね」

「桐生弁護士が事務所を閉めたのは、お昼過ぎですか」

「なんでそげん思うと」

「郵便受けに、運転代行のチラシしか入っていません」

店主は不思議そうな顔をした。「どげん意味ね」

「床屋さんは十一時からで、店内には新聞があった。開店前に床屋さんが郵便受けの中身を回収したとすれば、今差さっているタウン紙はその後に投函されたもの。その上に運転代行のチラシが載っているから、チラシのポスティングはタウン紙が投函されたよりもあと、お昼以降かなと。そして桐生法律事務所の郵便受けには、タウン紙はなくて運転代行のチラシが入っている。つまり桐生弁護士か事務員さんが、タウン紙の投函後、チラシのポスティング前に郵便物を回収した。だから、お昼くらいまで事務所は開いていたんじゃないかと思って」

店主は呆れ顔だ。「女のくせによう頭の回るったいね。かわいか顔をしとるのにもったいなか。女は愛嬌《あいきよう》でよかと」

あまりのいい草に顔が引き攣《つ》ったが、これくらいでいちいち突っ掛かっていたら福岡で弁護士は務まらない。

「どうでしょう、桐生弁護士はお昼まで事務所にいましたか」

「おったよ。昼メシを食いに行って帰ってくる先生ば見た」

「その後、桐生弁護士を見かけました？」

「見とらんね。っつうか、昼から今まで客が入っとったけん、外を見とらんかった」

店主は腕組みをして、文句あるか、とでもいうように陽子を見つめる。陽子が宥める

ように大きくうなずくと、店主は、

「まあ、あの人は約束を守る人やけん、会う約束をしとったんなら、そのうち戻ってくるっちゃなかと」といい捨てて店へと戻っていった。

昨日も約束を反故《ほご》にされたんですけどね、と陽子は心の中でいい返す。

――今日もすっぽかすつもりか。どうしてくれよう。

陽子は二階の窓を睨みつけた。

そのとき、古びた白いワゴン車が角を曲がってきて、陽子の横に止まった。

――ずいぶん旧式のハイエースね。

中古市場で人気の車種とはいえ、売ろうとしても値がつくかどうか、むしろ廃車費用で持ちだしになるかもしれない。管財人の目で陽子が値踏みしたところで、耳障りな音を立てて後部座席のスライドドアが開き、若い男が路上に降りた。

「一坊寺先生、乗ってください」

陽子は身構えた。

男は生成りの開襟シャツにジーンズという格好で一見したところ学生風、口調は丁寧だが目には思いつめたような色があり、断れば攫われそうな雰囲気があった。運転席からは、体格のいい男がこちらを見ている。

「どなた?」

陽子は尋ねながら、距離をとろうと後ずさる。若者が追いかけるように手を伸ばし、陽子の左腕を摑む。陽子は腰を落とし、叫び声をあげようと腹に力を込めた。

「翔太《しょうた》、やめろ」

桐生の声だった。腰を落としたまま陽子が車を見ると、助手席から後部座席に身を乗りだした桐生が、開いたドアを通して陽子を見ていた。

「すまんが一坊寺、乗ってくれ。急いでる」

若者が手を離し、ドアの脇まで下がった。

「どういうことよ」

「説明してる暇はないんだ。事情は中で話すから、とりあえず乗ってくれ」

陽子は躊躇った。後部座席には誰もいないが、男三人に女一人、乗ってしまえば抗しようがない。

そのとき、スライドドアのウィンドウに、背後の床屋の窓が映っていることに気づいた。陽子が振り向くと、店主がこちらを見ていて、いったとおりだろ、とばかりに顎を一つしゃくる。陽子は肩から力を抜いた。考えてみれば、桐生に会いにここに来たのだ。警戒していても始まらない。

ハイエースに乗り、助手席の後ろに腰を下ろす。若者が続き、ドアが閉まるや車は発進した。

「そいつは山崎《やまさき》翔太、うちの事務員だ」

助手席からの桐生の紹介に、若者が頭を下げる。

「こちらは如月《きさらぎ》さん。更生保護施設や自立支援施設を運営しているNPO法人で、理事を務めてらっしゃる」

運転席に座っている男が頭を下げた。桐生よりも年上で、六十を越えているかもしれないと陽子は思った。

「如月さんは神父でもある」

「一坊寺です」

陽子は二人に倣って頭を下げ、「名刺を差し上げたほうが、よろしいでしょうか」と皮肉混じりにいった。

「いやいやお構いなく。一坊寺先生には大変失礼しました。桐生くんのいうとおり、時間がなかったものですから、ご容赦ください」

運転しながら如月神父がいった。急いでいるという割には鷹揚な口調だ。濃茶の作業着を着ていて、その左肩にNPO法人の名前が刺繍されている。

「昨日の保護の関係?」陽子は桐生に訊いた。

「ああ。俺たちに債務者を取り返された債権者が、債務者の居所を聞きだそうとソーシャルワーカーの職員を連れ去った」

「警察に連絡は」

「していない。保護された債務者は仮釈中で、警察沙汰は避けたい。職員はおそらく債権者の事務所だろうが、時間がたてばどこかに移されるかもしれない。そういったわけで急いでいる」

「あなた達だけで、どうにかできるの」

「債権者は正規の質屋で、暴力団の企業舎弟じゃない。といっても年金手帳を担保に金を貸すような手合いだから、油断はできないが」

「答えになってないわ。あなた達で乗りこんで、その職員を助けられるのかって訊いてるの」

陽子は桐生の後ろ頭を、正確には助手席のヘッドレストを睨んだ。

「四人いれば何とかなる」

陽子は、その意味を理解するのにしばし時間を要した。車内には四人しかいない。自分を入れて。

「ちょっと待ちなさい、桐生くん。女性を連れていくのは、どうかな」

ルームミラーの中の神父が、横目で助手席の桐生を見る。どうやら打合せていなかったようで、隣に座る翔太も驚いた様子だ。

「三人で乗りこむという話ではなかったかな」

「ええ、三人。私と、如月さんと、一坊寺」

「一坊寺先生は置いて、山崎くんを連れていくんだと思っていたが」

「車に残る一人は、いざというときのために運転がうまくなければ。一坊寺先生の腕がわからない以上、翔太を置いておくほうがいい」

陽子は口を挟んだ。

「だったら二人で行けばいいじゃない。私は山崎くんとここに残るわ」

「三人という人数が重要でね。相手が一人ということはなく、おそらく二、三人はいるはずだ。だったらこちらも同じかそれ以上の人数で行かないと」

「相手が四人なら」

「連れ去られた人間を入れれば、同じ人数だ」

「じゃあ五人なら」

「そうじゃないことを祈る」

祈るという言葉に、如月が眉をピクリと動かした。神父だけに不謹慎と思ったのかもしれない。

「やはり女性を連れて行くというのは賛成しかねる」

如月がいう。女性、女性といわれると陽子としても面白くはない。

「大丈夫。彼女はこう見えてもベテラン弁護士で、しかも元検察官だ」

隣の翔太が、意外そうに陽子を見る。

それでも如月が「だが女性を」といいかけたところで、陽子は、

「いっとくけど、暴力沙汰になったら逃げるからね。警官と違って、検察官は体術訓練を受けていないんだから」といった。

ルームミラーの中から如月が驚きの目を向け、桐生が肩を揺すって笑う。翔太は隣で呆れていた。

7

「このビルだ」助手席の窓から外を見て、桐生がいった。

建物は、博多駅から大通りを挟んで西側に広がる、低層ビルが集まった区域にあった。窓から見えるフロア表示によると五階建てで、一階には居酒屋が、二階から上は各フロア二つから三つのテナントが入居しており、多くは消費者金融とわかる名前だ。

質屋も最近では金券ショップやリサイクルショップを営み、テレビコマーシャルを流すなど明るいイメージが強くなった。その一方で、金を貸すときに年金手帳と通帳を質草と称して預かり、年金支給日になると債務者とともに銀行に赴いて、引き出した年金をその場で巻きあげるような輩もいる。陽子も、検察官時代に質屋が絡んだ貸金業法違反の事件を手がけたことがあった。

今回の件は、高齢の刑務所仮出所者がNPOの更生支援計画を受けていながら、酒を飲む金欲しさに年金手帳と通帳を質屋に持ちこんだことに始まるという。それに気づいたソーシャルワーカーが本人を説得し、年金の振込先口座を変えた。年金支給日に銀行に債務者が現れず、待ちぼうけを食らわされた質屋の従業員が債務者を探しだして店へと連行し、それを桐生が連れ戻したのが昨日のことだ。

「もともとあなたとはどんな関係?」

陽子は桐生に訊いた。

「爺さんは、塀の中に落ちる前にも借金をこさえていてね。出所して如月さんのところに繋がったときに債務整理をすることになり、それを俺が受任した」

「桐生くんには、着手金も払えない人々の債務整理をたくさん引き受けてもらっています」

如月が感謝の念も露わにいい、桐生は照れたように手を振った。

「如月さんのところのスタッフが優秀なので、私は最後に書類をチェックするだけです。労力はそれほどかかってません」

翔太が腕組みをして、尖った声をだした。

「先生、謙遜もほどほどに。最近はよく夜中まで数字と睨めっこしてるじゃないですか。体を壊しかねませんよ」

その声には桐生を心配する真情がこもっていて、陽子は微笑んだ。

「なに笑ってるんですか、一坊寺先生」声が漏れたようで翔太が矛先を陽子に向ける。

「ごめん。でも桐生くんは、本当の人助けをしてる」

「そうかもしれませんが、限度というのがあります。アル中の爺さんのために桐生先生が体を壊すのは割に合わない。この件も、さっさと警察に連絡すればいいんですよ」

「翔太、爺さんは仮釈中なんだ。仮釈が取り消されれば、これまでの支援計画が無駄になる。それこそ割に合わない」

「それはNPOにとってでしょう。ともかく、最近の先生は忙しすぎますよ」

「安心しろ、今だけだ。もうすぐ落ち着くさ」

如月が一瞬、気遣わしげに桐生を見たのに陽子は気づいた。

「翔太、ミニパトが多い地域だから適当に流しておいてくれ」

車を降りた三人は、如月を先頭に建物に入ってエレベーターに乗りこんだ。運転席に座っているときから大きな男だと陽子は思っていたが、実際に並んでみると上背は桐生を超えており、胴回りも陽子二人分はありそうで、かといって太っているわけではなく、丸太のように固く頑丈そうな体つきだった。エレベーターかごには定員十一名と掲示されていたが、如月と桐生に挟まれ、陽子は圧迫感を覚えた。

四階で降り、蛍光灯に照らされた廊下を奥へと進む。突き当たりに、空色のゴシック文字で『株式会社プルーントレード』と書かれたすりガラスの両開き戸があった。

桐生が把《と》っ手に触れたとき、

「手を引くんか、引かんのか、どっちかって訊いてんだ！」

と扉の向こうから嗄《か》れた声が響いた。低いが、女の声だ。何かぼそぼそと抗弁する男の声も聞こえる。

「わからんやっちゃな、こっちは筋を通せっていってるだけっちゃ」

ドンドン、と机を叩くような音が聞こえた。

陽子は緊張し、前を歩く二人を見た。ところが二人は、情けなさそうに目を見合わせている。桐生がため息をついて、扉を開けた。

正面には受付があり、女性の事務員が台から身を乗りだして右側を、陽子たちからは左手を心配そうに見ている。

「らちがあかん、出るとこ出よか！」また低い女の声が響いた。

如月が、声のする左手に進む。その先には灰色のアルミパーティションで仕切られた区画があり、来客用の応接室のようだ。換気のためか天井との間に開口部があって、女の声はそこから聞こえていた。

事務員が如月に気づき、あの、と声をかける。

「大丈夫、彼女を引きとりに来ただけです」

後ろに続く桐生が優しくいうと、事務員は安心したように胸に手を当てた。

如月が応接室のドアを開ける。中はローテーブルを挟んだ応接セットで、長ソファの中央に女性が一人で座り、対面に置かれた二つの椅子に、それぞれ初老と中年の男が座っていた。

「あ、弁護士先生！」

桐生を見て声をあげたのは、初老の男だった。明らかな喜色を浮かべている。

「先生、よく来てくれました」

「如月先生に桐生先生、何しに来たん。出番はないっちゃ」

長ソファに座る女が、首を回して訝《いぶか》しそうにいう。

女はまだ若く、三十を過ぎてはいないだろう。勝気な性格がそのまま目つきに出ている。髪はひっつめで化粧っ気はなく、如月のものと同じ、NPOの名前が刺繍された作業服を着ていた。

「諸星《もろぼし》くんこそ、何をしているんだね」如月は眉をひそめている。

「何って、ワーカーの仕事」

「このお嬢ちゃん、うちの従業員を捕まえてここに押しこんできよったんです」

初老の男が訴える。

「それで昨日のお爺さんの、借りた金を帳消しにしろと。無茶苦茶ですよ。あなたは牧師さんでしょう、どんな教育しとるんですか」

「私は神父であって牧師ではない。それに諸星くんは信徒ではなく、NPOのスタッフだ」

如月が訂正する。

「お前から連れて行けっていったのか」桐生は苦々しそうにいった。「攫われたわけじゃ、ないんだな」

「攫う？　私たちがお嬢ちゃんをですか？　とんでもない」

初老の男は、顔の前で音を立てそうな勢いで手を振った。隣に座っている男は「お爺さん」の担当者なのか、ぐったりとしている。

「このお嬢ちゃん、借金を帳消しにしないと帰らないといい張って、往生してたところですわ。さっさと連れて帰ってください」

「何をこの、人を邪魔もの扱いしくさって。昨日の今日で、周りをちょろちょろしとうほうが悪か。お前ら、また爺さんをここに連れこむつもりやったっちゃろ」

「違います、今後の返済計画を訊いてこいと社長にいわれて、でも直接話をするなと弁護士さんにいわれていたので、どうしようかと思って、それでとりあえず様子を見に行っただけです。そしたら諸星さんに捕まって」

ぐったりとしている男が顔を上げずにいう。

「捕まえた？　うちが悪いんか？　返済計画を訊いてこいって命令した、そこの社長がボケとっちゃ」

「とにかく、今日はお引きとりを。こんなんでは仕事になりまへん」

社長が桐生に泣きつく。

「そうですね、今日は引きあげましょう。いいな、諸星くん」

如月が社長に同調し、諸星は頰を膨らませる。

ところが、「いや、せっかくだから話を詰めよう」と桐生がいった。

如月と社長は意表を突かれた様子で、ひとり諸星だけが瞳を輝かせる。

「弁護士先生、それはちょっと」社長が呆れたような声をだす。

「社長、諸星のいうことはあながち的外れじゃない。おたくらは年金手帳と通帳を預かって金を貸した。だが年金手帳や通帳を担保にとることは禁止されている。それは知っていたろう」

社長が黙りこむ。

「違法行為によってできた債権債務に法は関知しないという、クリーンハンズの原則というものがある。例えば、貸金業許可もなく法外な金利で貸し付ける闇金に対しては、借主は返済する法的義務を負わない。そうだよな、一坊寺弁護士」

いきなり話を振られて陽子は戸惑う。しかし動揺を見せるわけにはいかない。ゆっくりと腕を組んで時間を稼ぎ、落ち着き払ったふうを装って「ええ」と答えた。

「そちらの方も弁護士先生ですか」

社長が初めて陽子に気づいたようにいい、陽子の胸元の弁護士バッジを見た。

「一坊寺弁護士、ここの借金、返す必要があると思うか」

「質物にとることが禁止されている物を、それと知って預かった。年金手帳を担保にした融資は社会問題にもなってるし、裁判所がこちらの会社に手を貸すとは思えないわね。返す必要はなく、それどころかここの質屋営業許可が取り消される可能性もある」

「どうだ？　弁護士二人が揃っておたくらの借金は返す必要はないと判断している」

社長は背もたれに体を預けた。担当者が項垂《うなだ》れたまま、抵抗の声をあげる。

「あのお爺さん、自分から手帳を持ちこんだんですよ。私が断っても、しつこく金を貸してくれというから、仏心で貸したんです。お爺さんに訊いてみて下さいよ」

本当かもしれない、と陽子は思った。店構えからしてこの業者が押し貸しをしたとは思えず、債務者の「お爺さん」のほうから足を踏み入れたのは間違いないだろう。仮出所中で支援計画を受けているにもかかわらず、ソーシャルワーカーに黙って金貸しに足を運んだとなれば、アルコール依存症はかなり重度だ。そして重度の依存症患者は、モノを手に入れるためなら家族をも質草にしかねない。

「諸星、爺さんはここからいくら借りている」

「五万円」

桐生はマネークリップを尻ポケットから取りだし、万札を三枚抜いた。丁寧にしわを伸ばし、テーブルに載せる。

「これでチャラだ」

「利子を入れると、十万近くになりまっせ」

社長が、札に見向きもせずにいう。

「勘違いするな、交渉してるんじゃない。和解金をやろうというんだ。この金を取らないなら、一坊寺弁護士と二人であんたがたに債務不存在確認訴訟を起こし、その訴状を持って警察に行く」

桐生と社長の視線がぶつかった。如月は天井を見上げ、諸星は札を睨んでいる。陽子は、見てはならないものを見ているような居心地の悪さを感じた。桐生のやり方は恫喝《どうかつ》に近い。

やがて社長はふうっと息を吐きだした。

「数万円のためにお嬢ちゃんに怒鳴りこまれたり、弁護士先生二人を敵に回すのは割に合いませんな。いいでしょう。領収書を作りますか？」

「いや、証書と質物を返してくれればいい。おたくらもう、爺さんに手出しはしないだろう？」

「土下座されても願い下げですわ」

社長が吐き捨て、「おい、いわれたもん持ってこい」と担当者に指示する。

担当者は、それまでの様子と打って変わって機敏に立ちあがった。陽子の横を抜けて応接室から姿を消したかと思うと、たちまち戻ってきて、年金手帳と預金通帳を汚いものであるかのようにテーブルに投げ捨て、一枚の紙を社長に手渡した。

社長は、その紙を確認すると、三万円の隣に置いた。金銭消費貸借契約書だった。

「これで後腐れなしっちゅうことで」

社長が札を手にとる。桐生が「諸星」と声をかけると、諸星は仏頂面で契約書と質物を摑んだ。

「引きあげるぞ。邪魔したな」

桐生がいい、四人は見送りもなく質屋を後にする。

エレベーターに乗りこんだところで、諸星が口を開いた。

「なんで金を払ったん」

桐生は階数表示を見つめて答えない。

「あいつらに金をやる必要なんてなかった！」

隣に立っている陽子は、諸星の大声で耳が痛くなった。諸星を見ると悔しそうに目に涙を溜めている。その不服そうな顔を見て、陽子はいわずにはいられなかった。

「桐生くんが払わなかったら、契約書も通帳類も返してもらえなかったし、お爺さんはずっと彼らに付きまとわれる」

「あいつらは違法行為をしたっちゃ。出るところに出れば勝てる」

「そうね。桐生くんがいったように、債務不存在確認訴訟を起こせば勝てたでしょう。でも保護観察所に連絡がいき、遵守事項違反に問われ、お爺さんは仮釈放を取り消されるかもしれない。彼が借りたお金は、世の中のために使われたのではなく、アルコールに変わったのでしょう？」

諸星が陽子を睨み、陽子は視線を返す。

「あんた何なん？　弁護士のくせに、借金ひとつ消せんとね」

「甘えないで。支援対象者の非もわからないようなら、ソーシャルワーカーは務まらないわよ。対象者に肩入れするのはいいけど、当事者化してしまっては元も子もない。プロなら、客観的な視点を失わないようにしなさい」

諸星は目を吊り上げたが、何もいい返さずに横を向いた。

諸星の後ろで二人のやり取りを見守っていた如月が目尻を下げて微笑み、それに気づいた陽子は片眉を上げて無言で問いかけたが、如月は首を横に振っただけだった。

エレベーターが地上に着き、一同は熱気に包まれる。向かいのビルの窓に反射した西日が、陽子の目を刺した。

「ところで桐生くん、聞いてた話とだいぶ違ったけど」

陽子は目の上に手をかざしながら訊いた。

「そうだな。俺もまさか諸星が怒鳴りこんでいたとは思わなかった。どこでボタンの掛け違いが生じたのか知りたいところだが、如月さん？」

「いや面目ない。諸星くんが業者の社員と一緒に車に乗るのを見たスタッフが、早とちりをして私に連絡をしてきたのかもしれない。一坊寺先生にも申し訳ないことをしました」

焼けたアスファルトに立ち、如月が大きな体を縮こまらせて頭を下げる。

「まあ、いくら諸星の跳ねっ返りを知っているとはいえ、若い女性が男の質屋従業員を連れ去るとは思わないもんな。常識が事実認定を誤らせるいい例だ」

いいながら桐生が片手を挙げる。大きなエンジン音とともに、ハイエースが近づいてきた。諸星が何もいわずに助手席に乗り、仕方なく陽子は如月と桐生とともに後部座席に乗りこむ。三列目のシートが収納されているのが恨めしかった。

「大丈夫やった？」翔太が諸星に声をかける。

「何が。あたしが拉致られたと、あんたも思っとったん？」

「ロクヨンかな」

「なんねそれ」

「六が誤報で四が拉致」

「ふーん。ヨンも可能性があるのに、あんたは車で涼んでたわけ」

「そいつは違う。俺が翔太を車に置いたんだ。おまえさんが殴られでもしていたら、こいつが何をするかわからない」

桐生が後ろから口を挟み、若い二人の掛け合いを終わらせた。

「翔太、ここからだと祇園《ぎおん》駅が近い。そこで俺たちは降りるぞ。後の運転は如月さん、それとも諸星？」

「私がしよう」

助手席の諸星が、体を捻って不服そうに如月を見た。

「きみは興奮している。ハンドルを握るのは危ない」

如月が諭し、諸星がふくれっ面で前を向いた。火の玉のような性格だが、エレベーター内での態度といい、聞きわけはいいらしい。

「諸星、彼女の件、一坊寺先生にも加わってもらう」

諸星がふたたび振り返り、陽子を見て、次いで桐生を見た。

「彼女のためにも、女性弁護士がいたほうがいい。それはわかるな」

ようやく陽子は、山下梨花の殺人事件が話題になっているらしいと気づいた。

「博多中央署の事件？　諸星さんとどんな関係が？」陽子が桐生に尋ねる。

「諸星は、如月さんと彼女のソーシャルワーカーを務めていた」

「じゃあ、一時保護のときに預かった団体というのは」

「如月さんのところだ。といってもNPOのほうではなく、如月さんが所属している教団のほうだが。教団は、児童養護施設や児童ホームにも出資していて、運営にも携わっている。もちろん、それぞれの運営母体は別法人だ」

陽子が顔を戻すと、諸星の視線とぶつかった。陽子を値踏みするように見てから、諸星が視線を前に戻す。

「桐生先生がそういうんなら」

諸星が答えたところで、車は市営地下鉄祇園駅の地上入口に着いた。

陽子たちが車を降り、翔太に代わり運転席に座った如月が、

「一坊寺先生、これを機に、私たちの活動にご協力いただければありがたい」

と窓越しに陽子に声をかけた。

「理事にも弁護士はいるし、協力を申し出てくれる弁護士もいますが、先生のように度胸があって機智に富む方に協力していただければ、心強い」

陽子が返事に困って桐生を見ると、期待を込めた目で陽子を見ている。刑事事件といい、今回の件といい、何となく桐生に乗せられているような気がした。

「まあ、桐生くんを手伝うくらいなら」

「ありがとう」如月は満足そうに頭を下げた。「ぜひ一度、施設に見学にいらしてくだ

さい。私の住んでいる教会は、施設の隣にありますから、いつでもご案内させていただきます。都合のいいときにおいでください。それでは」

如月がまた一礼し、陽子は「お気をつけて」と返した。

車が動きだし、陽子は桐生たちと見送った。

8

地下鉄のホームに下りると、折よく筑前前原行きの電車が入ってきた。

ラッシュアワーで混雑した車内は、その日の出来事を語り合うにはふさわしくなく、懲戒請求の話をするにはもっとふさわしくなく、陽子は桐生と並んでつり革を握ったまま、天井から吹きつける風にあたっていた。翔太はドア横の立ち位置をうまく確保し、壁に寄りかかって耳にイヤホンを差している。

くたびれた様子で目を閉じて座るスーツ姿の若者の頭の上で、暗闇の窓に映る自分と桐生を陽子は見ていた。桐生は前を見つめたまま微動だにせず、そんな彼を黒い鏡で見ていると、汗臭くないかしらと気になって陽子は心持ち脇を締めた。

途中、電車が地下から地上へ上がる姪浜《めいのはま》駅で若者が降り、乗客も減ったので、陽子は席に座り、桐生がその前に立った。なんとなく気恥ずかしく、海沿いを走る電車からの景観を楽しむ余裕はなく、陽子は筑前前原駅に着くまで若者と同じように目を閉じていた。

午後八時前、一階の理容室は店を閉めていた。

桐生の事務所は土足禁止で、陽子は玄関で来客用スリッパに履き替えた。沓脱《くつぬぎ》の左手にカウンターがあり、カウンターの向こうが事務局になっているようで、事務机のほかに複合機や作業台が置かれている。沓脱から上がった廊下の右手にドアが一つ、奥にドアが一つ。陽子は右手のドアに通された。六畳ほどの部屋で、折畳み長机が二つ、パイプ椅子が四つ置かれた会議室になっている。

陽子を部屋に案内した翔太が、廊下で「じゃあ、これで」と桐生に声をかけ、桐生が「お疲れさん」と返すのが聞こえた。事務所の中に桐生と二人きりと知り、陽子は緊張した。

桐生が段ボールを抱えて会議室に入ってくる。

「佐灯事件の記録だ」

桐生は会議室のテーブルに段ボールを置き、上蓋を留めているガムテープを勢いよく剝がして乱暴に丸めた。

飲み物でも持ってこよう、と会議室を出ていく桐生の背に「お構いなく」と一応声をかけ、陽子は段ボールの蓋を開ける。中には数冊の紙ファイルが背表紙を上にして収まっており、陽子はその中から「乙号証」と書かれたファイルを取りだし、椅子に座って読み始めた。

「自白調書を読んでるのか」

戻ってきた桐生は、手に三五〇ミリリットルの缶ビールを二つ下げていた。一つを陽子が広げたファイルの横に置き、桐生は窓を開けると立ったままもう一つのプルタブを開ける。

「身上調書を読もうと思って。その前に、今日の出来事は感心しない」

桐生は無言で窓際の壁にもたれた。

「貸金業者に女性一人で乗りこむなんて、危険すぎる。如月さんたちはどんな指導をしてるの」

「ちゃんと複数対応するよう指導しているよ。今日の一件は諸星が暴走しただけで、こんなことは滅多にない」

「あの子は、自分が危険な状態だったことに気づいてるのかしら。襲われていたかもしれないのよ。乗りこんだ先がたまたま真っ当な業者で命拾いしただけ」

桐生が缶に口をつけ、音をたてずに二口、三口と飲んでからいった。

「諸星は、父親をアルコール依存症で亡くしている。彼女は少年院の常連だったが、如月さんと出会ってから高卒資格をとり、三十前にして大学を卒業し、社会福祉士の資格をとってソーシャルワーカーとして働き始めた。だから、個人的な思いが強く出てしまったんだろう」

「だったら、なおさらよ。感情をコントロールする術《すべ》を身につけなければプロとしてやっていけない。NPOも養護施設も、トラウマで暴走するスタッフには怖くて仕事を任せられないでしょう」

桐生がうなずく。

「如月さんからたっぷりと説教されてるだろうが、俺からもいっておこう。アル中で借金まみれの人間なんて掃いて捨てるほどいる。いちいち今日みたいな騒動を起こされては、たまったもんじゃない」

辛辣《しんらつ》ないい方だったが、桐生の顔は真剣で、諸星の身を案じているとわかった。

「悪い子じゃない。むしろ素直ないい子なんだ」

「それはわかる」陽子は微笑んだ。「だから心配なのよ」

「殺人事件も、あいつから頼まれなければ引き受けなかった」

陽子は桐生を見つめた。梨花の事件を桐生が受任した経緯について、詳しいことはまだ知らされていない。

「梨花が一時保護されたとき、担当したのが如月さんと諸星だったことは話したよな。もともと諸星の担当だったが、まだワーカーとしての経験が浅かったため、如月さんがサポートでついたんだ。梨花が保護されたのは、近所の人間の通報がきっかけだったらしい。しかし父親は虐待を否認し、母親は夫がそんなことをするはずがないといい、梨花は何も話すことができなかった」

「話すことができなかった?」

「虐待を受けている被害者は、被害を訴えるのが難しい。親を悪しざまにいうことになって、いっそう親に嫌われるのではないかという心配と、被害を告げたことでさらに親から暴力を加えられるのではという恐怖。被害を告白するのは簡単なことじゃない」

「それで?」

「児相は、それでも、梨花の体に残っていた傷から虐待の疑いありと判断し、一時保護に踏みきった。担当になった諸星は少しずつ梨花のガードを解きほぐしていったが、一時保護期間の二か月が過ぎ、家庭裁判所は延長を認めず、梨花は親元に戻された。そして起こったのが、この事件だ」

児童相談所は、自らの判断で一時保護処分を行なうことができるが、その期間は二か月と定められている。その期間を超えて保護するには、家庭裁判所の許可を得なければならない。

「今回、梨花は、母親と警察に出頭する直前に諸星に電話したらしい。『助けて』、その一言だけで電話は切れたそうだ」

桐生は表情を消した顔でビールを一口飲む。陽子も喉の渇きを覚えた。

「諸星は家に駆けつけたが、すでに梨花は母親と警察署に向かっていた。そうと知らない諸星は、梨花が危険にさらされていると思って家に入り、父親の死体を見つけた。ちょうどそこに通報を受けた警察が臨場し、諸星は署に連行され、俺が引きとるまで留め置かれた。帰りの車の中で、あいつはさんざん泣いたあと、俺に弁護を頼んだ。国選弁護人に任せろといったんだが、聞く耳を持ちゃしない。母親を説得して俺を弁護人にしてしまった」

桐生は小さく笑みを浮かべた。

「根負けした俺は、きみを引きずりこんだというわけだ」

「お金のほうは大丈夫なの」

「母親と話したところでは、弁護人一人分ぐらいは何とかなりそうだ」

「わかってると思うけど、殺人事件だから原則逆送事件よ。そして逆送されれば裁判員裁判になる。通常の弁護費用だととても見合わない」

十六歳以上の少年が故意の犯罪行為で人を死なせた場合、原則として家庭裁判所は検察官に事件を送致しなければならない。これを「原則逆送」という。そして逆送された事件は、成人と同様の刑事裁判にかけられることになる。

「ああ。逆送を防ぐために、家裁での審判が望ましいと裁判官に納得してもらわないとな。そのためには、彼女の目から見た事件の説明が必要となる。きみが事件のことを訊きだしてくれたのは大きい」

昨夜の接見内容はその日のうちにFAXで桐生に知らせてあった。

「褒められて悪い気はしないけど、何だか釈然としない」

「弁護費用の点か？　それとも強引に引きこんだことか」

「そんなことじゃなくて、私に告白した時の彼女の話し方よ。まるで機械みたいだった」

「精神的なダメージもあるし、警察にも繰り返し同じ説明をしているんだから、抑揚が無くなるのは仕方ないんじゃないか」

「それはそうなんだけど」陽子はもどかしくなった。「なんだか、実体験の迫真性がないのよね。はっきりいって嘘くさい」

「つまり、虚偽の自白をしている？」

「そういう印象を持った。あくまで印象」

「だとしたら、どこが虚偽かが問題だな」

「私の印象を信じるの」

「信用できない相手なら、ハナから共同受任を持ちかけたりしない」

桐生は苦笑してから表情を引き締めた。

「諸星は現場を見ている。その時の様子を詳しく訊いて、梨花の供述と照らし合わせてみよう」

「私がもっと早く話していれば、さっき済んだのにね」

「慌てることはない。一度に一つずつだ」

桐生は、缶ビールを持った手で、陽子が広げているファイルを指差した。

「佐灯事件だが、身上調書だって？」

「生育歴に、懲戒請求した人間の手がかりがあるかもしれない」

「昇は、小学校、中学校と地元の公立に通っている。小学校では一度転校していたな。高校も地元の私立高校に入学したが、自主退学している。あとは事件まで、自宅から外出することなく過ごしていた」

桐生は、今度は勢いよくビールを飲み下した。

「高校中退の理由ははっきりとしない。警察の事情聴取に対し、当時の担任はいじめの存在を否定している。学業上の問題もなく、むしろ成績は優秀だったということだ。担任の調書には、突然学校に来なくなり、何度も佐灯宅を訪問したが、本人は会うことすら拒否し、両親を通じて説得を試みようにも両親はほとんど役に立たず、最後は惜しみながらも退学を了承した、とあった」

「供述調書の内容を、まだ覚えてるの」

「なにせ初めての刑事事件で、しかも殺人、おまけに被告人が親族だったからな」

「従兄弟だっけ」

陽子もようやく缶に口を付けながら、法廷で見た佐灯の姿を思い浮かべる。はっきりとは覚えていないが、色白で細面、理知的にも見えるその顔は、確かに弁護人である桐生との血の繋がりを感じさせるものだった。

「ああ。何とかならないかと必死だった。証拠を今でも覚えてるのは、そのせいかもしれない」

「事件前、被告人とは交流はあったの」

「いや、ほとんどなかった。引きこもってからは、パソコンが外部との唯一の接点だったらしく、俺が修習生のときに一、二度メールをやり取りして携帯や自宅の番号を教えたが、それきりだ。もともと叔母の一家とは交流が薄かったから、昇にも関心はそれほどなかった。冷たく聞こえるかもしれないが」

「桐生くんの両親はどうだった？　彼のことを気にしてた？」

桐生は眉を軽く吊り上げた。

「おいおい、まさか俺の親が懲戒請求に関係してるとでも」

プライバシーに踏みこみすぎた質問だと陽子は気づいた。

「ごめんなさい。懲戒請求には関係ないわね」

「いいさ。俺自身に興味を持ってもらえるのは、嬉しいかぎりだ」

桐生はビール缶を掲げた。陽子は赤くなった顔を伏せて缶に口をつけ、ちょっと多めに液体を口に含む。沙耶華の冷やかしが耳に甦る。視線が、広げられた佐灯の調書の上をさまよう。インターネットという言葉が目についた。

「メールで連絡とってたのよね。彼はパソコンとかインターネットとかに詳しかったのかしら」

「詳しいという話はなかったな。外部と接触するにはパソコンしか方法がなかった、というところじゃないか。携帯も持っていなかったし」

「特定のコミュニティに出入りしたりしてなかった？」

「特定のコミュニティ？　会員制のサイトのことか？」

「闇サイトとか」

桐生が噴きだすように笑った。

「ダークウェブとか、社会問題になってるじゃない」

陽子はむきになっていう。

「特殊なブラウザじゃないとアクセスできないやつか。ダークウェブといってもエロがほとんどで、犯罪に絡むやつはせいぜい薬物売買や出し子の募集といった程度らしいぞ。殺しや誘拐といった重犯罪系の情報交換や実行犯を募るようなヤバイやつはごく一部で、素人では到底たどり着けない。警察のサイバー課が目を光らせているから、当然といえば当然だが」

桐生は空いている手で段ボールを叩いた。

「そもそも事件は十六年前だぞ。ダークウェブが出始めたのはここ十年くらいだろ。昇がアクセスできたとは思えない」

「パソコンの解析はされたのかしら」

「いや、その証拠関係を見た記憶はないな。少なくとも、検察から開示された記録にはなかった」にやりと桐生は笑った。「検察というのは、つまり、きみのことだが」

「ごめんなさい、あなたと話してると自分が公判担当検事だったことを忘れてしまう。私よりよほど事件に詳しいから」

「無理もない。繰り返しになるが十六年も前のことだ」

「だからこそ不思議なの。なぜ今ごろになって」

「それがわからないから困ってる」

「懲戒請求の理由だけをみれば、あなたの弁護活動に不満を持った昇か、昇の家族が請求したように思える。でもそれなら、十六年も放置して今になって請求する意味がわからない。あるいは、刑務所の佐灯の身に何かあって、それがきっかけになったとか」

「もしそうなら、俺のところに連絡があるはずだ。昇の家族はあの事件で死に絶えたから、刑務所に収容されるとき、昇は俺を緊急連絡先として届け出ている」

「家族は死に絶えた」

陽子は桐生の言葉を繰り返した。家族ではなく、親族にまで範囲を広げれば、死に絶えたといえないのではないかと疑問を持ったのだ。

「家族は死に絶えたが、親族はどうだ、か」

桐生が陽子の考えを読んだようにいった。

「たとえば俺の母は、昇にとって伯母にあたる。さっきの質問、あながち懲戒請求とは無関係とはいえなくなったな」

陽子は反応に困り、ビールを飲むふりをして桐生を窺った。桐生は自分のビール缶を見つめている。

「親族まで範囲を広げても、死に絶えているのは一緒だ。母は、俺が小学生のころに死んだ。その後に父も死んで、俺は養護施設に落ち着いた。叔母の一家と疎遠だったのは、そういう理由だ」

陽子は内心首を傾《かし》げた。両親を亡くした桐生が、叔母の家に引き取られなかったのを不思議に思ったのだ。だが、詳しく訊くのは躊躇われた。

「昇の父、茂《しげる》にも事件当時すでに親兄弟はいなかった。だから昇の親族は絶えている。もちろん、俺を除いてだが」

「そういえば、情状証人もいなかったんだっけ」

情状証人は、量刑を軽くするために被告人の善行や良い性格面を法廷で述べる証人のことで、親族や職場の上司、学校の教師などがなることが多い。

「情状証人を立てようにも、当てがなかった。学校も中退しているし、働いているわけでもない。中退した高校の教師の供述調書を提出するのが精一杯だった」

「その担任が、あなたの弁護活動に不満を感じていて、今回の懲戒請求に関係しているとか」

「ありえないね。裁判中、彼に話を聞きに行ったら、迷惑そうな顔をされたよ。彼にとって昇は、かつて頭のどこか片隅で気にかかっていた生徒、ぐらいの存在でしかなかった。教師という職業も激務らしいから、責める気にはならないがね。弁護人に対する懲戒請求なんて、考えもしないだろう」

「すると、残るのはやっぱりインターネット関係の知り合いね。パソコンが解析されていなかったか、調べてみる必要がある」

桐生は缶ビールを持った手の小指でこめかみを掻いた。

「パソコンを解析した報告書は俺も開示を請求した。それでいて開示された証拠の中にはなかったんだから、解析されなかったのだろう。もし解析されていたなら、開示漏れということになるぞ」

公判前整理手続の中で、弁護人は検察や警察の手元にある証拠の開示を請求することができ、その開示を行なうのは公判担当の検察官だ。もし開示漏れということになれば、陽子の落ち度ということになる。

「私はきちんと開示したわよ」むっとして陽子はいった。「でも、警察がすべてを回答してきたかわからない。当時は手続が始まったばっかりで、まだ証拠開示も手探りの状態だったから」

公判前整理手続が導入されて、証拠の開示を検察官に請求する権利が初めて弁護人に認められた。しかし当初、開示すべき証拠は、検察官の手元にある証拠に限られるのか、それとも警察が保有していて検察官に送致していない証拠も含まれるのか争いがあった。この争いは、最高裁判所が警察の保有する証拠も開示対象になると判断して決着したが、その判例が実務に定着するまでの数年間、弁護人が請求しても警察の保有する証拠が開示されないことがあった。

「きみは新任検事で、弁護人である俺もヒヨッコだった。警察から見れば、いくらでもごまかしようがあっただろうな」

「でも警察には、ごまかさなければならないような動機はなかったはず」

「警察にしてみれば、それまで誰にも見せたことのない捜査書類を、いきなり見せろといわれるんだ。粗探しをされてイチャモンをつけられるかもしれない、というのは動機になる。あるいは単に、面倒くさい、というだけでも充分だ」

陽子は大きくビールを呷《あお》った。

「あなたと話してると警察不信になりそう」

「警察を信用するほうがどうかしてる」

桐生が吐き捨てるようにいい、陽子はその調子の強さに驚いた。

「何かあったの」

陽子が訊くと、桐生は我に返ったように、「いや、弁護士をしていれば警察とはしょっちゅうぶつかるだろ。それでさ」と弁解した。

「まあいいわ。ともかく、昔の知り合いに尋ねてみる」

「向こうの県警に伝手《つて》があるのか」

「伝手、というほどじゃないけど、年賀状のやりとりが続いている人はいる。当時の捜査担当者を誰か紹介してくれるよう頼んでみるわ」

「昇にインターネットを通じた知り合いがいたとしても、そいつが懲戒請求に関係しているとは限らない。そこまでやる必要があるのか」

「あら、請求人を突きとめたくはないの？」

「突きとめたいさ。訳もわからず懲戒請求にかけられて納得がいかないし、気持ちが悪い。しかし警察に頼るというのは、どうもな。直接請求人に接触する手もあるだろ」

「請求人には手紙を書いた」

「もう手紙を出したのか」

「私も動くわよ、って電話でいったでしょ。私は二日前からあなたの代理人で、その手続をしたのはあなた。忘れちゃったの」

少し意地悪に陽子はいった。

「今日は判決書だけコピーして持って帰る。ほかは明日、宅配で私の事務所に送って」

「翔太に車で持っていかせよう」

「桐生くん、運転免許は？」

桐生は肩をすくめた。

「取る暇がなかった。原付免許は持っていたが、それもとっくに失効してる」

「糸島だと、車がないと不便そう」

「そうでもない。タクシーが便利なこともある」

タクシーは贅沢にも思えるが、駐車場を探す手間が省け、交通事故を起こすリスクを減らせる。しかも移動時間に事件記録を検討したり新聞を読んだりできるから、タクシー代を払う価値はある、と桐生はいった。

そんなメリットもあるのかと聞きながら陽子はビールを飲んだ。

「そうそう、念のため佐灯の戸籍も確認する」

「昇の戸籍をか」桐生が眉根を寄せた。「必要ないだろ」

「佐灯が死んでいない、という根拠は、刑務所からあなたに連絡がないという情況証拠だけ。確かめておいたほうがいい」

「職務上請求で取得するのは、問題にならないか」

「何いってるの、まさにこういうときのために私を雇ったんでしょう。私からすれば、あなたの事件を処理するために必要な調査よ」

桐生はまた軽く肩をすくめた。

9

「おかえり、陽子。ご飯できとうよ」

靴を脱ぐ陽子を、史郎が上《あが》り框に立ってにこにこと見ている。

スウェットの上下は陽子が朝出かけたときと変わらないが、その上に、同棲を始めてすぐに買ったエプロンを着けている。前身頃《まえみごろ》にスヌーピーの絵が大きく描かれたキャンバス地のものだ。

「どうしたの、いったい」

陽子は笑顔を返しながらも戸惑っていた。

「どうもしとらんよ。ちょっと晩メシを作ってみたくなっただけ」

史郎は陽子の鞄を持つと、先導するようにリビングに入った。

リビングのローテーブルには二枚のランチョンマットが敷かれ、煮魚を主菜とした夕《ゆう》餉《げ》が載っている。

「史郎の煮魚！　久しぶり」

「商店街の魚屋に、でっかいアラカブが入っとったけん。ビールはエビス、焼酎は黒霧のお湯割り」史郎が歌うようにいう。

「やっぱり、いいことがあったんでしょ。会社の起《た》ち上げの話が決まったとか」

「……そっちはうまいごといっとらん」

史郎が顔を背け、暗い声でいった。

——しまった、地雷だったか。

陽子は、ことさら明るく「じゃあ、ホントに私のために作ってくれたとね。ありがと！」とはしゃいで見せた。

「そう、煮付けは陽子の好物やったって思って。久しぶりやけん、時間かかったあ」

史郎が陽子に合わせるように明るい声をだし、陽子は心の中でほっとため息をつく。

——桐生くんより気を遣うなんて。

そう考えた陽子の目が一瞬冷め、史郎がその変化をじっと見ている。それに気づき、陽子はまた高い声をだす。

「お風呂に入ろうと思いよったけど、先に食べよっか。お腹すいとったから、もう耐えられない」

陽子が笑顔を作ると史郎も笑顔になり、「じゃあ、ビール持ってくるけん、着替えば済ませとけば。スーツだと苦しかろうもん」と、キッチンの冷蔵庫へと向かう。

陽子は寝室に入り、スーツをハンガーにかけ、部屋着に着替える。

——まずいわね。

史郎は、陽子が桐生との仕事を楽しんでいることに気づいたようだ。もちろん史郎は、桐生の名前も、依頼内容も知らない。

しかし史郎は、陽子が興味深く好奇心をそそられる仕事に打ちこみ始めると、自らへの関心が薄れるのを恐れるかのように、決まって陽子の機嫌をとろうとする。ここ数日の、陽子が自覚すらしていない態度の変化から、新しい仕事に陽子が惹かれていることを史郎は敏感に嗅ぎとったのだろう。

まずい、と陽子が思ったのは、事件だけではなく桐生そのものに惹かれている自分に気づいているからだ。

これまで依頼人がどんなに姿かたちが良くても、あるいはどんなに裕福であっても、弁護士と依頼人という厳然たる壁が存在していた。陽子にとって依頼人はすべからくその利益を守るべき対象であって、好き嫌いという個人的感情を差し挟む余地はない。それは、陽子のプロフェッショナルとしての矜持《きょうじ》でもある。

だが、桐生は同業者であり、自らが当事者となった事件の代理人を、便宜上、陽子に頼んだにすぎず、依頼人と弁護士という垣根をやすやすと越えてしまっている。というより、そもそも垣根がなかったというほうが正確だ。今夕の打合せにしても、弁護士同士で弁護戦略を練るのと変わりがなかった。そして、旧知の警察官に連絡をとることを桐生が承諾したあとは、福岡にいる同期の弁護士や裁判官の噂話で盛り上がった。

もっとも、弁護士会に顔をださない桐生のこと、もっぱら陽子が同期の近況を教え(「去年こっちに異動してきた柴田《しばた》裁判官、同期らしいよ。単身赴任で、こっちの弁護士の同期を誘ってよく中洲《なかす》に遊びに行ってるんだって」)、桐生は聞き役に徹していた(「柴田？　知らないいな。刑事裁判官なのか、評判はどうなんだ？　いや、無罪判決を書いたことがあるのかってことだ」)。

事務所でビール一缶を飲みきる間の、飲み会ともいえないような時間だったが、それでも陽子にとっては楽しい時間だった。沙耶華以外と噂話で盛り上がるなんてことはこれまでになかったし、桐生が丁寧に質問や感想を返してくれるのが陽子には嬉しかった。

——史郎にはできないもんね、法曹界の噂話なんて。

インド綿のワンピースに着替えて陽子が寝室を出ると、ローテーブルの前に座った史郎が、エビスビールの中瓶を手にして待っていた。隣に腰を下ろした陽子に、史郎がうすはりのビアグラスを手渡す。

「お疲れさま。今日も暑かったけん大変やったろ」

史郎が陽子のグラスにビールを注ぐ。

うすはりのグラスは慎重に手洗いしなければならないので、食洗機が活躍する二人の暮らしではあまり出番がない。しかし陽子は、儚《はかな》げながらも強さがあり、液体の冷たさを直《じか》に指に伝えるこのグラスが好きだった。

「今日は片付けも僕がやるけん」

史郎がいう。陽子の機嫌をとるために料理を作り、うすはりグラスを持ちだし、食器洗いも引き受ける。そんな史郎が今の陽子には疎ましく感じられた。

二人の生活では、食事は各自がとることになっている。それで史郎の食事の原資は何かといえば、陽子が折々に与える小遣いなのだから、史郎はまったく陽子に依存している。住んでいるマンションも陽子が買ったもので、水道、電気、ガスもすべて陽子が自分の名義で契約し支払っている。つまり史郎は生活にあたって一銭もだしていない。掃除も洗濯も陽子がしているから、こうなるともはや依存ではなく寄生である。

性生活も、同棲を始めたころこそ週に二、三度とあったが、そのうち週に一回になり、月に二、三回になり、今では月に一回あるかどうかだ。

たまに陽子は別れを考えるが、その度に今宵のように史郎は陽子の機嫌をとりにくる。そうしてずるずると十年以上にわたって一緒に暮らしていた。

「さ、食べてみ。久しぶりやったけど、よくできとうと思うっちゃんね」

軽くグラスを合わせて乾杯したあと、史郎がいった。

陽子は、飾り包丁で白い身が露わになり、赤い皮に脂を浮かせたアラカブの、側線のやや上側に箸を入れた。箸先は抵抗なく身に食いこむが、持ち上げても崩れない程度の固さは保たれている。それでいて口に含むと嚙むまでもなく身が解け、甘めの煮汁に引きたてられた淡白な旨みが滲みだし、舌の上に載った皮の脂を洗い流す。

「おいしい」

陽子は唸《うな》った。史郎の作る料理は絶品なのだ。滅多に作らないくせに、いざ作るといつも陽子を感嘆させる。レシピ通りに作っているらしいが、史郎の味覚が優れているのは疑いがない。

「よかった。さ、黒ぢょかが合うと思うけん、ぐっと」

史郎は黒ぢょかから猪口《ちょこ》に焼酎を注ぎ、陽子に差しだした。

黒ぢょかは酒器の一種で、急須を平べったく押しつぶしたような形をした焼き物だ。芋焼酎と水を混ぜ合わせて一晩おいたものを黒ぢょかに入れ、湯煎またはとろ火にかけ、人肌に温まったところを猪口で飲む。

猪口を受けとって口に流しこむと、臭みのない芋のふくよかな香りが口に広がり、鼻腔を通じて鼻先に抜けた。最後まで口に残っていた、煮汁の醬油の甘みが酒とともに喉を過ぎていく。

「堪らない」陽子は嘆息した。

「いけるやろ」史郎は得意満面だ。

陽子はうなずき、二口目の箸を伸ばした。

10

執務机に置かれた時計の針が午前八時を指すのを見届け、陽子は受話器を持ち上げた。

埼玉県警さいたま東警察署の、刑事組対課直通の番号を押す。

「下村《しもむら》さんをお願いします。昔お世話になった、福岡の一坊寺といいます」

下村は、検察官時代に特に仲良くしていた警察官だ。

警察、特に刑事の世界は典型的な男社会だ。そんな警察に対し、検察官は指揮権を持つ。いや、指揮権以前に起訴不起訴を決めるのは検察官で、警察がいくら捜査をしても検察官が起訴してくれなければ意味がない。自然と話をし易い検察官が刑事には好まれる。体育会系の男性検事がその典型だ。女性検事ということで陽子を敬遠する刑事が多い中、強行犯係のベテランだった下村は、あれこれと陽子に捜査のイロハを教えてくれた。男やもめということもあって、独身者同士、一緒に酒を飲むことも多かった。

定年退官してからも特殊技能指導係として再雇用されており、今は東署に勤めていると暑中見舞いにあった。

下村は、幹部になってからも毎朝八時までに出勤し、新聞を読みながらお茶を飲むのを習慣としていた。再雇用された今もその習慣を続けているだろうという陽子の読みは当たったようで、当直はちょっとお待ちくださいというと、保留にすることもなく下村に代わった。

〈おお、イチボン、元気にしてるか〉

「ご無沙汰してます、下村班長。お元気そうで」

〈班長はやめてくれ、一課にいたのはもう十年以上前だ〉

いいながらも満更ではない様子だ。

下村は、本部捜査一課の係長を務めたのち、各署の刑事課長を務めて、最後はさいたま中央警察署の副署長で退官を迎えた。

「私にとってはいつまでも一課の鬼班長ですよ」

〈ウソだ、イチボンにはいつも優しかったろ〉

「私には優しかったですが、小田《おだ》警部補は飲むといつも愚痴ってましたよ。班長にまた怒鳴られたって」

〈泣き虫の小田か。あいつも今じゃ捜査一課の班長だ。まったく人というのは化けるもんだ〉

ひとしきり笑ってから、下村は、

〈どうしたんだ、何か用があるんだろ〉と優しい声で訊いた。

「班長、佐灯昇って覚えてませんか。十六年前にあった、両親殺し」

少し沈黙があり、陽子が言葉を足そうとしたところで下村がいった。

〈あれだな、熊谷のほうであった事件。犯人が自首してきた〉

「それです。私が公判を担当しました」

〈思い出してきたぞ。その被疑者ってのは引きこもりで、なんかの拍子で親に爆発して犯行に及んだってやつだったな。自白事件で、帳場も立たなかった〉

「さすが、よく覚えてらっしゃる」

〈現役のころの話だからな〉心なしか、下村の声に張りがでていた。

〈それで、佐灯事件がどうしたんだ〉

「当時のことを知ってる方とお話ししたいんです」

〈当時のことを知っている、というのはデカのことだろ〉

「まあ、そうですね」

〈つまり、当時捜査にあたった刑事を紹介してくれと、そういうことだな〉

「そうはっきりいわれると、困っちゃいます」

〈まったく……捜査情報を漏らす警察官を紹介しろといってるようなもんだぞ〉

「すみません。でも、班長しか頼る人がいなくて」

〈やれやれだな。事情があるんだろ〉

陽子はほっとした。場合によっては、お前との付きあいはここまでだ、と電話を叩きられるかもしれないと心配していた。

「事件の弁護人が司法研修所の同期で、事件後にたまたま福岡で開業していてですね、最近、彼のもとに、事件について不可解な文書が届いて、引き合いだった私に相談に来たんです」

陽子は事実を歪曲《わいきょく》して伝えた。少なくとも嘘はついていない。

〈不可解な文書？　どんな内容なんだ〉

「彼の行動を、誹謗《ひぼう》中傷する内容です」

〈誹謗中傷ねえ。それ以上は話せないのか〉

陽子の口ぶりに、弁護士の守秘義務が絡んでいるのだろうと下村は気を回したらしい。実際、陽子は、下村に嘘をつかぬよう、それでいて桐生の依頼内容を漏らさぬよう、慎重になっている。

「話せないわけではないんですが、できれば」

いいたくない、という言葉を陽子は宙に消した。

〈十六年前の事件か……紹介できないわけじゃないが、イチボンは弁護士だからなあ。まだ現役の奴は話さないだろう。そうなるとOBだが、そのころ熊谷にいたのは誰だったか〉

下村が沈黙し、陽子は祈るような思いで待った。果たして、閃《ひらめ》いたとでもいうように下村が明るい声をだす。

〈あいつが熊谷だった。アライだ〉

「アライ？」

〈新井《あらい》毅《つよし》。新しい井戸に、毅然、剛毅の毅《き》を書いてツヨシと読む。盗犯係でね、あちこち所轄を転々としていて、何年か前に定年になった。熊谷にはけっこう長かったはずだ〉

「班長とは親しいんですか」

〈刑事になったとき、捜査専任教習で警察学校で一緒になって、それからの付きあいだからかなり古い。鼻っ柱が強くて、それが災いして出世に恵まれなかった。そういったところはイチボンに似てる〉

下村が笑う。

〈期は下だが、在職中はたまに会って酒を飲んでいた。あいつなら話をしてくれるかもしれない。あいつは……警察嫌いだからな〉

「警察嫌い？」陽子は戸惑った。「定年まで勤められたんですよね」

〈定年までいたが、何というか、最後のほうは勝手にやってる感じでな。上司も手を焼いていた。優秀だから放りだされるということはなかったが、結局、警部補にもなれず巡査部長のまま定年を迎えた。退官してからはＯＢの集まりに顔をだすこともない。再就職も警務の世話にならず自分で見つけていた〉

「でもまた、どうして」

〈盗犯というのは再犯率が高い。警察も再犯防止に力を入れるべきだというのが持論だ

「至極まっとうな意見に聞こえますが」

〈問題はその手法だ。GPS装着や自治体への名簿登録ならまだしも、再犯防止教育や生活保護との連携なんかをいいだしてな。犯罪者への同情論を強く振りかざすようになったんだ〉

下村は本部捜査一課で一隊を率いた男だ。犯罪者に対する同情は薄い。陽子にしてみれば、再犯防止のためにGPS発信機の装着を義務づけるなど人権侵害も甚だしいと感じるが、彼らにとってはそちらが当然なのだ。

「なかなか癖のある人のようですね。ほかにはいらっしゃいませんか」

陽子は興醒めした気分を悟られぬよう話題を変えた。

〈熊谷にいたというOBは何人か思いつくが、弁護士と話す奴はいないだろうなあ〉

「ありがとうございます。新井さんを紹介していただければ助かります」

〈あとで連絡をとってみよう。そうだな、夕方にまた電話をくれるか〉

「すみません、厄介なお願いごとで」

〈なあに、久しぶりにイチボンの声が聞けてよかった。ついでにもう一人か二人にも声をかけてみよう。昔の連中に連絡をとる口実にもなるし、そんな手間でもない〉

機嫌よく下村はいった。

受話器を置いた陽子は、一日の予定を確認した。法廷が二件と、顧問先の相談が二件、それに法テラス無料法律相談事業を利用した新規の法律相談が一件入っている。

陽子のような「街弁《まち》」は、事件の着手金と報酬金で生計を立てており、新しい事件を常に受任し続けなければ干上がってしまう。新しい事件を得るため、陽子は法テラスの無料法律相談事業に登録していた。

法テラスは、各県に設けられた法務省所管の司法支援センターのことだ。収入の少ない人間は、法テラスのホームページで公開されている登録弁護士の名簿を見て、無料で相談できる。相談希望者は登録弁護士の事務所に直接電話し、「法テラスホームページを見た」と告げて予約すればよく、相談料は、事務所で相談者が記入する申請書類に基づき法テラスから登録弁護士に支払われる。

この制度を利用した今日の相談者は、森田恵美《もりたえみ》という女子大生だ。中山が電話で聴き取ったメモによると、一か月前に叔母を亡くし、自分しか相続人がおらずに困っている、という内容だった。

相談は午後三時からだ。新規の法律相談が三十分で終わることは珍しく、丁寧に事情を聴いていけば一時間近く、場合によっては一時間半に及ぶこともあるため、後の予定は空けてある。弁護士の中には機械的に三十分で切り上げる者もいるが、陽子はわざわざ事務所まで足を運んでくれた相談者を邪険にするような真似はしたくなかった。

中山が出勤し、午前九時を過ぎるとすぐに内線が鳴った。

事務所への電話はいったん中山が受けるため、外線の呼出は事務局の電話機だけが鳴り、陽子の執務机にある電話機は鳴らない設定になっている。

陽子が受話器を上げると、中山が「桐生先生からお電話です」と告げた。

〈今、翔太の運転で区役所に向かってるところだ。佐灯事件の記録を積んでいるから、今日中にそっちに届ける〉

「区役所？　裁判所じゃなくて？」

〈裁判所に掛け合っても金はでない。生活保護は区役所の窓口じゃないと申請できないだろ〉

「ＮＰＯの関係ね。昨日のお爺さん？」

〈昨日とは別口。出所後に真面目に働いていた男が、会社の業績不振を理由にクビを切られた。おまけに一身上の都合で退職しますという退職願に無理やりハンコをつかされ、自己都合退職扱いになって二か月間は失業保険をもらえない。それでＮＰＯに駆け込んできた〉

陽子は受話器を握りなおした。

「ちょっと酷いわね、不当解雇じゃない。会社と交渉しないと」

〈そのつもりだが、手が足りない。まず生活保護を申し立てるのが先だ〉

桐生が少し沈黙し、そして思い切ったようにいった。

〈手伝ってくれないか。安いが、法テラスを利用すれば手間賃ぐらいはでる。担当ワーカーは諸星だ〉

陽子の脳裡に、質屋の社長に向かって啖呵《たんか》を切っている諸星の姿が思い浮かんだ。確かに放っておけない気がするし、如月からも手伝って欲しいといわれている。

「いいわ、引き受ける。会社から金をとってやろうじゃないの」

桐生が電話の向こうで笑った。

〈そいつは心強い。諸星も喜ぶ〉桐生の口調からふっと力が抜けた。〈ホントに助かるよ〉

「そんなに感謝されると気持ち悪い」

桐生がまた笑い、陽子の耳に快く響いた。

〈梨花の件でグッドニュースだ。先ほど警察から電話があって、ぐ犯少年として家裁送致するといっている〉

「ぐ犯で家裁送致？」陽子は混乱した。「殺人罪じゃなく？」

ぐ犯とは、犯罪行為に及ぶ虞《おそれ》があるという意味の虞犯《ぐはん》のことで、少年法上、警察は虞犯少年を発見したときは児童相談所に通告するか、家庭裁判所に送致して保護処分を求めることができる。

〈殺人罪は処分保留で釈放。いわゆる認定落ちのぐ犯だな〉

——警察は、梨花さんが殺したとは考えていない？

処分保留で釈放ということは、事実上、警察に梨花を殺人罪で立件する意思はないということで、確かに明るいニュースといえる。一方で、なぜ警察は釈放で終わらせず、ぐ犯で家裁送致したのか疑問が湧いた。

「身柄は？　梨花さんの身体拘束はどうなるの」

〈観護措置をとるようだ。だから警察署から少年鑑別所に移送される〉

警察にしては手際のよい、まるで最初から決まっていたかのような動きだ。初動捜査で何かを摑んでいたに違いない。

「事件当日の状況を諸星さんから聴きたい。母親からも」

〈諸星からできるだけ早く話を聴けるようセッティングする。母親とは連絡がとれない。携帯電話にでないんだ〉

「困ったわね」

〈警察から通知がいっているはずだ。そのうち向こうから連絡があるだろう。とりあえず、諸星との調整がついたらまた連絡する〉

桐生が通話をきりそうだったので、私からも報告したいことがある、と慌てて陽子は下村との会話を伝えた。

「ひょっとしたら、懲戒請求事件のことを打ち明けないといけないかも。いいわね」

陽子は、守秘義務解除の了承を求めた。

〈当時の捜査官には、正直、あまり接触してほしくない。警官は信用ならないからな。ぎりぎりまで細かな事情は打ち明けないでくれ。やむをえない状況になったら改めて協議しよう〉

一方的に電話がきれた。腹は立ったが、依頼人の意向に従わざるをえない。

11

桐生から連絡のないまま午後三時になり、「先生、相談者の方がお見えです」と中山から声がかかる。

「すぐ行く」

陽子はジャケットを羽織り、法律用箋と模範六法を持って立ちあがった。会議室に入ると、マスクを着けた女の子が座って法律相談カードを記入していた。

「森田恵美さん？　初めまして、一坊寺です」

——ホントに大学生？　背は高いようだけど、幼い。

陽子は疑問に思ったが、自分が大学を卒業したのはもう十八年も前だと思い直した。

サイドテーブルのケースから名刺を一枚取りだす。恵美は慌てて立ちあがり、戸惑った様子で両手で受けとってから、思い出したように頭を下げた。

「座って。相談カードの記入は終わった？」

砕けた口調で陽子が訊くと、恵美はカードを差しだした。

「ありがとう」

緊張を解こうと優しい口調で陽子がいう。恵美は照れたように俯いてしまった。

初々しく思いながら、陽子はカードに目を通す。住所は市内で、通学先は二万人近い学生を抱える福岡最大の私立大学だ。電話番号は携帯のそれが書かれており、記入された生年月日からすると、二十歳になったばかりということになる。

中山が会議室に入ってきて、恵美と陽子に緑茶をだした。

「今は一人暮らし？」

中山が下がるのを待って陽子は訊いた。

「はい」

「一軒家で一人なの？」

「あ、いいえ、アパートです」

「でも部屋番号が書かれてないわ」

「部屋番号……すみません、書き忘れです。ええと、二〇一です」

「じゃあ書き足しておきましょうね」陽子は住所欄に加筆した。

「本人確認書類は持ってきてるかしら。免許証とか、保険証とか、学生証とか。事務員から持参するようお願いしたと思うけど」

「本人確認書類……すみません」

「学生証も持ってない？」

「家に置いてきました」

「そう、だったら、仕方ないわね」

「あの、相談できないんでしょうか」

消え入りそうな声だった。陽子は微笑みながら首を横に振る。

「いいえ、大丈夫よ。ただ、法テラスに申請する紙を後で書いてもらわないといけないんだけど、そこに事実と違うことを書くと詐欺になるから、それだけは覚えておいて」

恵美が目を瞠《みは》った。

「じゃあ始めましょう。叔母さんが亡くなったのね、お悔やみ申し上げます。それで、具体的に教えてほしいんだけど、叔母さんのお名前と、亡くなったのはいつかしら」

「叔母は森田ノゾミといいます。亡くなったのは先月の四日」

「叔母さんは、あなたのお父さん、お母さん、どちらの妹？」

「父です」

はっきりと恵美は答えた。予想していた問答に入って落ち着いたのだろう。想定外の質問をして揺さぶってやろうかと思わないでもなかったが、少女のいじらしい姿に意地悪をするのはやめた。

「相続人はあなただけと、事務員が聞いたようなんだけど」

「叔母は結婚していませんでしたし、祖父母も父も亡くなっているので、相続人は私だけだと聞きました」

「そうね、配偶者も子供もいないなら、まず親が相続人になるんだけど、叔母さんのご両親、つまりあなたの祖父母が亡くなっているなら、次は兄弟姉妹《けいていしまい》が相続人となる。兄弟が亡くなっている場合は、兄弟の子供が代襲相続といって、代わりに相続することになる。叔母さんの兄弟は、お父さんだけ？」

「はい、そうです」

「そうなると、やっぱり相続人はあなただけね。叔母さん、何か財産はあった？」

「よくわかりません。父が亡くなった後は、あまり付きあいがなかったので」

「大学に入るまでお母さんと暮らしていたのね」

「はい。叔母が亡くなったことは母から知らされ、相続人はあなただけみたいよと」

「叔母さんはどこで暮らしていたのかしら」

「熊本市で、一人暮らしをしていたようです」

「そう。じゃあ、まずは叔母さんの財産を調べること。もし借金があるようなら、相続放棄をしたほうがいいかも。放棄できる期間は、叔母さんが亡くなったのをあなたが知ったときから三か月以内」

「財産を調べるって、どうやって調べるんですか」

「叔母さんの部屋の片付けがあるでしょう？　そのときに通帳を探してみて。財産というのは大きく分けて、家や土地といった不動産、自動車や宝石などの動産、株などの有価証券、預貯金、生命保険、現金がある。預貯金は通帳を見ればわかるし、借金があれば返済の引落しが記録されているはずだから、それで債権者……金を貸している会社に問い合わせればいい。保険に入っていれば保険料の引落しがあるはずだし、有価証券も証券会社への振込み履歴があるはずだから、通帳をみればだいたいわかる。不動産や自動車は、もし持っていれば税金の通知書があるはず。不動産については、今は民間の機関で、名寄せといって名前で検索できるサービスもあるわ」

恵美は、メモをとらずにうなずきながら聞いていた。メモぐらいとりなさいよと陽子は心の中で苦笑する。

「あの、もし叔母に借金があったら、どうすればいいんですか」

「さっきもちょっといったけど、借金の額が、プラスの財産の額よりも大きいようなら相続放棄をしたほうがいい。相続放棄申述書というのを、亡くなった人が住んでいた場所の家庭裁判所に提出するの。叔母さんが熊本市で暮らしてたなら、熊本家庭裁判所ね」

「そのシンジュツ書というのは、どういったものなんですか」

「書式は裁判所に置いてあるし、職員に訊けば書き方も教えてくれる。インターネットにも載っているわ。ただ、叔母さんの生まれてから亡くなるまでの戸籍を添付しなければならないから、それがちょっと厄介かも」

「わかりました、ありがとうございました」恵美が頭を下げた。

「もういいの？　もっと細かく教えてあげられるけど」

拍子抜けした思いで陽子は確認したが、恵美は「いいえ大丈夫です。とてもよくわかりました」ともう一度頭を下げた。

「そう。じゃあ法テラスの申請書類を用意するから、ちょっと待って」

陽子は腰を上げた。

「あの、やっぱり、直接払います」

陽子が恵美を見ると、恵美は顔を伏せた。

「法テラス利用の無料相談でなくていいってことね」

「はい」

「法律相談料は、三十分以内五千五百円だけど、大丈夫？」

「大丈夫です」

恵美は三つ折りの財布を取りだした。

「わかった。領収書を持ってくるから、お金を用意しておいて」

会議室を出ながら、陽子は笑みを隠しきれずにいた。

相談料を無料にすることもできた。しかし、そんなことをしてもあの子のためにならないだろう。無形のサービスであってもお金がかかることは、しっかりと認識しておいたほうがいい。陽子は中山に、森田恵美宛で領収書を作るよう頼んだ。

領収書をトレイに載せて会議室に戻ると、恵美は現金を手に待っていた。陽子が差しだしたトレイに千円札と五百円玉を置いて領収書を受けとり、物珍しげに見つめる。

「もし相続放棄でわからないことがあったり、追加で訊きたいことがあったら、遠慮なく電話して。場合によっては熊本の弁護士か、司法書士を紹介してあげる」

恵美は、ありがとうございますといって立ちあがり、陽子は事務所玄関まで並んで歩いた。上背は陽子と変わらないが、線は細く、まだまだ育ち盛りといった印象を受ける。大学生にしても二十歳というのは嘘だろう。ひょっとしたら高校生ということもありうると陽子は思った。

「今日、学校は？」

「昼から休みです。学校説明会で」

扉の前で恵美が答える。

「そう。気をつけて帰ってね」

「ありがとうございます。失礼します」

恵美が扉を開けて出ていった。カウンターの中で立って見送っていた中山がぽつりという。

「学校説明会で午後休って、彼女は高校生？　なんで大学生なんていったんでしょう」

「大学生というより、二十歳というところが重要だったんじゃないかな。未成年だと親権者の同伴を要求されると思ったんじゃないかしら」

陽子は会議室に戻り、法律用箋を六法に重ねて胸に抱えた。

「どんな相談でした？」

湯呑みと茶托を片づけながら、中山が訊いた。

「予約のときにあなたが聴いたのと一緒。叔母さんが亡くなったんで相続手続について教えてほしいということだったんだけど、相続財産の調査方法には関心がなくて相続放棄に関心があった。でも放棄手続なんて、インターネットで調べればすぐわかるのに」

「何でもネットに載ってる時代ですからねえ。でもネットの知識なんてどれが本当かわかりませんから、それで専門家に話を訊きに来たんじゃないですか」

「行動力は大したものね。名前や年齢を偽るのは感心しないけど」

「法テラスへの申請は諦めたんですから、いいのでは。相談料もきちんと払って行きましたし」

中山が恵美を庇うようにいう。そうね、と応じて陽子は執務机に戻った。

12

「はじめまして。元埼玉県警の新井さんですね」

〈あんたが一坊寺さんか〉愛想のない声で新井がいった。

〈下村から聞いた。佐灯昇の事件について聞きたいそうだな〉

森田恵美の法律相談を終え、陽子は下村に電話した。

下村は、心当たりにあたってみたが、佐灯事件を担当していなかったり、担当していても弁護士と話すのを嫌がる者ばかりで、新井しか話をしてくれそうにない、と少し残念そうにいった。

一人でも話をしてくれるだけで充分です、と陽子は礼を述べ、すぐに教えてもらった携帯番号にかけた。

〈なんであの事件を福岡の弁護士が調べている〉

不審を隠そうともせず新井が訊く。

「下村さんからは何も聞いていませんか」

〈おたくがヤメ検で、事件の公判立会だったことは聞いている〉

「私の同期があの事件の弁護人でして、彼から相談を受けたんです。最近、彼のもとに変な文書が届いたと」

〈変な文書?〉

「桐生晴仁が佐灯昇を殺した、という文面です」

〈はっ〉電話の向こうで、新井が噴きだした。〈話にならない。そんなのを真に受けているのか。だいたいそのキリュウというのは誰だ〉

「決して真に受けているわけではありません」陽子は釘を刺す。「キリュウというのは私に相談してきた同期の弁護士です」

〈そいつと、佐灯の関係は〉

「彼は佐灯昇の弁護人で、従兄弟です」

〈佐灯の自首に付きあったやつか〉

「覚えてらっしゃる?」

〈盗犯係も刑事課だから、管内で殺しがあれば初動に駆りだされる。あの弁護士、今は福岡にいるのか〉

「ええ。私も今は福岡ですから、あの事件を知ってるということで相談相手に選ばれたんです。話を聴き、私も不思議に思って、ちょっと調べてみようと」

我ながら苦しい理由付けだと陽子は思ったが、ほかにいいようがない。陽子は電話機のスプリングコードを指で弄んだ。

「そんな文書を送ってくる人間に桐生弁護士は心当たりがなくて、まずは差出人を突きとめようと。文書を書いた人間は佐灯の周りにいる可能性があるので、当時の捜査官の方から話を聴けないかと思って」

〈それで下村に連絡したわけか。下村とは仲が良かったのか〉

調査理由に納得してもらえたかと安心し、陽子はスプリングコードから指を離した。

「さいたま地検にいたとき、何度か一緒に飲みました。そのあとは年賀状と暑中見舞いのやりとりを」

〈じゃあ、あまり親しい仲でもないってことだ〉

「そんなことはありません」

情報提供を拒まれるのを恐れ、陽子は早口になった。

〈勘違いするな、私はそっちのほうがいい〉

言葉の意味を陽子が質《ただ》す前に、〈あんた、なんで検事を辞めた〉と新井が訊いた。

「私が検察庁を辞めた理由ですか」

〈そうだ〉

「なんでそんなことを」

〈こっちばっかり情報を出すのは不公平だろう〉

「長くなる話なんで」

〈金儲けか〉

「金儲けなら、弁護士にならずに検察庁にいたほうがよかった。私が辞めたころは弁護士大量増員時代でしたから」

〈宮仕えが嫌になったか〉

無愛想一偏だったのが、陽子に興味が湧いたのか声の調子が変わった。

「それに近いですね。事件をめぐって上司とぶつかってしまって」

陽子は、東京地検、さいたま地検、岐阜地検で勤務した後、京都地検特別刑事部（特刑部）に配属された。

特刑部は、規模こそ東京地検特捜部や大阪地検特捜部と比べるべくもないが、同じように検察が独自に捜査し被疑者を検挙する部署だ。陽子が配属されて間もなく、特刑部は、あるファイル共有ソフトをめぐり、開発者を著作権法違反のほう助犯として逮捕した。

そこで陽子が見たのは、部長の無理な筋読み、それに合わせた主任検事の自白獲得の指示、取調べ担当検事の強引な取調べだった。陽子は起訴に反対したが、末端検事の異論など聞き入れられるはずもなく、特刑部を外されて東京地検公判部へ転勤となった。

この一件は、日々の業務に追われて忘れかけていた、検察官を志した初心を陽子に思い出させた。冤罪を防ごうと捜査の粗を細かく指摘し、刑事部（捜査部）と衝突を繰り返すようになる。しばらくして、ファイル共有ソフトの開発者が無罪となったというニュースを聞き、特刑部を外されたとはいえ訴追を止められなかったことを陽子は悔やんだ。

そんな折、陽子は市川史郎という名の被告人を担当することになった。

史郎は甘棠館高校を卒業後、東京の私立大学に進学したが、不動産業を営んでいた父親が破産し、退学を余儀なくされる。退学後、史郎は、大学で所属していた投資研究サークルの仲間とともに会社を設立した。ＩＴベンチャー企業の体裁をとってはいたが、その実態は、翻訳ソフトが入っていると称するＵＳＢメモリを使ったマルチ商法だった。発案したのは在学生たちで、実務も彼らが仕切ったが、学生という身分を理由に会社代表者には就かず、史郎を社長に立てていた。

やがて会社は警視庁に摘発された。学生たちは起訴を免れたものの、唯一の社会人で、会社代表者でもある史郎だけが詐欺罪で起訴される。史郎は、会社の業務は適法だったと刑事裁判で主張したが、執行猶予付きの有罪判決を受けた。

その判決言渡しの日、史郎は、法廷に傍聴に来ていた増田《ますだ》と名乗る男に声をかけられる。健康食品会社の社長だという増田は、史郎に食事を奢《おご》り、うちの会社で働いてみないかと勧誘した。増田の会社に就職した史郎は、顧客候補リストと呼ばれる名簿の番号に電話をかけ、増田が作った販売マニュアルに従って健康食品を売り捌《さば》いた。順調に売上げを伸ばし、ほどなくして史郎は会社の幹部となる。

しかし幹部になってすぐ、顧客候補リストが、過去に詐欺商法の被害にあった高齢者の名簿で、増田が非合法に手に入れたものだと知る。そのような名簿を売買するネットワークが存在するのだ。健康食品と称するハーブ茶も、三等品の茶葉に人工着色料を混ぜたものだと知った。

史郎は、顧客候補リストと販売マニュアルを警察に持ちこんだ。だが増田は、一足先に、史郎が競合会社を興すためにそれらを盗んだと告訴していた。逆に史郎が不正競争防止法の営業秘密侵害罪で逮捕されてしまう。企業秘密を手厚く保護するという国の施策に従い、捜査検事は史郎を起訴した。

しかし公判では、営業秘密の持ちだしは通報のための正当行為であったと認められ、史郎は無罪となる。無罪判決を受けた足で陽子は公判部長に退官願を提出し、その場で受理された。

〈無罪がでたのは、警察と捜査検事の責任だろう。なぜ公判検事が辞める必要がある。

何か理由があるのじゃないか〉

「いいえ、ありません。強《し》いていうなら、検察官としてやっていく自信が無くなった、というところです」

新井にすべてを話すつもりはなかった。新井の意図がわからないし、プライベートに関わることでもある。

陽子が口を開きそうにないと感じたのか、新井は、まあいいだろう、と話に区切りをつけた。

〈佐灯事件の関係者を知りたいという話だったな〉

「ええ。今ごろになって弁護人におかしな文書を送ってくるような人間がいないか」

〈結論からいえば、私の知る範囲ではいない。佐灯は、高校を中退して自宅に引きこもっていたから、あらゆる交友関係はそこで終わっている。先生も、身上調書には目を通しているはずだ〉

呼び方が「あんた」から「先生」に変わっているのに陽子は気づいた。

「ええ。学友以外の関係は？」

〈佐灯の部屋にはADSL回線が引かれていて、インターネット上の掲示板に出入りしていた。ネットで知り合った何人かとはメールでやりとりしていたらしいが、なんせ二〇〇〇年のヒト桁の時代だ、そこまで詳しく調べてはいない〉

「調べていない？　捜査しなかったんですか」

〈無茶をいうな。被疑者が出頭していて、帳場も立たなかった事件なんだ。本人の供述の裏付けをとってそれで終わりだ〉

「でも」

〈ちょっと待て。先生も検察官のとき担当した事件で、印象に残っているやつがあるだろう。ところがこの事件はどうだ？　事件の存在すら忘れていたのじゃないか。事件には、誰が何といおうと、難しいとか簡単とか、重いとか軽いとか、差はあるものだ。佐灯事件は、二人殺しのわりには、簡単で軽い事件だった。だから先生の記憶にも残っていない〉

陽子は反論しようと口を開きかけたが、新井が続けた。

〈勘違いするな、先生が悪いといっているわけじゃない。私がいいたいのは、そんな制度だということだ。警察も検察も、右から左に事件を流し続けなければ、とてもじゃないがやっていられない。この佐灯事件もそうだ、右から左に流しておしまい。たとえ犯人が証拠隠滅のような行為をやっていても、それを追及するような暇はなかった〉

「証拠隠滅？」

〈のような、といった。佐灯は出頭前に、パソコンのデータを全部消していた。だから確認できたのはプロバイダーに残っていた通信記録だけで、通信内容までは把握できなかった〉

「え？」陽子は慌てて記憶を探ったが、思い当たるところがない。

「そんな話は聞いてなかったと思う」

〈そうかもしれないな、警察でも検察でもスルーされた。ただ、捜査報告書には、パソコンのハードディスクドライブに通信内容は存在していない、と記載されていた〉

「そんなんじゃ、被疑者が出頭前に消したとは思わないじゃない。本当の話なの」

憤りを覚え、陽子の口の利き方も変わる。

〈私が報告書を作ったのだから、間違いない〉

「あなたが作った！」

〈だから思い出したんだ。きっと先生も、当時私の名前を目にしていたはずだ〉

「被告人の供述調書は？　データを消したという調書があれば、私も目を留めたはず」

〈スルーされたといっただろう。佐灯はデータを消したとうたったが、調書には記載されなかった〉

「なんでそんな重要なことを記載しないの」

〈被疑者の供述をぜんぶ調書にするわけじゃないことくらい、知っているはずだ。取調官が重要と思うところだけが調書になる。そうでなければ弁解を漏らさず記載しなければならなくなるし、その弁解を潰すための裏付け捜査をやらなければならなくなる。そんなことをやっていたら、とても現場は回らない〉

「パソコンのデータを消したというのは、重要でしょ」

〈捜査検事だって佐灯を取り調べている。なのに、検察官調書にもデータを消したとい

う話はなかったろう〉

新井のいうとおり、検察官調書でもデータを消したという供述を見た覚えはなかった。

〈佐灯事件のころは、警察も検察もデジタル証拠の重要性について認識が薄かった。一応、どんなデータが消去されたか調べたほうがいいと私は課長にいったが、課長は乗り気ではなかった。まあ、自白事件だから無理もない。起訴と同時に私は捜査班から外れたから、その後どうなったかはわからないが、あの様子だと調べていないと思う。捜査検事も課長と同じ判断で、だから公判検事の先生には話が入らなかった〉

陽子はため息をついた。いいたいことは沢山あったが、ここで新井を責めても得るものはない。

「わかった、ごめんなさい。時代というやつを忘れてた。じゃあ学友はなし、パソコン関係の交流は不明。ほかには？」

〈そんなところだ。犯人が出頭してきた自白事件なんて、簡単で軽くて、そのくせ勾留二十日間で起訴できる証拠書類を作らなければならないから忙しくて、記憶に残らない。本部からの応援が来たかも思い出せないような事件だ。先生も裁判は楽だったろう〉

「そうね」陽子はうなずいた。「一回結審だった」

〈だろう、裁判の結果も大した記事にならなかったはずだ。何年食らった？〉

「懲役十七年」

〈だったらもう出てきてもおかしくない。案外、佐灯本人が書いたのかもしれない〉

「本当にそう思う？」

新井は黙りこみ、しばらくしてから、

〈いいや、奴じゃないな。弁護人に恨みがあるなら、もっと早く行動している。それに、あの弁護人は佐灯の身内だった。まめに接見に来るから、下品な噂がたったくらいだ〉

といった。

「どんな噂？」

〈一日に二回も三回も接見に来るから、その度に取調べを中断しなければならない。それで取調官が頭にきて、二人はいい仲じゃないかっていいだした。確かにちょっと気持ち悪いような、親しげな雰囲気が二人にあった。みんな面白がって、きっとそうに違いないといっていた〉

マチズモの強い警察ならではの噂だろうが、陽子は面白くない気分になった。ひと言いってやろうと思ったが、新井に
〈私はそんなバカな噂に乗らなかったからな〉

と機先を制され、タイミングを失った。

「彼は私と同期で、弁護士一年目だった。おまけに東京の大規模事務所に勤めていたから刑事事件は初めてで、それで慎重になって頻繁に接見してたんでしょう」

〈わかっている、誰も本気でいっていたわけじゃない。現場の口さがない連中の冗談だ〉

ほかに訊くことはあるだろうかと考え、電話線が沈黙する。この電話が終われば、新井と話す機会はもうないかもしれない。

パソコンのデータが消去されていたというのは、新しい情報だった。佐灯のパソコンについてデジタル・フォレンジック——消去されたデータを復旧し、紙媒体に打ちだすなどする電子的記録の証拠化——が行なわれていなかったかを確認したい。そこまで新井に要求するのは難しいだろうかと陽子は悩んだ。

〈少し調べてやろうか〉

陽子の逡巡《しゅんじゅん》を見透かしたように新井がいう。

「いいんですか」

思わぬ申し出に、陽子は敬語になった。

〈怪文書を送った人間がいるのだろう。捜査に見落としがあったとは思わないが、今ごろになってなぜ、とは私も気になる。再就職先も辞めたから時間はあるし、当時鑑識だった奴にあたってみることはできる〉

「ぜひお願いします。正直、当時の捜査関係者に話を訊くのは手詰まりで」

〈それはそうだ、いくら元検事といっても今は弁護士。話をしようという警察官はそういない〉

「なぜ新井さんは私に協力してくれるんです」

〈私のことについて下村からは何も聞いていないか〉

「警察に対して、あまりいい思いを持っていないとは、聞いています」

新井は笑った。

〈いい思いを持っていない、か。うまい表現だ。四十年以上奉職した組織だ、嫌いなわけではない。しかし正しいとも思えなくてね、挙げ句に上司と衝突して目をつけられた。先生に協力しようと思ったのは、それも関係している〉

過去を聴いてシンパシーを感じてくれたならば、古傷に塩を塗り込むようなおしゃべりは無駄ではなかったということか。陽子は溜飲を下げた。

〈近いうちにそっちに行こう〉

「福岡にいらっしゃるんですか？」

〈ゆっくり九州旅行と洒落こむのも悪くない。埼玉から福岡までの交通費をもってくれればありがたい〉

「それはもちろん」

桐生に請求してやろう、と陽子は心に決めた。新井が実のある話を持ってくるとは限らないが、当時の捜査官と顔を合わせて話ができる機会は貴重だ。調査に進展があり次第、連絡をもらうことを約束して電話を終えた。

13

受話器を置いた陽子に、様子を窺っていたらしい中山が近寄り、「桐生先生が見えてます」と告げた。

佐灯事件の記録を届けに来たのだろうと思い、陽子は会議室に向かう。ところが、会議室には桐生と並んで諸星が座っていた。

「NPOの事務局に寄る用事があったから、ついでに連れてきた」

「事務局はどこにあるの」陽子は椅子を引きながら訊いた。

「宮若《みやわか》市だ」

宮若市は、福岡市と北九州市の中間にある、人口三万人足らずの街だ。

「なんで宮若市に?」

「宮若にある、教会敷地の一部を借りている」

「九州自動車道が通っていて、福岡にでるにも北九州にでるにも車の便がいい、というのが建前だが、実際のところ土地が安くて広い、という理由だろうな」

「諸星さんを連れてくるなら、ひと言いってくれればいいのに。もし私の予定が詰まっていたら、どうするつもりだったの」

四日前と同じ言葉を陽子はいった。

「一坊寺先生のアポ、取っとらんかったん？」

諸星が隣の桐生を睨んだが、桐生は飄々《ひょうひょう》としている。

「なるべく早く、と思ってね。事件記録を届けることは伝えてあった」

「私は記録じゃなくて人間なんですけど」諸星が険のある声でいう。「こっちは夕方の予定がめちゃくちゃになったんよ」

「だったら早く済ませよう。事件現場のことだ」

桐生の言葉に諸星の目が泳ぐ。

「思いだしたくない記憶だろうが、梨花のために聞かせてくれ」

人の死体を見るというのは、それだけでPTSD（心的外傷後ストレス障害）になりかねない経験だ。しかし諸星の話は梨花を弁護するうえで重要だ。

「私もプロや、何でも訊いて」

諸星が向かいに座った陽子にうなずく。

「諸星さんは、梨花さんの家にどこから入ったの」

「リビングの掃出し窓。山下さんちは、住宅団地の中にある建売の一戸建てで、呼び鈴を押したけど誰もでらんし、玄関をガチャガチャやっても開かん。庭に回ったんやけど、電気は点《つ》いてるのに応答がない。それで、これはいけん状況やと思って、落ちとった石でガラスを割った。けっこう大きな音が響いたから、近所の誰かが警察に通報してくれると思って、家に入った」

「お前、家の中に危険人物がいるとか、考えなかったのか」

「慌てとったし、梨花のことが心配やったし……」

「まず自分の安全確保と、いつもいってるだろう。翔太や如月さんを呼んでもよかった」

諸星はフンと鼻を鳴らした。

「待ってる間に何かあったらどうするっちゃ。『助けて』といわれたんよ」

「確認するけど、梨花さんは電話で、『助けて』っていったのね」

「そう、泣きそうな声やった」

桐生が、どうした、と目顔で陽子に訊く。陽子は首を振ってそれには答えず、「家の中に入って、どうしたの」と尋ねた。

「家中の電気が点いとったから、とにかく梨花の部屋に行かんとと思って階段に」

「梨花さんの部屋が二階にあるのは知ってたのね」

「一時保護から帰すとき、部屋まで行ったから」

「それで？」

「梨花の部屋は階段上ってすぐの右側にあるんやけど、入口に父親が倒れとった。横向きで。それで、脇腹には」諸星が唾を飲む。「包丁が刺さっとった」

「体は完全に部屋に入ってた？」

「いや、ちょうど入口を跨《また》ぐ形。それで床には、赤い……血が溜まっとったっちゃ」

「頭はどち向き？　部屋のほうか、階段か」

「部屋のほう」諸星の目に涙が浮いている。

これ以上の質問は酷かもしれないと思ったが、「部屋の中の様子は？」と訊いた。

「それが、死体……遺体を見て固まってるうちに、警官が来て、家の外に連れだされたけん、部屋の中はよう見とらん」

桐生がふうっと息を吐き、

「逮捕されなかっただけ運がいい。緊急逮捕されてもおかしくない状況だぞ」

と小言をいった。さすがに諸星は悄然《しょうぜん》とする。

「だが、なるほど、部屋の入口で、中のほうを向いて倒れていたか」

「どうしたと。一坊寺先生といい、そんなに大切なこと？」

桐生が説明しろとでもいうようにこちらを見たので、陽子は考えながら口を開く。

「梨花さんの供述では、ベッドに潜り込もうとした父親を刺したのよね。そうすると、刺された父親はどういう体勢で倒れるのが自然かしら」

「バタンと、ベッドに倒れる」

「それは即死の場合ね。だけど包丁で腹部を刺されて即死、というのはあまりない。腹部を刺された場合、ほとんどの死因は出血性ショック死、一般的には失血死といわれるもの。刺されて出血し、血圧が低下してショック状態に陥り、死に至る。あなたの話でも父親はかなり出血していたようだから、失血死の可能性が高い。ただ、刺されてからショック状態に陥るまで少しタイムラグがあるのが普通で、即死というのは少ない。じゃあ、刺されて意識のある人間は、どうするかしら」

「刺した相手から逃げる?」

「それが普通でしょうね。あるいは包丁を取りあげようと揉みあいになるか。いずれにせよ父親の頭が部屋の中を向いていたというのはちょっとおかしい」

「梨花は、父親を刺したあと部屋を飛びだしたと供述している。なのに父親は入口の境で頭を部屋に向けて倒れていた。これは不自然だろ」

「梨花を追いかけようとした可能性もあるんと違う?」

「だったら、部屋を出ていく彼女を追いかける形になるから、部屋のほうではなく階段に向かって倒れていなければおかしいでしょ」

「でも、言葉の綾っていうか、揉《も》み合《あ》いになって、たまたま頭を部屋のほうに向けて倒れたとも考えられるっちゃ」

「そうね。でも、父親は、右の脇腹を刺されていた。右利きの人間が、向かい合った相手に、片手で包丁を刺すと、どちらの脇腹に刺さるのが自然?」

「左。でもちょっと待って、梨花が右利きかわからんちゃ」

「彼女の左手首にリストカットの痕があった。利き腕は、右手よ」

諸星が言葉に詰まる。

「比較的短時間で失血死に至ったということを考えれば、大きな動脈を傷つけられたと考えるのが自然。でも、内臓に走る動脈は、背骨に近い体幹の深いところにある。寝ていた梨花さんが片手で、そこまで深く突き刺せたのか疑問が残るわ」

「先生、どこでそんな知識を身に付けたん」

「彼女は元検察官だ。並みの弁護士より法医学に長けている」

「それだけじゃないけどね。佐灯事件の父親の死因も、肝臓や動脈を損傷したことによる出血性ショック死だった。そうよね、桐生くん」

「佐灯事件？」

諸星が怪訝《けげん》そうに訊く。諸星は、桐生から懲戒請求事件を知らされていないようだ。

桐生は話題を変えるように陽子にいう。

「しかし、いま挙げた事情はどれも推測にすぎない。そんなことで警察が、一度逮捕した被疑者を釈放するとは思えないが」

「おそらく司法解剖の結果で判断したんだと思う。父親に残された刺創の向き、深さ、角度。そういったものと梨花さんの供述を照らし合わせて、不合理と判断したんでしょう。それに」陽子が諸星を見る。「彼女は諸星さんに、『助けて』といった」

諸星が不思議そうな顔で、「それが？」と訊く。

「襲われている最中に『助けて』というのはわかる。でも、刺してしまったあとに、『助けて』というのは引っ掛かる」

「どういうことだ」

「つまり、梨花さんは、事件が起こったあとに、助けを求めなければならない状況に追いこまれたんじゃないか、ということよ。ところで桐生くん、母親とは連絡がとれた?」

「いいや、まだだが」何かに気づいたように、桐生が驚く。「まさか」

「たぶん、そのまさかだと思う」

「しかし……母親が実の娘を!」

「桐生くんから電話をもらったとき、なぜ警察はただ釈放するだけですませず、ぐ犯として家裁に送致したのか疑問だった。でも、そう考えればつじつまが合う。梨花さんを親元に返せないし、彼女自身も犯人隠避罪に問われる可能性がある。それを踏まえてのぐ犯での家裁送致じゃないかしら」

「ちょっと待ち!」堪りかねたように諸星が声をあげた。「なんの話をしようと。あたしにもわかるように話して」

「殺したのは母親、という話よ」

諸星が目を丸くした。

「正確にいえば、梨花さんを身代わりに出頭させたのは母親で、だから母親が殺人犯の可能性が高い、ということだけど。たぶん警察はもう母親を逮捕していて、だから母親とは連絡がとれない」

「なんでそうなるん」諸星が声を絞りだす。

「諸星さんに『助けて』といったのは、意に沿わないことをさせられようとしてたから。直後に梨花さんは警察に出頭している。ということは、それこそが彼女に『助けて』といわしめた理由じゃないかしら」

「身代わり出頭……」諸星の声は、喉に何かが詰まったように掠《かす》れていた。

「そう。彼女は父親を刺してなんかいない。それなのに犯人として出頭するよう強制された。だから、諸星さんに助けを求めた」

「しかし『助けて』という言葉だけでそう結論づけるのは無理がないか。人を殺してしまって、どうすればよいかわからず、混乱して助けを求めた可能性もある」

「確かにそうね。でも、彼女は母親と一緒にいたんでしょ。どうすればいいかわからないなら、母親に相談すればいい。それなのに、わざわざ諸星さんに電話してる。それは母親には相談できなかったから、つまりその母親が助けを求める原因を作ったからじゃないかしら。それに、梨花さんのストレスはリストカットという形で自らを傷つけるほうに向かっていて、父親には向かっていなかった。犯人は別にいると考えたほうが自然でしょう。じゃあ、梨花さん以外で父親を殺すことができ、しかも彼女を身代わりに出頭させることができたのは誰？」

「母親しかいないっちゃ……」

「そう。警察は早い時期から、たぶん現場鑑識を行なったときから身代わりを疑っていた。だから手際よく、ぐ犯で家裁送致、それと同時に母親の身柄を押さえる、なんて芸当ができた」

「なぜだ。なぜ母親は、我が子を身代わりに」

「わからない。でも、この母親は、父親の虐待を黙認していた。それも立派な虐待よ。そして身代わりを強制するのも虐待の一つ。二つの行為は、同じ延長線上にある」

陽子は時計を見た。

「これから梨花さんの接見に行ってくる。今から行けば、受付が終わる五時に間に合う。桐生くんはどうする?」

「悪いが、俺はパスだ。諸星を駅まで送り届けて事務所に戻る。気分が悪い」

「具合が悪そうね、大丈夫?」

「ああ。事件の毒気に当てられたようだ。翔太を待たせてあるから、連れて帰ってもらう。事務所に戻って少し休めば元気になるさ」

「翔太くんが働き過ぎといってた。自営業者は体が資本、お大事にね」

少年鑑別所は住宅街の一角にある。

近くに鰻屋《うなぎ》があり、昼食時や夕方には香ばしい蒲焼《かばや》きの匂いが辺りに漂い、風向きによっては鑑別所まで届く。少年たちに酷ではないかと陽子は思うことがある。

その日も、陽子はタクシーを降りると半ば無意識に鼻をうごめかせた。まだ時間が早いのか、それとも風向きが違うのか、蒲焼きの匂いはない。

古い木造の受付棟で接見の申し込みを済ませ、面会室のある、コンクリート造りの建物へと通される。二つの建物は高い塀で隔てられており、面会者は渡り廊下の途中で、施錠された重厚な鉄扉を通らねばならない。

警察署と違って遮蔽《しゃへい》板のない面会室には、学校の教室で使われるような机と椅子が二組置かれている。陽子は入口に近い椅子に座り、梨花を待った。

たいして待つことなく、黒いジャージを着た梨花が、女性職員に連れられて姿を現した。やはり警察と違って手錠も腰縄も付けられていない。

「体の調子はどう?」

梨花が座り、職員が退室したのを見届けて陽子が訊いた。梨花は黙ってうなずく。調子は悪くなさそうだった。心なしか、顔が明るくなったようにも見える。

「警察で説明があったと思うけど、殺人罪については処分保留で釈放となった。処分保留というのは、捜査の進展を見て起訴するかどうかを決めるという意味。でも、あなたが殺人罪で起訴されることはないと思う。もし起訴するつもりだったら、家裁送致なんかにせず、もう少し警察署であなたを取り調べると思うから。ここまではいい?」

陽子の確認に、梨花がうなずく。

「警察は、あなたがお父さんを殺したとは思っていない。私も」

梨花が顔を上げ、初めて陽子を正面から見た。

綺麗な目だと陽子は思った。

「あなたは、お母さんにいわれて、警察で実際とは違う話をした」

陽子は梨花の目を見ながら、梨花を傷つけぬよう優しい声色でいった。

「辛かったわね」

梨花は表情を変えず、声もたてなかった。しかし、目に涙があふれ、頰を伝って流れ落ちる。

「お母さんは、今、警察で事情を聴かれていると思う。もう、起こったことをありのまま話していいのよ」

「ママは」涙を流しながら、梨花は訊いた。「刑務所に入れられるの」

「罪は償わないといけない。彼女が誰かを殺《あや》めたのなら、裁判を受けて、相応の罰を受ける必要がある。わかるわね」

梨花の表情は変わらない。しかし陽子は、瞳の中に理解を見た気がして話を進めた。

「お母さんが、お父さんを刺したのね」

梨花がうなずく。

「あなたが襲われそうになって、あなたを守った」

途端に梨花の目から光が失われ、手ひどい間違いを犯したらしいと陽子は悟った。考えてみれば、母親が梨花を守ったのであれば、身代わりに出頭させて罪を免れようとするはずがない。

「あなたを守ろうとしたのではない……」

娘の部屋に入ろうとドアを開けた父を、母が刺した。

——娘、父、母という関係を取り払ったら？

陽子は言葉を失い、しばらくしてようやく声を絞りだした。

「もしかして、嫉妬？」

梨花が顔を両手に埋め、押し殺した悲鳴をあげる。声は数秒と続かなかったが、陽子は呆然として時を忘れた。ドアをノックする音が、陽子を現実に引き戻す。

「一坊寺先生、どうしました？　大丈夫ですか」梨花を引率してきた職員の声だ。

「ママが……」梨花が顔を上げた。

「大丈夫、もう少し接見する」陽子は素早くドアに向かっていう。

「ママが、私がパパを取ったって。だから、ママがパパを殺したのも私のせいで、私が罪を償わないといけないんだって」

陽子は想像する。怯《おび》えてベッドに寝ている梨花。泥酔した父親が、部屋のドアを開けようとする。そのとき、母親が包丁を手に階段を駆け上った。顔は嫉妬に狂っているが、父親は妻の狂気に気づかない。梨花の部屋は、階段を上った右側だ。包丁が、ドアを開けようと半身になった父親の右脇腹に刺さる。父親は妻から逃れようと部屋に一歩踏み入れ、崩れ落ちる。

陽子は梨花の左手を取り、両手でそっと包んだ。

「あなたに罪はない。あなたは被害者。何の罪も、何の落ち度もない」

陽子は語気を強める。

「人を殺した罪は、どこまでも、殺した者の罪。罪を償うのは、殺したその人であって、ほかの者ではない。あなたは被害者なの。それを忘れないで」

陽子の掌《てのひら》に包まれた華奢《きゃしゃ》な手が、細かく震えた。

14

母親はやはり警察に逮捕されていた。

梨花に接見した翌朝、新聞に小さく記事が載っていた。桐生と陽子は梨花の弁護人だから、利益相反のため母親の弁護人になることはできない。当番弁護士が出動し、国選弁護人が付くことになるだろうと、記事を読んだ陽子は思った。

週が明けて月曜日、執務机の陽子に中山が近づいてきて、封筒を差しだした。

「桐生先生の懲戒請求人に出した書留郵便、不達で戻ってきました」

「不達返戻《ふたつへんれい》？　理由は受け取り拒絶？」

「いいえ、あて所なしです」

封筒には、郵便局の「あて所に尋ねあたりません」という朱印が押された付箋が貼られている。

「実在するか、怪しくなってきましたね」

「まあ想定の範囲内といえば範囲内ね」

陽子は受け取った封筒の角を、軽く頬にあてた。

封筒の中身は、貴殿の懲戒請求について桐生の代理人に就任したという受任通知と、依頼人は貴殿のことを知らず、貴殿が懲戒請求に至った理由もわからないので、よろしければご事情をお聞かせ願いたい、という依頼文だ。

——鈴木太郎という名前からして、偽名っぽいとは思っていたけど。

「どうします？　住民票を役所に請求してみますか」

「意味ないと思う。おそらく名前も住所もデタラメ」

「弁護士会ではチェックしないんですかね」中山は呆れ気味だ。

「請求自体は郵送でもできるから。請求の意思さえ明らかなら、会としても受付せざるをえないでしょう」

陽子は首を傾げた。

「請求人がわからないとなったなら、請求は却下になるんですかね」

中山のいうとおり請求は却下されそうに思えるが、どこか釈然としない。請求人が偽名だからといって、請求理由が存在しないということにはならないからだ。ひょっとしたら綱紀委員会の調査は続くのではないだろうか。

懲戒手続について無知であることを、今さらながら陽子は痛感した。懲戒手続にかけられた弁護士の代理人など務めたことはなく、手続を定めた弁護士会の規則にも目を通したことはない。こんなときは先達の知恵を借りるのが一番だが、懲戒事件の代理人を務めた経験のある弁護士は少ないだろう。誰の知恵を借りるべきか陽子は迷った。

「先生、請求人は桐生先生に恨みがある人物で、桐生先生が昔、佐灯昇を弁護したことを知って、それを利用しただけじゃないですか」

「つまり佐灯事件は単なる口実で、請求人は事件と無関係ってこと?」

「ええ。ネットで調べれば、桐生先生が佐灯昇を弁護していたことはすぐにわかるでしょうし」

中山のいわんとすることはわかるが、その説には欠点があった。

「試しに、佐灯昇、殺人事件で検索してみて」陽子は、キーボードを中山に押しやった。

中山は陽子にいわれたとおり検索する。

「あれ? でてこない……」

「じゃあ、次は佐灯昇、弁護人で検索してみて」

「やっぱり、でてこない。どういうことなんですか」

「それはね、佐灯事件が十五年以上前だから。二〇〇〇年代のインターネット事情がどんなものか、覚えてる?」

「私は小学生でしたから、覚えてません」

むくれたように中山がいう。あなたの若さにむくれたいのはこちらなんだけど、と思いながら陽子は、

「2ちゃんねるという掲示板ができたり、日本語でのグーグル検索サービスが始まったのが二〇〇〇年くらいといえば、何となく想像できるかしら。IT革命とかネットバブルという言葉が使われ始めたのもそのころ。そしてiPhoneが日本で発売されたのは、年が下って二〇〇八年ぐらい。調べてみて、そんな最近だったんだと私も驚いた」

といった。

「十数年前ですから、最近でもないと思いますけど。ともかく、当時はまだソーシャルネットワークがそれほど進んでいなかったってことですね」

「そう。SNSはようやくミクシィが普及し始めたころで、デジタルタトゥーなんて言葉もまだなかった。ネット掲示板はあったけど、重大事件でもなければ犯人の名前が流れるなんてこともない。殺人事件だからそれなりに報道されたでしょうけど、家庭内の事件だし、犯人も若年だったから、あまり大きな扱いにはならなかった。だから佐灯事件はインターネットに記録されていない。桐生くんが弁護人であったこともね」

「つまり、今となっては佐灯事件の存在を知っている者は少ないし、桐生先生が佐灯昇の弁護人を務めていたことを知る者はもっと少ない」

「最近になってたまたま桐生くんが佐灯事件の弁護人だったと知ったとは考えにくい。それが、請求人は事件関係者じゃないかと私や桐生くんが疑ってる理由」

中山は得心した様子だ。

「ところで、奥永《おくなが》先生は懲戒手続とか詳しいかしら」

「豊《とよむ》先生ですか。どうでしょう」中山は思案する顔つきになった。

「そういえば、豊先生の同期の弁護士が横領事件で捕まったとき、刑事弁護人を引き受けてました」

「だったら、懲戒手続でも代理人になってるかも。訊いてみる価値はあるわね」

陽子は電話機に手を伸ばした。それを見た中山が陽子のデスクから離れていく。

「あ、ちょっと待って。佐灯昇の親族関係図を作ってみて。請求人が彼の身内という可能性を捨てきれない」

中山がうなずくのを見届け、弁護士会の代表番号にかける。

〈はい、福岡県弁護士会です〉

「弁護士の一坊寺です。奥永先生はいらっしゃる？」

〈副会長ですね。お待ちください、確認します〉

保留音に切り替わったが、受話器を持つ手を変える間もなく、

〈ボウジか、どうした〉と落ち着いた声が応える。

福岡県弁護士会の副会長、奥永豊は、父親の法律事務所を継いだ二世弁護士だ。父親は弁護士会の会長を務め、福岡のみならず九州の法曹界に重きをなした人物だったと聞く。

そんな父親と比較されて苦労もあったらしいが、先代が亡くなって時間が経ち、本人が五十代半ばとなった今では、二世ならではの大らかさと、父親譲りといわれる豪胆さ

で弁護士会内外で人望を集めており、いずれ会長になるのは間違いないといわれている。陽子は会務を通じて奥永と知り合った。

弁護士会には、団体としての活動を維持するための業務があり、「会務」と呼ばれ、会員弁護士は多かれ少なかれ何かしらの会務に従事するよう求められる。その最たるものは、会員による選挙で選ばれて会長や副会長に就任し、弁護士会の代表として業務執行にあたることだ。しかし、そういった「執行部」に入る者は少なく、ほとんどの者は何らかの委員会に入って会務にあたる。

福岡県弁護士会には約四十の委員会があり、民事訴訟手続委員会のように訴訟の使い勝手を裁判所と議論する委員会もあれば、業務拡大委員会のように商売としての弁護士業務分野の拡大を目指し活動する委員会もある。

検察官を辞めて福岡県弁護士会に登録した陽子は、委員会相互の連絡調整を担う総務委員会に委嘱され、その委員長が奥永だった。ヤメ検で弁護士会の何たるかを知らない陽子を、奥永に教育させようという委嘱だったらしい。

奥永は持ち前の親分肌を発揮し、陽子に委員会活動を教えるのみならず、幾つかの事件の共同受任を持ちかけて弁護士としての仕事のやり方を教え、弁護士報酬を按分することで経済的にも助けた。

——こんなによくしてくれるのは、自分に気があるから?

陽子は警戒したが、そんな自惚《うぬぼ》れは、奥永邸に食事に招かれて夫人と接し、その気品と美貌の前にあえなく打ち砕かれた。同じく招かれた他の弁護士と話すにつれ、奥永の気配りが珍しいものではないとわかり、素直な尊敬の念を抱いて今では気安く事件のことなども相談している。

事務員の中山も、一度は奥永の事務所に就職したものの、先代から勤める古参の事務員とウマがあわず、退職届をだしたところを奥永が陽子に紹介し、陽子が採用したという経緯があった。

「ちょっとお訊きしたいことがありまして」

〈なんだ改まって。ボウジが畏《かしこ》まると怖いな〉

「大したことじゃありません。先生は、懲戒手続にかかった弁護士の代理人を務めたことがありますか」

〈なんだ、藪《やぶ》から棒に〉奥永はさすがに驚いた様子だ。

「中山から、横領で逮捕された同期の弁護士を先生が弁護されたと聞きました。懲戒手続でも代理人になっていたのではと思って」

〈確かに、代理人をやったが、それがどうした〉

「私も代理人を頼まれてしまって。それで、懲戒手続について詳しい方に話を聴きたくて」

〈いま、手続はどの段階や〉

「綱紀委員会から、答弁書の提出を求められているところです」

〈ははあ。お前さんも同期から頼まれたクチやな〉

今度は陽子が驚いた。「どうして同期だってわかるんです」

〈ヒントをやろう。弁護士会に副会長は五人いて、それぞれ幾つかの委員会を担当している。そして俺の担当の一つに、綱紀委員会がある〉

陽子は納得した。奥永は、桐生が綱紀委員会の審査にかけられていることを知っているのだ。

弁護士会の各委員会は、形式的には会長の諮問機関という位置づけであり、執行部と委員会の情報共有のため、副会長の一人が各委員会の担当となって会議に毎回出席する。奥永は綱紀委員会を担当していて、会議に出席しているのだ。

「それなら話が早いです。桐生弁護士の代理人に私が就任しました」

〈代理人がついたことまでは知っとったが、ボウジだったとはな〉

「委員会で細かな報告はないんですか」

〈綱紀委員会は、本委員会の下に三つの小委員会があって、その小委員会が事案の調査を行なう。小委員会の調査情報は、保秘のため本委員会や執行部には逐一報告されず、概要と結果が伝えられるだけ。副会長だからといって何でも知っとうわけじゃない〉

「じゃあ奥永先生は、どれくらい請求理由についてご存じなんですか」

〈どれくらいも何も、ほとんど知らん。小委員会が調査するけん、その結果が出るまでは、誰それに対して懲戒請求があった、というぐらいしか報告されん〉

「でしたら説明しますので、お伺いしてもよろしいでしょうか」

〈そうだな〉奥永は逡巡しているようだ。

〈執行部の一員として、今の段階で綱紀委員会の調査案件に首を突っこんでいいのか難しいところやなあ。綱紀委員会の独立、中立を侵したといわれるのは面白くない〉

「あら、先生はそんなにルールを気にする方でした？　副会長になって保守的になられましたか」

陽子は挑発した。この程度なら奥永の機嫌を損ねることはないという読みがある。案の定、奥永は笑い声をあげた。

〈ボウジには敵わん。会館でするような話ではなかろうし、久しぶりにメシでも食うか〉

「ぜひ」思わず声が跳ねた。

〈じゃあ午後六時に。店は後でメールする〉

奥永は笑いながら電話をきった。陽子の顔にも笑みが浮かぶ。

「何だか楽しそうですね、先生」

いきなりの声に陽子の心臓が一つ跳ねる。いつの間にか中山が机の隣に来ていて、陽子を見ている。

「今夜の食事のお相手は、奥永先生ですか」

中山の顔にも笑みが浮かんでいる。

「いいことです。先生はもっと奥永先生みたいな男性とお付きあいをするべきです」

十以上も年が離れているくせに、その口調には諭すような響きがあった。

陽子は睨みつけたが、中山は澄まし顔だ。

「桐生先生も凜々しい感じでしたし、これを機に親しくされては」

「史郎に、事務所に顔をだすなと釘を刺しておくんだった」

陽子は何度目と知れず、心の底から悔やんだ。

ずいぶん前のことだが、陽子から小遣いをもらおうと、史郎が事務所にやってきたことがある。あいにく陽子が不在だったために中山が対応した。

史郎は、陽子がいないなら事務所に置いてある現金を渡してくれ、どちらにしろ陽子から貰うのだからと要求し、中山は激しく反発した。

中山からの電話を受けた陽子はタクシーを飛ばして事務所に帰り、史郎に金を握らせて追い払い、まだ目を三角にしている中山に、史郎との関係を正直に打ち明けた。

「天は二物を与えずというけれど、天は先生に才色を与える代わりに、男を見る目を奪ったんですね」というのが、話を聞き終えた中山の感想だった。

陽子は、そのときの中山の顔を悔恨とともに思い出しながら、

「桐生くんだって懲戒請求をくらってるんだから、どんな人間かわかったもんじゃないわよ」と心にもないことをいった。

15

奥永に指定された店は、弁護士会館から近い、別府橋《べふばし》という地名のところにあった。福岡市中心部から西へ延びる国道二〇二号線を折れて脇道に入ると、表通りと違って人の往来は極端に少ない。道は合っているかしらと陽子が不安になり始めたところで店に辿り着いた。店の入口は民家と見紛う格子戸で、看板は出ていない。

戸を開けると店内は明るく、入口から奥へと延びるカウンター、その後ろに四人掛けのテーブル席が二つ。カウンターにはワイシャツ姿の男性とワンピースを着た女性の二人連れが座っていて、茶碗蒸しの器に木匙《きさじ》を使っている。カウンターの中で、白い調理衣の板前が、刺身包丁を手にまな板に向かっていた。

カウンター袖から、板前と同年配の割烹着を着た女性が、いらっしゃいまし、といいながら出てきた。店の女将らしい。

「奥永さんと待ち合わせです」

「はい、いらっしゃってますよ。奥の小上がりです」

店の奥を手のひらで指し示す。小上がりといっても個室になっているようで襖《ふすま》がある。

「カウンター席の後ろをお進みください。私はこちらから」

いって女将はカウンターの中を店の奥へ進む。陽子は遅れまいとカウンター沿いに歩を進めた。板前が顔を上げて小さく会釈し、陽子も頭を下げる。

「奥永先生、お連れさまがお見えです」

女将が襖を開けると、座卓の前に座っている奥永が見え、陽子は少し慌てた。奥永が下座に座っていたからだ。座敷は四畳半で、床の間が設《しつら》えてある。

「おお来たな、ま、上がれ」

「そんな先生、どうぞ上座に」

「窮屈なことをいうな。ここのほうが注文するのに便利と。さ、上がれ」

スーツ姿の奥永がいった。それでも恐縮していると、女将が、

「さあさ、お上がりになって。脱がれたお履物はそのままで」

と促した。そこまでいわれては陽子としても受けざるをえない。すみません、と体を縮めながら座敷に上がった。満月にすすきの図柄の掛け軸が飾られた床の間には、空気清浄機も置かれている。

「先生も上をお脱ぎになったら」

「そうだな。ボウジ、失礼するよ」

奥永は上着を脱いで、女将に手渡した。白いワイシャツは、脇の下の色が変わっている。

「この季節は汗をかいてたまらん」

いい訳のように奥永が女将にいい、その様子がおかしくて陽子は微笑んだ。

「いえいえ、この時分にスーツをきちんと着てらっしゃるだけで感心です。もしお連れさまがよろしければ、ネクタイも緩められては」

女将が陽子を窺いながらいい、陽子はうなずいた。しかし奥永は大げさに手を振る。

「ネクタイを緩めて帰ったら、女房に、どこでなにしとったんねっ、てドヤされると」

「あの奥様がそんな口の利きようをなさるもんですか。そげんこといいよったら怒られますよ」

女将が軽く奥永を睨む。

「そりゃ騙《だま》されとう。あげん怖い女房はおらん」

「先生、あんまりいいよったら奥様にいいつけますよ。できた奥様じゃないですか、こうやって先生が夜、出歩いていても許してらっしゃる」

「それがくさ、息子が高校に入ってから、だんだんこっちに煩《うるさ》くなりよっちゃんね」

「息子さんが志望校に入られたから、安心されたんでしょう。だって県下一ですもの」

「あれ、甘棠館高校ですか」陽子は奥永に尋ねた。

「そう、ボウジの後輩になるったい」

「奥様がしっかり育てられたんですよ。それなのに先生は、店に来たら奥様の悪口ばかり。罰が当たりますよ」

「そうですよ、あんなに立派な奥様はいらっしゃいませんよ」

陽子が女将に加勢し、旗色が悪いと悟ったのか、奥永は「店はすぐわかったか」と無理に話題を変える。陽子は女将と顔を見合わせて笑い、「はい、スマホでなんとか」と答えた。

「細い路地で看板も出しとらんし、入口の前で待っとこうかとも思っとった」

膝をついていた女将が立ちあがったところで、奥永は「生を二つ。あとつまみを適当に見繕ってくれ。料理も任せる」といった。

すると板前が現れてジョッキ二つを座卓に置き、焼き茄子《なす》がのった角皿と、ビナ（つぶ貝）の煮付けが入った小皿を卓に並べた。

「用意がいいな」奥永が感心した。

「奥永先生はすぐにビールをお召しになるだろうと。茄子は糸島の、ビナは唐津のものです」

板前が見た目よりも若々しい声で答える。

「さすが大将」奥永が唸る。「料理もその調子で頼むよ」

「玄海のアコウが入ってます。刺身、湯引き、酒蒸しで。対馬のアナゴもあるので、白焼きに。肉は壱岐牛の背ロースを軽く焼きましょう。足りなければまたその時に」

アコウはキジハタのことで、夏に脂がのり、冬のクエ（アラ）と並ぶ食材だ。奥永が満足げな声でまた唸る。板前が軽く頭を下げて姿を消し、女将が襖を閉めようと引手に手をかけた。

「これからちょっと込みいった話をするっちゃけど」

「じゃあ都合のよいところで声をかけてください。それまでは近づきませんので」

「いつもすまんね」

女将が襖を閉めた。

「大将は昔の依頼人でね、ここなら安心して話ができる」

「密談にうってつけというわけですね。ちなみに、どんな依頼だったんです」

「刑事事件や。今は立派に立ち直っとう」

つまり大将が被告人で、奥永が弁護人を務めたということだ。

奥永の父親は刑事弁護の世界でも有名で、生涯に獲得した無罪判決は二十を超えるといわれている。奥永自身も弁護士会の刑事弁護委員会委員長を務めた経験があり、汚職や詐欺といった知能犯のみならず、殺人や強盗など重犯罪の弁護も引き受けている。

「それより桐生のことだ。どげな事情なんや」

陽子は懲戒請求書に「桐生晴仁が佐灯昇を殺した」と書かれていたことを話した。

弁護士の間で、受任している事件の内容を明かすことは珍しくない。法律上の守秘義務を負っている者同士という気安さがあり、第三者の意見を聞くことで異なる見方や法的意見を知る貴重な機会になる。特に陽子のように一人で働く弁護士にとっては、先輩弁護士に相談することで気づかされることは多い。

もっとも、厳密にいえば守秘義務違反であり、だから弁護士以外の者がいる場では口にすることはできない。奥永が女将に人払いを頼んだのもそのためだ。

陽子は、懲戒請求人の鈴木に送った手紙が不達返戻されたことも話した。

「鈴木太郎という請求人が存在しなかったとして、懲戒請求に影響しますか」

「どうやろう」奥永は顎を撫でた。

「偽名やけん請求を受理せん、ってことはあるかもしれん。でももう受理してしまっとうけん、審査手続はそのまま続くと思う。懲戒請求は、あくまで弁護士会の懲戒権の行使を促すためのきっかけにすぎない、というのが実務の解釈やから」

懲戒請求が却下されるという甘い見通しは捨てたほうがよさそうだった。

「手続は規則で押さえとかないかん」

奥永は弁護士会規則の名前を三つ挙げ、そこに具体的な手続や提出書面に記載すべき要件が書かれていると教えてくれた。さらに、過去に代理人として提出した答弁書を、個人情報をマスキングしてメールしてくれるという。陽子は頭を下げた。これで会食の目的は達成できた。

「ボウジから電話をもらったあと、調査を担当しとう第三小委員会の委員長と内々で話し、実はそこで請求理由は聞いとった。佐灯昇というのが刑事被告人で、桐生がその弁護人だったというところまでは、小委員会でももう確認しとる。ばってん、小委員会で把握しとうのはそこまでや。それにしても、佐灯昇って名前は記憶になかねえ。二人殺しなら、関東の事件でも俺の耳に入ってきそうなもんやけどな」

「家庭内の事件でしたし、もう十六年も前の話ですから」

「ライブドアや楽天が、プロ野球球団を買うとか買ったとかの時期やな」

「ええ」

「フジテレビとニッポン放送のごたごたや、小泉の郵政改革も同じころやった」

「何かにつけて賑やかな時代でしたね」

「リーマンショックで経済がガタガタになるまでまだ間があったし、今じゃいざなみ景気とか呼ばれとう。景気のよさを感じられた最後の時代やなかろうか。今はいくら政府が景気がよくなったといっても、ちっとも実感できん」

「検察官になりたてのころ、よく先輩に奢ってもらってました。銀座のクラブに連れていかれたこともあります」

「検察官が新人女性検事を銀座に飲みに連れていくなんて、今じゃ考えられんやろ」

「問題になるでしょうね。でも、クラブのママさんの話が面白くて、社会勉強にはなりました」

「銀座も今じゃキャバクラが多いそうやけん、世の流れというのは怖いもんや。しかしこうやって話しとると、ボウジも年を食っとうな」

先ほどの仕返しとばかりに奥永が笑い、陽子は奥永を睨む。

「それでその佐灯事件、どういう顚末だったか、教えちゃらんね」

奥永は大きな手でビナを摘まみ、爪楊枝でつるんと器用に身を取りだして口に運ぶ。

瞬く間に三つ食べ、流れるような動作に陽子は感心した。

「私も記録を読み返したばかりなんですが」と断ってから説明する。

事件は、十六年前、埼玉県熊谷市のはずれにある一軒家で発生した。佐灯は当時二十一歳、十六歳から自宅に引きこもり、部屋から出ることもほとんどなかったという。

事件の日の夕方、佐灯はたまたま出くわした父親の茂に無為徒食の生活をなじられて激高し、母親の寿子《とし こ》もろとも包丁で刺し殺した。犯行後、床下に死体を埋めて隠そうとし、和室の床板をはがして土を掘り始めたものの、明け方までかかっても深く掘ることができず、疲れてしまって自首しようと考える。そして従兄弟で弁護士の桐生晴仁の自宅に電話した。

一人暮らしのアパートで電話を受けた桐生は、半信半疑のままスクーターで佐灯の家に向かい、遺体を確認して一一〇番に通報する。駆けつけた警察官に佐灯は現行犯逮捕された。

さいたま地方裁判所熊谷支部での裁判では、弁護側が検察側の証拠をすべて認め、証人尋問が行なわれることはなく、審理は一日で終わった。

判決では自首が認められ、さらに佐灯が若年であったことや、両親も佐灯を殴っていたという事情が考慮され、二十年の求刑に対して懲役十七年が言い渡されて確定した。

「そろそろ出所時期やな」

「ええ。でも桐生くんの話では、本人は仮釈を希望せず、満期で出るつもりのようです。

この案件、綱紀委員会はどう扱うつもりなんでしょう」

「さて、そこだ」

奥永がジョッキを傾けた。すでに三分の二が減っている。

「小委員会としては、答弁書を待って懲戒の必要なしという報告を上げる、という方針のようだ。だって佐灯は服役しとうっちゃろ？　佐灯は生きとう。それに懲戒請求の時効は三年やけん、事件のときに弁護過誤があっても懲戒できんのは明らかやし」

奥永は茄子を皮ごと口に放りこんだ。咀嚼《そしやく》してビールで流しこむ。

「さっさと答弁書を出したらどげんね」

「でも桐生くんは請求人の正体を突きとめたがっていて、受任するとき、できるだけ正体を探るという約束をさせられたんです。だから、ぎりぎりまで答弁書を出すことに反対すると思います」

奥永が渋い顔になった。

「まあ気持ちはわからんでもない。本人は、請求人に心当たりはないとね」

「まったくないそうです。先生は佐灯が関係していると思います？」

「どうやろね。『桐生晴仁が佐灯昇を殺した』という請求理由なんやろ、佐灯本人ならそんな書き方はせんと思う。それに、佐灯が桐生の弁護に不満を持っとったんなら、出所近くまで待たんと思うぞ」

ただ、と奥永は付け加えた。

「懲戒請求が出所時期に近いのは、偶然とは思えん。懲戒請求人が佐灯の関係者というのはありうるな。佐灯の知り合いとか、どげんね」

どげんね、といわれても困るが、桐生も新井も、知り合いがいたとは思えないといっていた。

もっとも、桐生は佐灯とメールで連絡をとったことがあり、自宅などの番号を教えていたという。ならば桐生以外にも連絡をとっていた人間がいたかもしれない。だからこそ陽子は、佐灯のパソコンがフォレンジックされていないのか気になっていた。

「佐灯の収監場所は、わかりませんよね」佐灯に直接訊く、という手がないでもない。

「受刑者がどこの刑務所にいるかは秘密扱いやけんなあ。家族でも、受刑者から手紙が届かない限りどこにいるかわからん。桐生は知らんとね」

桐生が、佐灯から「ごくたまに葉書が来る」といっていたことを陽子は思い出した。

「たぶん知ってます」

「それなら桐生に訊いてみればいい。あと、佐灯の親族はどうね」

「佐灯の親族は、事件で途絶えたそうです」

「桐生は、佐灯の親族なんやろ。本当に他にはおらんとね」

「いない、と彼はいってました。念のため、いま戸籍を取り寄せています」

「裁判では、情状証人は誰が出たと」

「公判ではいっさい証人尋問は行なわれませんでした。情状証人もです。もし桐生くん以外に親族がいれば、情状証人で出廷していたでしょう」

「そうやろうな」

奥永が早くもジョッキを空け、陽子は慌てて自分のジョッキに手を伸ばした。冷たい液体が心地よく喉を落ちていき、知らずため息がでた。

「おーい、ビールお替わり。料理も持ってきてくれ」

襖を開けて奥永が声をあげた。

16

事務所に現れた新井は、ハンチング帽を斜に被り、赤錆色のジャケットを着ていた。ジャケットの下はポロシャツで、淡いピンク地に白い襟というクレリックスタイルが野暮ったさを消している。

「福岡も暑いな。それに湿気が多い」

帽子を脱ぎ、しわがれ声で新井がいった。

奥永と食事をした翌朝、新井から〈福岡空港にいる〉と電話があった。

鑑識の人間から話を聴くことができたので、報告がてら陽子に会いに来たのだという。

陽子は急いでスケジュールを調整し、午後一時に事務所で会うことにした。

——桐生くんといい、この人といい、なんで突然来るのよ。

陽子は愛想よく振舞いながら、腹の中で罵《ののし》った。

新井は会議室に通されると、担いでいたデイパックから二冊のリングノートを取りだし、足を組んで寛《くつろ》いだ姿勢になった。中山が淹れたコーヒーを熱そうな素振りも見せずに啜《すす》る。

「旨いな。豆もいいが、たて方もいい。丁寧に淹れた、という感じがする」

新井が褒め、そういえば桐生くんもここに来たとき、お茶を褒めたんだったな、と陽子は思い出した。

「突然来られたので驚きました」

「思いたったら止まらない性質《たち》でね。独り身だから、旅行も気軽なものだ」

「もし私が出張なんかで不在だったら、どうするつもりだったんです」

「観光でもして時間を潰した。九州は初めてだから行きたいところはたくさんある。二泊三日のパック旅行なので、こっちにいる間にどこかで会えればいいと思っていた」

「いつ旅行計画を?」

「昨夜だ。今は便利なもので、前日でもパック旅行を予約できるのだな」

「ご迷惑ではありませんでしたか」

「時間は余っている、実費さえ払ってくれればいい」

新井はコーヒーカップをソーサーに戻し、二冊のうち見るからに古いノートを取りあげた。

「こいつは事件当時、私が捜査会議で使っていたノートだ。電話をもらってから読み返したが、やはりパソコンの記録媒体は問題になっていなかった」

「どんなパソコンだったんです」

「機種は富士通のFMVデスクトップで、メモリは五一二メガバイト、ハードディスクは五十ギガバイト。スペック的には、当時からすれば初中級クラスだそうだ」

「記録媒体はハードディスクだけ？　そのころはCD-Rなんかも普及していたと思いますが」

「それについては何もメモがない」

「ハードディスクについては、どんな捜査を」

「電話で話したように、出頭前に佐灯がデータを消していた。理由は、わいせつ画像や動画を保存していて恥ずかしかったから。リカバリディスクを使って初期化していた。この点については捜査会議でも取りあげられ、検討された」

「捜査会議といっても、捜査本部は立ってないんですよね」

「覚知前に被疑者が出頭してきた、典型的な自首事件だからな。いちおう本部から応援は来たようだが、帳場は立たず応援もすぐに引き上げた。だから実際に捜査にあたったのは、私たち所轄の刑事だけだ。だからといって捜査が甘かったわけではないぞ。事件の規模と難易度に合わせて、機械的に処理されただけだ」

新井は、相手の顔に視線を固定して動かさない、刑事特有の目つきで陽子を見た。

「ハードディスクだったな。初期化という隠滅行為を行なっていたことからすれば、佐灯が両親に対する殺人計画や、恨みつらみを記録していた可能性があるとして、データ復旧を主張する意見もあった」

「動機など量刑に影響する証拠ですから、捜査を尽くすのは当然のように思いますが」

陽子は非難の口調にならぬよう、気をつけながらいった。

「電話で話したように、私も復旧を主張したクチだ。もっとも、証拠を見つけようとしたからではない。なぜ佐灯が両親を殺したのか、その原因を突きとめるべきだと思ったからだ」

陽子は首を傾げた。なぜ佐灯が両親を殺したのか、というのは動機そのものであり、動機は犯罪に至る事情として量刑に影響を与える。陽子がいっていることと同じではないのか。

新井は陽子の疑問を感じとったようだ。

「私は、量刑の証拠となる動機とは別のところで、原因を究明すべきといったのだ。そうでなければ、佐灯が刑に服しても立ち直ることはない。刑の重さは、二の次だ」

危険な考えだと陽子は思った。警察や検察といった捜査機関の役割は、実際に発生した犯罪を摘発し、犯人を裁判所に訴追し、適正な刑罰を求めることだ。犯人の立ち直りのために捜査権限を行使するのは、一見すれば良いことのように思えるが、それは捜査機関が「立ち直り」や「更生」を定義することにつながる。その行き着く先は、人格の善し悪しを警察が決めて取り締まる、思想警察の世界だ。

しかし陽子は口には出さず、新井に先を促した。今は議論より情報のほうが重要だ。

「だが結局、ハードディスクの復旧は行なわれなかった」

新井はもう一冊の新しいノートを取り、陽子から見えないよう立てて開いた。

「鑑識にいた人間に話を聴いたが、デジタル・フォレンジックは当時、ようやく科警研で有効性を認める論文が出たばかりで、本部鑑識が年に二、三件手がけていた程度、所轄の帳場も立たないような事件ではやっていなかった」

「捜査検事は文句をいわなかったの」

「電話でいったろう。佐灯がデータを消したという話はなかったことにされた。捜査検事も納得のうえで、データ消去の件は不問に付された」

「私は聞かされてなかった」

「それについては、私はコメントのしようがない」

新井の顔に同情の色が浮かぶ。

捜査検事から公判検事への引き継ぎは純粋に検察内部の問題であり、警察が口を挟む余地はない。捜査検事は、佐灯がパソコンのデータを消していたと知っていたが、陽子に伝えていなかった。伝えるまでもないと思ったのか、伝えれば面倒くさいことになると思い、いい加減に引き継いだのか。陽子は唇を嚙む。

「接続業者に照会をかけて接続先を割りだしたが、ニュースサイトやアダルトサイトがほとんどで、犯罪などに繋がる悪質なものはなかった。ただ、その中で目を引いたのは」

「自殺志願者が集まるサイトね。それも一つだけでなく、複数のサイトを繰り返し訪れていた」

そういったインターネット関係の報告書が送致記録に含まれていたからこそ、陽子はまさかハードディスクのデータが消去されているとは思いもしなかったのだ。

「インターネットの線からは交友関係も動機も出ず、結局、自白が重視された。その後のことは先生のほうが詳しいと思うが」

「公判検事は自白調書に沿った主張をして、弁護人が自首を強調して結審し、自白どおりの判決が言い渡された。あなたのいうように、事件の規模と難易度に応じて、機械的に、なんの支障もなく」

「ほとんどの場合はそれで問題ないし、佐灯事件も問題はなかったはずだ」

「なかったはず、というのは」

「何か問題があったから、こうして調べ直しているのだろう。どういう事情か、そろそろ本当のことを教えてくれ」

当時の捜査情報は貴重で、今後も新井に協力を頼むのであれば無下《むげ》にはできない。桐生の許可を得て事情を話すべきだった。

「ちょっと待っててください」

陽子は執務机に戻り、桐生の携帯に電話をかける。

「今は事務所？」

〈外だ。手短に頼む〉

「前に話した、元埼玉県警の人がここに来てるの。それで、あなたの懲戒請求の件を明かして、協力を求めたいんだけど」

〈元警官か〉苦々しい口調だった。〈信用できるのか〉

「わからない。でも古くからの知り合いの紹介だし、それに……」

〈それに？〉

「なんというか、桐生くんと同じ雰囲気をしてる」

〈なんだそれ〉桐生が調子外れの声を出した。

「古巣の警察を信じたいんだけど、信じきれない。そんな雰囲気よ」

〈俺は警察なんか、ハナから信じちゃいない〉

「あなたの場合は、世の中を信じたいけど、信じきれないって雰囲気だわ。違う？」

〈下らんことを話してる暇はないだろう。いいよ、きみに任せる〉

桐生は投げ遣りにいった。

〈そうだ、いい忘れるところだった。梨花の件、諸星から礼の電話があった。少しずつ感情を吐きだせるようになってきた、ということだ。きみが少年審判の付添人を引き受けてくれたことも嬉しかったらしい。これからも諸星をよろしくな。じゃあな〉

陽子は微笑みながら受話器を戻した。

会議室に戻り、「お待たせしました」と謝ってから、事情を話す前に幾つか訊きたいことがあると切りだした。

「当時の捜査では、共犯者の存在は疑わなかったんですか」

「共犯者？　もちろん調べたさ。単独犯か共犯か調べるのは、捜査の基本だ」

「単独犯と断定したのは、自白だけが理由？」

「いくらなんでも、そこまでお粗末な捜査はしない」心外そうにいう。「私のいい方がまずかったか。確かに佐灯事件は機械的に処理された。しかし機械的処理というのは、なされるべき捜査がなされなかったという意味ではない。その逆で、なされるべき捜査だけが淡々となされた、という意味だ。だから、共犯捜査も型どおり行なわれた」

「じゃあ、共犯が否定された理由は」

新井は古いノートを捲《めく》った。

「家の周りには、佐灯と桐生弁護士のもの以外に新しいゲソ痕はなかった。桐生弁護士のは佐灯から電話を受けて駆けつけたときのもの、佐灯のは床を掘るスコップを取りに物置に行ったり、桐生弁護士を外で待っていたときのもの。加えて桐生弁護士の、『現場には佐灯しかいなかった』という供述だ。主にこの二つから共犯説は否定された」

「指紋の関係は」

「凶器の包丁と穴を掘ったスコップからは、佐灯のものしかでていない」

「凶器は、洗浄されてたんでしょう」

「ああ、台所で洗ったそうだ。現場からは複数の指掌紋が見つかっているが、鮮明なものは佐灯と桐生弁護士、そして被害者夫婦のものだけ。それ以外は陳旧化したものか、不鮮明なものしか残っていなかった。そして最後にくるのが自白だ。客観的証拠と自白が一致しているのだから、警察として単独犯を否定する理由はない」

「本人の供述と、現場の状況に矛盾はなかったのよね。特に初期供述」

陽子が念を押す。

新井が電話でいっていたように、自白調書が自白のすべてではない。調書に記載されない自白もあるのだ。新井は古いノートを右に左にと捲ってから、ようやく目当ての箇所を見つけたらしく陽子に答えた。

「佐灯の初期供述はこうだ。夜、風呂場に行こうとしたら、廊下で背後に人の気配がして、振り返ると父親の茂が立っていた。手にはそれまで磨いていたらしいゴルフクラブとクロスを持っていて、リビングに入るようにいわれた。このリビングというのは、二間続きの和室の一室のことだ。佐灯は無視して自室に帰ろうとしたが、茂が立ちふさがって説教を始めた。佐灯は台所へと駆けこみ、流しにあった包丁をつかむと、茂のいる廊下を避けて、リビングを通って階段に行こうとしたが、廊下から入ってきた茂と鉢合わせる。茂は、親を殺す気かと怒鳴って、ゴルフクラブ——これは実況見分で七番アイアンと特定されている——で包丁を持った佐灯の手を強く叩いた。いきなり叩かれたことで佐灯は逆上し、包丁を腰だめにして茂に突っこんだ」

梨花の事件が一瞬陽子の頭をよぎった。

「包丁ごと体を茂にぶつけたとき、包丁から伝わる硬い感触に、やってしまった、後戻りできないと佐灯は直感したそうだ。硬い感触、というのは筋肉が包丁を包んで固まる硬直反応だろうというのが鑑識の見立てだ」

新井が頁を捲る。

「次の瞬間、佐灯は後頭部に衝撃を感じ、振り向こうとしたところで今度は額に衝撃を受けて目の前が真っ暗になった。膝を突き、霞《かす》んだ目で見上げると、母親の寿子が両手でフライパンを握りしめて立っていた。寿子がまたフライパンを振りかぶったので、佐灯は立ちあがりざまに包丁を寿子の胸に向けた。立ち上がる勢いが刃先にスピードを与え、肋骨の間を通って心臓に達している」

呆気《あっけ》ないともいえる犯行態様だが、それでも人は死ぬ。陽子の感慨をよそに、新井が続ける。

「二人とも第一撃が致命傷になった。しかし佐灯は、恐怖に駆られ、倒れた二人に包丁を振るい続けた。パニックになって死体を滅茶苦茶にするという、よくあるパターンだ。これらの供述は、二つの遺体の損傷状況、現場に落ちていた包丁とゴルフクラブ、フライパンの状態、そして血の飛沫状況と矛盾はなかった。佐灯の額と後頭部にも、供述どおりの受傷があった」

陽子はうなずいた。新井が話した内容は、調書になる前の初期供述で、自白調書よりも詳細だ。

陽子の相槌を、話を促されたと勘違いしたのか、新井がしゃべり続ける。

「佐灯はしばらくぼうっとしていたが、血の匂いが立ちこめて気分が悪くなり、我に返った。そして佐灯が考えた選択肢は三つ、自殺するか、死体を隠すか、出頭するか。不思議と逃げようという気は起きなかったらしい。それまで何年も家を出たことがなかったことを考えれば、不思議ではないか。佐灯は、三つの選択肢をぐるぐると考えたあと、そもそも死体を隠すことができるのかという疑問に突きあたった。古い民家の床下に死体が埋められていたというニュースを佐灯はインターネットで見たことがあったそうだ。昔は、土を突き固めて束石《つかいし》を置き、その上に柱を立てる、束石工法とか石場建てといわれる工法が主流で、和室の床板を剝がすとすぐに地面、という家も多かった。だから昔は床下に死体を埋めていたという事件がそれなりにあったし、そういったニュースの一つを目にしたのだろう」

新井は喉を潤すようにコーヒーを飲んだ。

「佐灯家も、築年数が相当古かった。佐灯は物置から剣先スコップとバールを持ちだし、リビングに繋がった六畳間の畳を上げて床板を一枚剝がしてみた。果たして剝きだしの地面が見える。板の隙間から土を覗いていると、死体を隠せると思ったそうだ。佐灯は床板を何枚か剝がし、スコップで夢中になって穴を掘り始めた。しかし素人の悲しさだろうな、佐灯が掘ろうとしていたのは、成人二人を横たえることができるような、大きな穴だった。実際のところ、膝と腰を折り畳んで屈葬すれば、五十センチ四方ぐらいで七十センチも掘れば足りるのだが」

新井がまたノートの頁を捲った。

「畳三枚と荒板が剝がされ、その下の地面が、一畳ほどの大きさで、三十センチ近く掘り返されていた。そこで佐灯は力尽きた。疲れきった佐灯にもはや自殺する気力は残っておらず、従兄弟の弁護士に電話し、一切合切を打ち明けた。弁護士は現場に駆けつけ、警察に通報した」

供述と客観的状況に矛盾はない、と新井はノートを閉じ、「次はそちらの番だ」と足を組み替えた。

17

陽子は、懲戒請求事件のファイルを中山に持ってこさせた。Ａ４タテ型の紙製フラットファイルの表紙には「事件名：懲戒請求事件　依頼人：桐生晴仁様」とラベルが貼ってある。

「佐灯昇の親族関係図、できましたので後ろに綴じてあります」

ファイルを渡すとき、中山が小声で告げた。

「懲戒請求事件？」

ファイルの表紙に目を留めた新井が、怪訝そうにいう。

「佐灯事件の弁護人に、変な文書が届いたというのは話しましたね」

「桐生晴仁が佐灯昇を殺した、だろ。変というより滑稽だ。弁護士先生がわざわざ昔の事件を調べなおすほどのものではないと思うが」

「正確には、桐生弁護士のもとに届いたわけではなく、届いたのは弁護士会で、文書は懲戒請求書でした。桐生弁護士が、『桐生晴仁が佐灯昇を殺した』という理由で懲戒を請求されたんです」

新井が不可解そうに片眉を上げた。

「これがその請求書」

陽子はファイルを開き、懲戒請求書を新井のほうに押しやった。新井はファイルを手にとることなく、テーブルに両肘を突いて読む。

ふむ、と唸り「一坊寺先生は、どういう立場だ」と訊いた。

「桐生弁護士が、懲戒手続での代理人を私に依頼した。いってみれば、懲戒事件における、桐生の弁護人です」

「この鈴木太郎というのは何者だ」

「桐生弁護士に心当たりはなく、私から手紙を出してみたけれど『あて所に尋ねあたらず』で戻ってきました」

「偽の名前に偽の住所か。電話番号はないのか」

「弁護士会の規則では、請求人の電話番号は懲戒請求書の要件になっていないんです」

陽子は、昨夜奥永に教えてもらった規則に一とおり目を通していた。

「この請求書自体、郵送されたものだから、請求人に会った者はいない」

ふむ、とまた唸って新井は書面にふたたび目を落とす。

「鈴木は、なぜこんな文書を作った」

両肘を突いたまま、顔を上げずに新井はいった。唐突な質問に陽子は面食らう。

「どういうこと？」

「鈴木は、なぜこの文書を作ったと思う」

顔を上げた新井の目つきは鋭い。

「なぜって……会に桐生弁護士を懲戒させるためでしょう」

「こんな文書だけで懲戒されるものなのか、弁護士というのは」

奥永が、小委員会は「答弁書を待って懲戒の必要なしという報告を上げる」といっていたことを陽子は思い出した。

「いいえ。これで懲戒されることはないと思う」

「そうだろうな。私みたいな門外漢でも、こんなものでは弁護士は懲戒されないだろうとわかる。じゃあ鈴木は、懲戒されないとわかっていながら、なぜこの文書を作った」

考えたこともない視点だった。懲戒請求書の意図は当然、桐生を懲戒に追いこむことだという先入観があった。

「ただの嫌がらせ？」

「ありうるな。だがそれなら、懲戒請求という形をとらずとも、同じ文言の文書を桐生に送りつければ済む。なぜ、懲戒請求という形をとった」

「懲戒されないだろうと頭ではわかっていても、弁護士は懲戒手続に巻きこまれたことで精神的な重圧を感じる。やっぱり嫌がらせ」

「結論を急ぐな。プレッシャーを受けた弁護士は、どうする」

「代理人を立てる。会に弁明する」

「つまり桐生は、自らの口で、事件のことを説明しなければならなくなる」

「それが鈴木の狙い？　佐灯事件を桐生弁護士が自ら説明するよう仕向けることが」

「さあな、本当のところは鈴木に訊くしかない」

「確かに、鈴木の目的が、桐生弁護士自身に佐灯事件を語らせることにあった、という仮定は成りたつ。でも、桐生弁護士が佐灯事件のことを話しても、懲戒処分が公表されないかぎり、鈴木にそれを知る術《すべ》はない」

いいながら、懲戒請求の目的が、桐生に佐灯事件について語らせることにあるという新井の仮説が、不思議と陽子は腑《ふ》に落ちた。

「弁護士会の調査結果は、公表されないのか」

「ええ。懲戒になれば、その理由として事実関係について発表されるけれど、懲戒にならなければ発表されない」

「そうか……まあ、今の段階ではあくまで可能性の一つだ。だが、そうなってくると桐生の弁護活動に問題がなかったのかという疑問が湧く。どうだ先生、桐生の活動に不審な点はなかったか」

陽子は考えこんだ。

「そうね、佐灯が自白していたから、争点は量刑だけ。自首の成否がいちおう問題となったけど、自首が成立することは検察官、つまり私も争わなかった。あとは情状の問題で、情状弁護で不自然だった点といえば……」

陽子は、昨夜の奥永との会話を思いだし、続けて桐生法律事務所での桐生とのやりとりを反芻《はんすう》する。

「情状証人がいなかった。けれど、佐灯は高校を中退してから家に籠りきりで、仕事関係や交友関係がまったくなかったから、情状証人を出せないのも仕方なかった」

「情状証人は、親族がなることも多いと聞く。親族が出廷しなかったのはなぜなんだ」

「弁護人である桐生弁護士以外、親族がいなかったからよ」

陽子は事件ファイルを手にとり、中山が作った、佐灯の親族関係説明図を開いた。

佐灯の六親等内の血族と三親等内の姻族が家系図で示され、一人ひとりの生年月日と死亡年月日が記載されている。桐生がいっていたとおり、ほとんどの者の死亡年月日欄が埋められていた。

親族関係図を新井に示そうと、ファイルを逆向きにしようとして陽子は手を止めた。桐生晴仁の名前に並んで、桐生一志という名前があるのに気づいたからだ。

名前の下に書かれた年月日を確かめると、死亡年月日は空欄になっている。慌ててファイルを繰り戸籍謄本を探した。

「どうした」

陽子の慌てぶりに新井が尋ねたが、陽子は答えず戸籍に目を通す。

桐生一志は、桐生修一《しゅういち》と純子《じゅんこ》の長男として生まれ、二男である桐生晴仁の兄として記載されている。死亡の記録はなかった。

桐生は、自分を除いて昇の親族は絶えているとはっきりといった。その言葉が嘘だったと知り、陽子は衝撃を受けた。なぜ桐生は兄の存在を隠そうとしたのか。

これまでは唯一残された親族が弁護人なのだから、情状証人がいなくても仕方ないと考えていた。しかし桐生一志という、昇にとってもう一人の従兄弟がいたならば話は違ってくる。

さらに戸籍を読んでいた陽子の目が、ある記載の上で止まった。一志と晴仁の戸籍に、未成年後見人の記載があり、後見人の名前は佐灯寿子となっている。佐灯寿子は、昇の母親だ。

「桐生弁護士には、兄がいる」

「何？」新井が訊き返す。

「おまけに、桐生弁護士と兄の未成年後見人は、佐灯寿子よ」

「ちょっと待て、被害者が弁護人の後見人だという情報は、当時なかったぞ」

組んでいた足を解き、テーブルに身を乗りだしてファイルを取ろうとする新井を、陽子は手のひらを突きだして制した。

「私も聞いてなかった……そうか、佐灯家の戸籍には、寿子が後見人を務めているという記載はされないからか」

「どういうことだ」

陽子は、ファイルを新井に渡した。

「捜査機関が取得する事件関係者の戸籍は、被害者のものと被疑者のものだけ。佐灯事件では、昇の父、佐灯茂を戸主とする戸籍に被害者の茂と寿子も、被疑者の昇も載っているから、それ以外の戸籍はとっていない。後見人であることの記載は、被後見人、つまり後見される側の桐生家の戸籍にしかされないから、佐灯家の戸籍をとっただけではわからない。だから警察も検察も、弁護人である桐生弁護士が、被害者である佐灯寿子の被後見人だったことに気づかなかった」

ファイルを見た新井は、「面白くないな」といった。

「今になって捜査の不備を見つけるとは、嫌な気分だ」

「不備とはいえないでしょう。だって、弁護人が佐灯家と親族関係にあることは当時もわかっていたわけだし、その関係が後見人と被後見人という、いっそう強い繋がりとわかっただけ」

「じゃあなぜ先生はそんなに動揺している。佐灯寿子が桐生弁護士の後見人だったからだろう」

陽子は首を振った。

「私がショックだったのは、桐生弁護士以外に佐灯の親族はいないと思っていたから。桐生弁護士からそう聞いていた。兄がいるなんて、ひと言もいってなかった」

陽子は新井に、桐生一志が情状証人となりえたことを伝える。

「一志が法廷に立っていれば、量刑は変わったのか」

「二人殺して懲役十七年というのは温情判決といえるし、刑が大きく変わったとは思えない。もし減ったとしても、せいぜい一年かそこらでしょう」

「刑務所に入る者にとっては、一年というのは大きな違いだ。たとえ弁護過誤といえなくとも、恨むには充分な理由になる。情状証人になれなかった人間にとっても」

「一志が懲戒請求書を書いたというの」

「先生も、佐灯の親族が懲戒請求をした可能性があると考えていたろう。親族は、今まで弁護人である桐生晴仁しかいないと思っていたが、実はもう一人いた。しかも晴仁は、一志の存在を先生に隠している。一志を情状証人として出廷させなかったことに後ろめたさがあるからじゃないのか。一志と晴仁の間に何があったか知らないが、晴仁は一志を裁判に出さず、昇は一年ばかり長く食らいこむことになった。それを知った一志が懲戒請求したとしても、おかしくはない」

「でも、『殺した』とはいえない」

「どうかな。さっきいったように刑務所の中の連中にとって一年というのは短くないし、世間からみればその一年は死んでいるも同然だろう。殺した、というのが短くなったはずの一年を指すのなら、十六年たってから懲戒請求を起こしたこともうなずける。本来なら世間に出ていたはずの、失われた一年が来るのを待って懲戒請求を起こした」

新井の話はそれなりに辻褄が合っていたが、陽子は疑問をぶつけた。

「でも、自分の弟を懲戒請求するかしら。桐生弁護士は、私に養護施設で育ったといった。おそらくそこには一志もいたでしょう。養護施設で育った兄弟が、互いを裏切るようなまねを」

「それは人それぞれだろう。養護施設出身の兄弟というだけで仲が良いと決めつけるのは、ある意味、逆差別だ」

逆差別の使い方を間違ってる、と陽子は思ったが、新井がいわんとすることはわかる。それ以上反論することなく、新井からファイルを取り戻して桐生一志の戸籍を見つめた。

「どうするつもりなんだ」

「あなたの筋読みを確かめましょう。まずは一志を探さないと。戸籍の附票をとって、彼の住所を調べるわ」

戸籍附票は住民票の異動履歴を示すもので、現在の住所も記載されている。

「新井さん、探偵業の届けは？」

「探偵なんて、やるつもりはない」

「じゃあ、人探しを頼むわけにはいかないわね」

「探偵業の届出がなくても、調査を手伝う分には構わないだろう」

「だったら、事務所の臨時雇いということで契約書を作りましょう。その代わり、弁護士の守秘義務があなたにも適用される」

「いいだろう」新井は即答する。「懲戒請求人が誰か、見届けようじゃないか」

そして「志士仁人《ししじんじん》か」と呟いた。

「志士仁人？」

「論語だよ。詳しく覚えていないが、志士や仁者は、身を投げだして仁をなす、とかそんな意味だ。桐生兄弟の名前は、そこからとったのではないかな」

陽子はスマホを取りだして検索した。

「志士仁人は生を求めて以て仁を害することなし、身を殺して以て仁を成すことあり」

「そう、それだ」

「志士や仁者は己が生きるために仁徳を犠牲にすることはなく、むしろ自らをなげうって仁徳をなすものである、とあるわ。なるほど、一志や晴仁の、志や仁の字はこれからとったのかもね」

「一志に会ったら訊いてみるとしよう。居所がわかるまで、私は何をすればいい」

「佐灯家と桐生家の関係を知りたい。桐生弁護士は、両親を亡くしたあと、寿子が後見人になったのに佐灯家に引きとられることなく養護施設に入ってる。どんな事情だったのかわかれば助かる」

「昔の職場の人間に訊くことになるかもしれない。高くつくぞ」

陽子は笑みを浮かべた。

「構わない。ぜんぶ桐生弁護士に請求するわ」

18

新井が去った会議室で、陽子はファイルを眺めていた。

一志が請求人かどうかはわからない。一つはっきりしているのは桐生が嘘をついていたということだ。陽子の胸に暗い影が落ちていた。

依頼人が弁護士に嘘をつくのは珍しいことではない。人は意識的にせよ無意識的にせよ嘘をつく。意図的な欺罔《ぎもう》はもちろん、勘違いということもあるし、記憶違いということもある。人は自分が見たいものを見て、記憶したいものを記憶する、本質的に自分勝手な生き物なのだ。だから人の紛争を生業とする弁護士である以上、人の嘘は避けがたく、むしろ日常的な取扱商品といえる。

——なのに、彼の嘘がこれだけ堪《こた》えるのはなぜ?

嘘が、意識的な、明確な意図をもってなされたものだからだろうか。桐生が、同業者で同期だからだろうか。そうではなく、個人的な感情に起因するものだと陽子は気づいていた。

ため息をついて、サイドデスクに載った電話機の受話器を取りあげ、ファイルの表紙裏に手書きされている、桐生の携帯番号を押した。

「今、元埼玉県警の人が帰ったわ」

〈何か新しい情報はあるか〉

「佐灯のパソコンのデータについては、やはり解析されていなかった。インターネット上で親しい交友関係があったかも警察は確認していない」

〈だろうな。そこまで手間をかけるほど、警察は暇じゃないってことだ〉

心なしか桐生が安堵しているように聞こえた。

「でも一点、気になることがあった」陽子は思わせぶりにいう。

〈なんだ?〉

「パソコンのデータに関すること」

〈解析以外にか〉

「結果的にはされなかったけど、捜査班はフォレンジックを検討した。その理由があるの」

〈へえ、どんな理由なんだ〉

受話口の向こうで、苛立たしげに響くクラクションが聞こえた。

「今、どこ？」

〈いつも通りさ。翔太の運転で、県内を走り回ってる〉

「帰りにでも、事務所に寄れる？」

〈電話だと話しにくいことか〉

「話せなくはないけど……そっちも慌ただしそうだし」

〈そうだな、七時ごろには行けるかな〉

陽子は夜七時の面会を約束してから電話をきった。

会議室を出て、中山に桐生一志の戸籍附票を取り寄せるように指示する。

「そういわれるだろうと思って、もう請求してあります。向こうの役所に訊いたら、今日中に返送してもらえるそうなので、明日には着くと思います」

「さすが。助かるわ」

「一志というお兄さん、懲戒請求に関係してるんですか」

「わからない。新井さんと調べてみるわ。彼を臨時の事務員として雇うことにしたから、そのつもりで」

「先ほどの方ですね。信用できるんですか」

「秘密保持契約は結んだ。それに古巣の県警では変わり者で有名だったみたいだし」

「ふうん。だったら、まともな人かもしれませんね」

「附票が来て一志の住所がわかったら、彼に行ってもらう」

「了解です。でも、関東の可能性が高いですよね。先生は、明後日から東京出張の予定が入ってますよ」

「そうだった」

陽子はすっかり忘れていた。霞が関の弁護士会館で、日本弁護士連合会の総務連絡委員会が開催される。ふた月に一度の日弁連委員会への出席も重要な会務だ。

「もし東京近辺なら同行できるわね」

陽子は中山の机を離れ、執務机に戻った。

——桐生くんにどこまで話して、何を問い質《ただ》すべきか。

桐生と一志との仲がどうなのか判断が難しいところだが、仲が良いのであれば佐灯事件で情状証人を頼めただろうし、自分に存在を隠す必要はないはずだ。

特に、一志を情状証人としなかったことは見逃せない。

新井のいうように、たとえ短くなる刑期がわずかでも、収監される佐灯にとっては大きな意味を持つ。もし桐生の個人的感情で長く服役することになったと知れば、佐灯は怒るだろう。一志も、後になって佐灯のために証言できたと知れば、やはり怒るかもしれない。その結果が、今回の懲戒請求騒ぎとも考えられなくはない。

ただ、それなら桐生も、鈴木太郎が一志であると気づいておかしくはないし、むしろ気づいてしかるべきだ。なのに、鈴木太郎の正体を突きとめるよう依頼するというのは腑に落ちない。

──なぜ、私に依頼したの？

初日の疑問が、ふたたび息を吹き返していた。


「待たせたな」

桐生は、午後八時前になってようやく事務所に姿を現した。今日もスーツではなく、ポロシャツの上にジャケットを羽織っている。

会議室で向かい合って座った。中山はすでに帰宅しており、事務所には二人だけだ。

「七時の約束だったわよね」陽子の声はきつい。

もっとも、書類を作成したり整理したりと午後八時くらいまで事務所にいるのはいつものことで、今夜も提出期限が迫った書面を完成させるまで帰宅するつもりはなかった。だから桐生のために事務所に残っていたわけではないが、毎回の遅刻とあっては、ひと言いわずにはいられなかった。

「悪いな。建物明渡しに立ち会っていたんだ。七十を過ぎた婆さんなんだけどな、市営住宅の家賃を滞納して明渡判決まで取られたんで、いったん保護施設に住んでもらうことになったんだが、直前になって施設に入るのが嫌だとゴネだし、部屋に閉じこもってしまった。市の職員と一緒に説得してたら、こんな時間になった」

「お婆ちゃん、どうなったの」

また桐生のペースに乗せられると思いつつ、陽子は尋ねた。

「鍵を壊して入ろうとする市の職員を思い止まらせて、婆さんにうな重を奢ると約束して出てきてもらった」

「強制退去になるほど滞納してたんだから、食事も満足にとれなかったでしょう。そこに付けこんだわけね」

桐生が居心地悪そうに椅子の上で体を動かした。

「まあ……お詫びに松にしたよ。今、翔太が付き添って食べてるはずだ」

「代金はあなたの自腹?」

「NPOに請求するわけにはいかない」

「それも如月さん関係の仕事なの。あの団体に肩入れしすぎじゃない」

「助けを求められたらできるだけ応える、という彼らのスタンスは立派だと思うが」

「そして、そのツケがあなたに回ってきている」

「ツケとは思っていない。安いが法テラス援助事業から報酬がでるし、援助事業の範囲外のものについては団体が支払ってくれる。今の俺があるのは如月さんのおかげだし」

「へえ」桐生の神妙な物いいに、陽子は興味を惹かれた。

「何か借りがあるの、あの神父さんに」

「いろいろと世話になった。例えば、ここ福岡で開業するときに力になってくれたのもあの人だ」

「彼とはどこで知り合ったの」

「関東にいるときさ。でも、こんな話を聞くために俺を待ってたわけじゃないだろう。そういえば梨花の件はどうなってる」

桐生が話題を変えた。桐生の過去を知る機会を逃し陽子は不服だったが、梨花のことも報告しておかねばならない。

「審判日が決まったわ。三週間後よ。家裁で事件記録を閲覧してきたけれど、やっぱり司法解剖の結果が梨花の供述と食い違っていた。被害者は、二回刺されていたそうよ」

「二回？　母親が二回刺したのか」

陽子は、用意していた書類を桐生に見せる。

「解剖に立ち会った捜査官が作成した、死因に関する報告書の写し。正式な司法解剖鑑定書はできあがるまで時間がかかるから、とりあえず捜査官が報告書を作ったのね」

陽子は書類を捲り、手書きの絵が記載された頁を示した。入口が楔《くさび》形の洞窟を描いたような絵で、途中から二股にわかれており、奥に行くほど細く、末端は尖っている。

「これは父親の傷を絵に書いたもの。創口は一つだけ。でも、創洞が二つ。その一つが大動脈に達していた」

創口は傷口のことで、創洞は刃物が通ってできた体内の空間、穴のことをいう。

「つまり一回刺さった包丁が抜けかけたのを、更に押しこんだ。そういうことだな」

「そう。一つの口に二つの穴。この絵を描いた捜査官は、右脇腹に包丁が刺さったあと、被害者が加害者を押し戻し、包丁が抜けかけたところで、加害者がさらに踏みこんでより深く包丁を刺した、と推測している。梨花の供述とは丸きり異なる態様だわ。警察が梨花の自白を信用しなかったのもうなずける。母親は殺人罪で送致されて国選弁護人が付いた」

「少年審判の見通しはどうなんだ」

「犯人隠避罪については、母親に強制されたことや、親族免除の規定があるから、非行事実にはしないみたい」

犯人隠避罪には、親族を匿《かくま》った場合には罪を免除できるという規定がある。

「そうなるとぐ犯だけだから、試験観察からの不処分もあると思う。問題は生活の根拠をどこにするか」

「祖父母はいるが、交流は乏しかったようだな。如月さんのところは」

「十七歳だから、児童養護施設よりも児童ホームのほうがいいと思う。諸星さんと協力して児相職員と調整してる。あの子をこれ以上傷つけるような環境は、私が許さない」

陽子は、梨花の手の温もりを思い出していた。

「きみに任せて正解だったな」桐生が微笑む。「それで、呼びだしの用件は何なんだ」

陽子は単刀直入にいった。

「佐灯昇の親族は、あなた以外にもう一人いるわね。桐生一志、あなたのお兄さん」

桐生の頬がぐっと膨らんだ。

「俺の戸籍を調べたのか」

桐生の顔から視線を外さずに陽子はうなずく。

「なぜそんなことをした？　いや、訊くまでもないな、佐灯の親族が本当にいないか調べるためか。俺の言葉が信用できなかったんだな」

「信用しなくて幸いだった。なぜお兄さんのことで嘘をついたの」

二人は睨み合う。先に目を逸らしたのは桐生だった。

「一志は、この件には関係ないからだ」吐き捨てるようにいう。

「それはつまり、あなたが一志さんに、鈴木太郎かどうか確認したということ？」

「一志は鈴木太郎ではないし、この件に関わっていない」

「確認したの？　してないの？」

「確認はしていない。しかし確認するまでもなく、一志じゃないとわかるんだ」

「どうして」

理由を説明してくれるかと思ったが、桐生は口を噤《つぐ》んだ。

「一志さんとは連絡がとれるの」

「なぜそんなことを訊く」

「確認してほしいからよ。桐生くん、お兄さんが自分を懲戒請求したなんて信じたくない気持ちはわかる。でも私は、一志さんが鈴木太郎の可能性はあると思う。自分が情状証人に立たなかったために佐灯の懲役刑が延びたと考え、証人として出廷する機会を奪ったあなたを恨んでいるとしたら？　『桐生晴仁が佐灯昇を殺した』と懲戒請求書に書く動機になるでしょう」

「刑が延びた期間だけ、昇が死んでいると見立てるわけか」

「それなら今になって懲戒請求がされた理由もわかる。情状証人がいないために一年間、刑が延びた。その期間をあなたに殺された期間として見立て、その時期に差しかかったところで懲戒請求を行なった」

「面白い説だな。だが、あいにくハズレだ。一志は懲戒請求に関わっていない」

「そこまでいい切るんだったら、理由を教えてよ。確認もせずに一志さんは関係ないといわれても、納得できない」

桐生は躊躇するように視線を彷徨《さまよ》わせる。

人は嘘をつくとき視線を右上にそらすという俗説を陽子は思いだしたが、そんなことで嘘がわかれば苦労しない。心拍数や発汗で嘘を見抜こうとするポリグラフだって信用性は著しく低いのだ。外表の変化で嘘を見抜くのは不可能に近いと、陽子は経験上知っている。

「一志は失踪してるんだ」

「失踪？　どこにいるかわからないってこと？」

「ああ。昇が事件を起こしたあと一月《ひとつき》ぐらい経ってからだから、もう十六年になる。ぷっつりと連絡が途絶えて、それまで住んでいたアパートから姿を消した」

「あなた、弁護士でしょう。お兄さんを探さなかったの」

「探したさ。行方知れずになってから俺なりに調べて回ったが、手掛かりはなかった」

「年金とか税金とかはどうなってるのよ」

「仕方なく公的書類はぜんぶ俺のところに送ってもらうようにした。今もそうさ、年金も税金も俺があいつの分を払っている」

桐生は陽子が淹れた煎茶を啜った。桐生を会議室に通してから淹れたものだが、もう微温《ぬる》くなっているだろう。

「そのうち昇の公判が始まり、もう一志を探すどころじゃない。あれが俺の初の事件だった。刑事事件で初、ということじゃなく、俺が独りで担当した初めての事件だったんだ。右も左もわからず、必死だった」

「そういえば、ずいぶんと変な質問を受けた覚えがある。保釈がいつになるか、私に訊いてきたことがあったわよね」

桐生が恥ずかしそうに笑う。

「二人殺しの自白事件で、保釈はないよな。おまけに検察官に電話するんだから、本当にどうかしていた。それだけテンパっていたってことかな」

「一志さんを探しだして情状証人にしようとは思わなかったの」

「そんなことは思いつきもしなかった。養護施設に入った俺たちは、叔母の家とはほとんど交流がなかったから」

桐生は手に持った湯呑みの中で茶をひと回ししてから飲み干した。

「一志が、昇のために懲戒請求をするなんてことは考えられない。やつのことは忘れていい」

一志は関係ないと桐生が考えていることはよくわかったが、一志本人に確かめたわけではなく、陽子からすればまだ真偽不明という状況だ。新井を使って一志の行方を探す意味はある。

桐生が、すまん、と断ってスマートフォンを取りだし画面を見た。

「翔太からだ。食事が終わってお婆さんを施設に送り届けたらしい。今からこっちに来るといってるが、家に帰す。ちょっと電話する」

桐生はスマホを耳にあてて、翔太に電話した。

「もう今夜は帰っていいぞ……ああ、俺は地下鉄で帰る……明日はいつもどおりだ、気をつけて帰れよ。じゃあな」

桐生が、おっ、といい、「バッテリーが切れそうだ。充電させてくれ」と、傍らの椅子に置いたバッグから充電ケーブルを取りだした。

「コンセントは、後ろよ」

陽子は桐生の後ろの壁を指差したが、そこで違和感を覚えた。目が、あるはずのないものを捉えていた。

——三角タップ?

陽子は立ちあがり、テーブルを回りこんでコンセントに近づいた。桐生は怪訝そうに陽子を見ている。

コンセントに取りつけられているのは、やはり三角タップだ。直挿しの二個口のものだが、陽子は取りつけた覚えがなく、中山からも何も聞いていない。顔を近づけると、ジジジという通電している小さな音がする。

「外だ！　窓を開けろ！」桐生が大声を出した。

陽子は反射的に腰を伸ばし、腰高窓を開けた。夜風が陽子の頬を撫でた。桐生が窓枠に飛びつく。その脇から陽子も外を見た。

ビルの四階にある事務所会議室の窓は、片側一車線の道路に面している。そこに一台のバイクが停まっていた。カウルのない赤いタンクの中型バイク、とまでは陽子にもわかったが、知識が乏しくメーカーや車種まではわからない。

バイクに跨っている黒いウインドブレーカーを着た男が、耳から乱暴にイヤホンを引き抜いた。

「おい！」

桐生が叫び、バイクの男が窓を見上げた。思わぬ近さで顔が見える。

前髪を下ろした顔は幼さがあり、大きな目が特徴的だった。歳は上に見積もっても二十《ハタチ》を出ていないだろう。

男はすぐにフルフェイスのヘルメットを被り、バイクのエンジンを大きく一つ吹かすと、前輪を浮かすようにして走り去った。ナンバーを読みとる暇もなかった。

「あいつ、盗聴していた？」

桐生から返事がない。隣に立つ桐生を見ると、驚愕の表情を浮かべている。

「桐生くん」

陽子は呼びかけたが、やはり返事をしない。桐生の顔からは血の気も失せている。

「大丈夫？　とりあえず座ったら」

陽子は椅子を大きく引き、桐生を軽く押して座らせた。

「ねえ、桐生くん、大丈夫？」

「ああ、すまない。まさか盗聴されるとは」

桐生が力なく微笑んだ。手を伸ばして湯呑みを摑み、口をつけようとして、飲み干していたことに気づいたようだ。

「もう一杯くれるか。水でもいい」

「待ってて。温かいのを淹れてくる」

陽子は給湯室に向かった。電気ポットの再沸騰ボタンを押し、湯が沸きあがるのを待ちながら、流しに手をついて考える。

三角タップ型の盗聴器は昔からよく使われていて、検察官時代にストーカー事件などでたびたび目にしていた。当時は秋葉原などのマニア向け電器店で販売されていたが、今なら通信販売で購入できるだろう。男が耳から引き抜いたイヤホンは受信機に繋がっており、自分たちの会話を聞いていたに違いない。

膝から力が抜けそうになるのを、流しについた手に力をこめて堪《こら》えた。

――あれは、いつからあそこにあったのか。

依頼人と弁護士の会話は、守秘義務によって秘匿されるべきもっとも重要なものだ。たとえ第三者の違法な行為によるものであったとしても、それが外部に流出したとなれば弁護士としての評判に傷がつくのは避けられない。

――あの子だ。

陽子が思いつくのは一人しかいなかった。

――森田恵美。いっぱい食わされたわ。

法律相談カードの住所や電話番号も、森田恵美という名前もでたらめだろうとは思っていた。嘘を見抜いたつもりだったのに、まんまとしてやられた。陽子は恵美の顔を思い浮かべ、怒るより先に情けなくなった。

恵美の相談後に会議室を使った打合せを思い出していき、桐生以外はすべて顧問先なのでフォローできる、と結論づけた。新規の相談者がいなかったのは不幸中の幸いだ。

――まずは桐生くんに謝らないと。

陽子は茶を淹れ、会議室へ運んだ。

「ごめんなさい、桐生くん。私のせいで」

桐生の横に立ち、湯吞みを置く。湯吞みを取りあげた桐生は、熱さに指を動かして持ち方を変えてから、問うように陽子を見上げた。顔色は平常に戻っている。

「事務所に盗聴器を仕掛けられるなんて、とんだ失態だわ」

陽子は、憎々しげにコンセントに挿さった三角タップを見つめる。盗聴器にはコンセントから電気が供給されているので、抜かないかぎり電源は入ったままだ。しかしバイクの男が走り去った今、とりあえず放っておいても害はないだろうと判断していた。

「きみも気づいていなかったんだろう」

「当たり前じゃない」

「だったら俺のことは気にするな。それよりも他のクライアントはどうだ」

「仕掛けられてから、この会議室を使ったのは顧問先だけ。仮に盗聴の事実が公になっても、許しを求めることはできる」

それでも陽子の口からは、重いため息が出た。

「仕掛けた人間に心当たりはあるのか」

「ある。法テラスのホームページを見たといって、法律相談に来た女の子。ネットで調べればわかるような相続関係のことを訊いて、相談料を現金で払って帰っていった」

「女の子？　幾つくらいの子だ」

「相談カードには二十歳と書いていたけど嘘だと思う。実際はもっと下じゃないかしら。でも、あの年代は同性から見ても年がわからないのよね」

初めて恵美に会ったとき、高校生に見えたことを陽子は思い出す。さっき見たバイクの男も、高校生だとしてもおかしくはない。

「ひょっとして、高校生のグループ？」陽子は呟いた。

「一坊寺」いつになく真剣な声で桐生がいった。「この件、俺に任せてくれないか。そこに挿さっているやつも俺に預からせてほしい」

陽子は桐生を見たが、桐生は視線を合わせようとはせず、手元の湯呑みに視線を落としている。

「どういうこと？」

「その代わり、情報がいっさい外に出ないように手を打つ」

「だから、どういうことなの」

「それと、懲戒請求事件の答弁書を提出してほしい」

質問に答えず、桐生は早口でいった。

陽子は気づいた。

――この人は恵美とバイクの男を知っている。答弁書を提出しろということは、懲戒請求事件に関係してるんだ。

「あの二人は誰？」語気鋭く訊いた。

「質問は受けつけない。依頼人の指示だ」

桐生が目を上げた。そこに陽子は苦悩を見た。

しかし陽子としても引き下がるわけにはいかない。盗聴器が仕掛けられたのは、自分の事務所なのだ。

「どういうことなの。説明してくれないとわからない。二人を知ってるんでしょう。二人が誰か教えてくれなければ、同意していいかも判断できない」

「あいにくだが、きみの同意は必要としていない。依頼人の指示だといったはずだ」

「懲戒請求事件はそうかもしれない。でも、盗聴についてはあなたの指示に従う必要はない。盗まれたのは、私の事務所の情報よ」

「その情報が外に漏れてもいいのか？　任せてもらえれば手を打つ。そうすることが、きみと、きみの依頼人にとって最大利益のはずだ。自分の好奇心のために依頼人の利益を犠牲にするつもりか」

「私を脅してるの？　情報漏洩を公にしたくないのなら二人の正体を訊くな、と」

陽子は桐生に否定して欲しかった。しかし桐生は、そうだ、と肯定した。

陽子の胸に苦い思いが広がる。この男を信頼し、あまつさえ惹かれ始めていた自分が愚かに思えた。

「甘く見ないで。盗聴器を仕掛けられたのは私の失態だけど、それが公になるのを恐れていいなりになったりしない。森田恵美を建造物侵入罪で告訴してもいいのよ」

桐生が素早く動き、三角タップをコンセントから外してジャケットのポケットに入れた。

「何するの！」

桐生のポケットに陽子は右手を伸ばし、その腕を桐生が摑む。

「俺が預かるといったろ。証拠がなければ、警察は被害届を受けつけない」

「窃盗よ！　私の事務所から、許可なく物を持ちだそうとしてる」

「窃盗罪で俺を告訴するか」

桐生の顔が苦しげに歪む。陽子は摑まれた腕を振り払った。

「桐生くん、あなたも本意じゃないんでしょう。どういうことなのか説明してよ。私たち二人で考えれば、ベストの策がきっと見つかる」

「もう遅い。考えるタイミングは過ぎてしまった。ずいぶんと前に」

桐生の声には、諦めにも似た響きがあった。

「とにかく盗聴のほうは俺が何とかする。きみは懲戒請求事件の答弁書を出してくれ。それでおしまいだ」

いい捨てて桐生は逃げるように会議室を後にし、陽子は呆然とその背中を見送った。

19

「どうしたの、そんなに膨れて」

陽子の顔を見て、ソファに寝そべって雑誌を読んでいた史郎がいった。

「鐘崎《かねざき》のフグみたいな顔になっとう」

「なんで鐘崎なのよ？」

鐘崎は福岡北部に位置する漁港で、県内有数の天然トラフグの水揚げ港として知られている。

「鐘崎のものしか食べたことがないけん。今年の冬は、下関に連れてって」

邪気のない史郎の顔を眺めていると、陽子の肩から力が抜けた。

「お風呂、沸いとうよ。一緒に入る？」

「そんな元気ない。それに、史郎はもう入ったっちゃろ」

史郎は寝巻代わりの、水色のスウェットの上下を着ていた。

「入ったけど、陽子とならもう一度入ってもよかよ」

陽子は寝そべっている史郎の上にバッグを落とし、浴室に向かった。

湯に浸《つ》かって桐生とやりあった緊張から身心を解放すると、今度は史郎の機嫌のよさが気になり始めた。料理を作った夜のような阿《おもね》りがなく、笑顔にも自信が溢れている。普通は望ましいことなのだろうが、こと史郎に関しては心配の種でしかない。

陽子は風呂からあがり、慌ただしく肌を整えて髪を乾かすと、史郎と同じくスウェットの上下という格好でリビングへ戻った。

「早かったね」

史郎は、陽子が帰宅したときの姿勢のまま、雑誌から顔を上げていった。

「何を飲みようと」

陽子はローテーブル上のマグカップを目で指していった。

「温かいウーロン茶。あ、陽子も飲む？」

史郎が体を起こした。キッチンへ行こうとするのを、「これでいい」と史郎が飲んでいたカップに口をつける。エアコンの空気に冷やされてウーロン茶は微温くなっていた。

――アルコールは入ってない。

それなのにこれだけ陽気なのは、何か理由があるはずだ。

「史郎、何か、良かことあった」

「あ、わかる？　わかるよね、陽子やもん」

史郎はソファに腰かけ、手にしていた雑誌をテーブルに伏せて嬉しそうにいった。読んでいたのは、いつものパチスロ誌ではなくビジネス誌だ。

「この前、蝶野さんが紹介してくれた人、出資してくれるって連絡があったっちゃん。それで、僕が社長で、蝶野さんが経理担当で会社を作ることになった。久しぶりの社長やけん、緊張するねえ」

――それでビジネス誌というわけね。

陽子は、史郎の気楽さに頭が痛くなった。両膝を床につき、史郎の目を見据える。

「断ったほうがよか」

「うん、陽子はそういうと思った。でも、やる。もう会社のシンボルマークも決めとうもん。甘棠館の校章は五瓜《ごか》五芒星やろ。あれをそのまま会社のマークにするっちゃん」

史郎の笑顔は変わらない。

甘棠館高校の校章は、きゅうりの切り口に似た「五瓜」の外枠に、星形の五芒星が入った紋だ。男子は学生服の詰襟に五瓜五芒星の徽章《きしょう》を付け、女子のセーラー服には、背中の襟の両端に銀色の糸で刺繍されている。五瓜五芒星の付いた制服で福岡の街を歩くのは、甘棠館高校生の密やかな楽しみであり、誇りでもあった。

陽子はにじって史郎に近づき、その手を握った。

「お願い、聞いて。蝶野さんは高校の先輩やけん、私も悪くいいとうない。でもあの人は同窓会の鼻つまみ者よ。なんでかわかる？　同窓生から金を引っ張っては踏み倒しとうと。金のためなら何でもやる、そういう類いの人間よ。コーポレートマークに高校の校章を使うなんて、同窓生をカモにするつもりなの、わからんとね。お願い、やめて」

陽子は史郎の手を握りしめる。それでも史郎の笑顔は変わらない。

「陽子は弁護士やけん疑り深かね。もっと人を信用せんと。大丈夫、蝶野さんのことは陽子より僕のほうがわかっとう。確かに狡《ずる》いところはあるけど、基本的には良か人たい。そりゃ金を欲しがっとうのは間違いなかよ、僕にもはっきりとそういっとったけんね。でも、会社で真っ当な金を稼ぎたいともいいようと。やけん出資者も探してきたし、会社の経理も引き受けた」

「なんで彼が社長をやらんと？　あの人のほうが先輩やろ。史郎が経理担当で、蝶野さんが社長というならまだわかる。でも違うっちゃろ。それはね、あなたを利用するつもりやけんよ。初めて逮捕されたときのことを忘れたと？」

「大丈夫、もし危なかと思ったら、すぐに辞めるけんさ」

すぐに辞められるようならこんな心配はしない。蝶野が史郎を利用しようとしているのがわかっていながら説得することができず、陽子はもどかしい気持ちになった。

しかし、一方で、これでこの男から解放されるかも、という小さな囁《ささや》きが頭の片隅で起こる。

——あのときの自分の弱さを、ようやく忘れられる。

それは、新井との電話では明かさなかった事情だ。

史郎の不正競争防止法違反事件を引き継いだとき、陽子は、被告人が高校の同級生だとわからなかった。気づいたのは史郎の身上調書を読んだときで、本来ならその時点で事件を回避、つまり担当を下りるべきだったが、続く史郎の弁解調書と、警察が送致してきた増田に関する捜査書類を読んで、史郎は無罪ではないかと考えるようになった。

捜査書類には、増田が暴力団の親交者であり、特定商取引法違反と詐欺罪で有罪になった前科があることや、増田の会社について警視庁生活安全部に被害相談が寄せられていることが書かれてあった。

しかし検察庁では起訴したからには有罪獲得が至上命令となる。

そこで陽子は、同級生であることを隠して公判を担当し、捜査書類をすべて弁護人に開示した。弁護人は開示された書類に基づいて、史郎に競業の意思はなく、名簿とマニュアルの持ちだしは告発を目的とする正当行為だったと主張し、検察官の陽子も反論を行なわず、史郎は無罪となった。

退官願が受理されて最後の登庁日の帰り道、陽子は史郎から声をかけられた。いつもであれば相手にしなかっただろう。だが、最後の登庁を終えて気が弱くなっていたのか、それとも憐れを誘う史郎の姿にほだされたのか、陽子は誘われるまま一緒に食事をした。

無罪判決に陰で協力したとはいえ、陽子は史郎自体には興味がなかった。高校時代にしても、名前ぐらいは聞いたことがあったかもしれないが会話した覚えはない。裁判が始まってからは、退官後に福岡で開業する法律事務所のことで頭がいっぱいだった。

「僕は正しいことをした」居酒屋で史郎がいった。「でも、そのせいでドツボに嵌《はま》ってる」

皮肉なことに、彼が持ちだした情報によって被害にあっていたと知った顧客から損害賠償を請求されているという。また、増田の恨みを買ったことで身の危険にも晒《さら》されていて、東京にはもういられないと愚痴った。

陽子は同情を覚えると同時に、ある打算が働いた。

男に襲われて以来、陽子は家に独りでいると突然息が苦しくなり、後頭部の傷が疼《うず》くように痛むことがあった。しかし検察官になってからは、警察の重点パトロール対象である検察官官舎に住むようになったためか、発作が出ることはなかった。しかし職を辞して福岡に帰ると当然ながら官舎に住むことはできず、かといって今さら両親と暮らすのは気が進まない。そんな陽子にとって、素性の知れた史郎の存在は好都合に思えた。

高校受験、大学受験、そして司法試験と、思春期から青年期のほとんどを受験に費やしてきたことで晩熟《おくて》という自覚はあるが、かといって自分に男を見る目がないとは今でも思っていない。

ただ、あの打算は弱気の虫のなせる業だった。とにかく一緒にいてくれる人が欲しかったのだ。だから同郷で、同級生で、身上調書を読んで素性を知っていて、自分を頼ってきた史郎を拾ったに違いない。

「大丈夫、僕もあのとき学んどうけん、潮時はわかる。それにうまくいけば、陽子にもこれまでのお礼ができるし」

史郎は笑いながら、陽子の手を握り返して諭すようにいった。うなだれた陽子の頭の中で、囁きが大きくなっていく。

——これで関係を清算できる。寂しさから始まったにしては、充分じゃない？

陽子が顔を上げると、にこにこと笑う史郎の顔があった。楽観に彩られた史郎の目とは対照的な、苦悩に満ちた桐生の目を思いだし、彼の事件から手を引かない、と陽子は決めた。

20

始業前の、朝の静かな時間。陽子は法律用箋を前に、万年筆を手にとった。佐灯の親族関係図を、桐生晴仁を相続人とした相続関係図に書き換える。

まず中央に桐生晴仁と書き、その横に桐生一志と書く。二人の名前の上に、コの字を左九十度回転させた線を描き、兄弟関係を表す。二人の上に父・桐生修一と母・桐生純子の名前を並べて書き、横線で結んで夫婦関係を表し、横線の真ん中から兄弟を結ぶ線へと直線を下ろして親子関係を表す。

次に、純子の名前の横に、純子の妹・佐灯寿子の名前を書き、その上に姉妹関係を示す線を描く。寿子の横に佐灯茂と書いて、二人を横線で結び、その線にぶら下がるように佐灯昇の名前を書き入れる。そして、後見人関係を示す点線を、桐生兄弟の名前から佐灯寿子の名前へと引く。

最後に、桐生兄弟と佐灯昇を除き、それぞれの名前の下に死亡年月日を書き入れた。

万年筆を赤のサインペンに持ち替え、相続が発生した流れを矢印で書きこむ。桐生純子から修一と桐生兄弟へ、修一から桐生兄弟へと矢印が引かれ、その隣では、茂と寿子から昇へと矢印が引かれる。桐生家と佐灯家の矢印は、互いに干渉することはない。

——そうよね、後見人だからといって相続関係は発生しないし、昇は両親を殺しているから普通は欠格になるけど、それを主張する人間もいないし。

ここでいう欠格とは、被相続人（相続の対象となる、死亡した人間）を殺して有罪判決を受けた相続人が、法律上当然に相続資格を失うことをいう。もっとも、その相続人の他に相続資格を有する者がいない場合、欠格を主張する者がおらず、事実上相続が生じることになる。

昇は両親を殺害しているので相続人から除かれることになるが、ほかに相続人がいなければ、昇への相続が行なわれることになる。

——あれ？　これって。

陽子はキャップをした赤ペンの先で、寿子から純子へ、純子から桐生兄弟へとなぞった。

——代襲相続が発生する？

確かに茂には、昇の欠格を主張して相続に異議を唱える他の相続人はいない。

しかし寿子については、昇が相続しなければ相続人となりうる、寿子の姉・純子がいる。もっとも純子は、寿子が死亡したときに既に亡くなっているから、純子の子ども、桐生兄弟が代わりに相続人となる。これを代襲相続という。

つまり桐生兄弟が昇に欠格事由があることを主張すれば、寿子の財産は桐生兄弟へ相続される。

陽子の胸に、ぽつりと黒い雲が浮かんだ。

「おはようございます、先生」

出勤してきた中山が陽子に声をかけたが、陽子は法律用箋から顔を上げられずにいる。

「どうしたんです、怖い顔をして」

陽子は顔を上げて赤ペンを放りだし、背もたれに体を預けた。両手で頬を挟み、化粧が崩れない程度に揉みあげる。手を動かしながら、中山に伝えるべきことを整理した。

「昨日、桐生くんから、懲戒請求人の調査の中止を指示された」

陽子は昨夜の顛末を話した。

「どこにリアクションすればいいのか、困ります」中山は眉根を寄せる。「盗聴って、気持ち悪い。陰湿ですよね。それをあの子が？」

「ほかに心当たりがない。盗聴器が仕掛けられたのは会議室だけみたいだし、もし不在時に侵入者があれば機械警備が反応するはずだし。一応、専門業者を呼んでほかに盗聴器がないか調べてもらおうと思ってるけど」

「弁護士協同組合の特約店チラシがありましたね。電話しておきましょうか」

陽子はうなずいた。

「桐生先生が懲戒請求人の調査中止を指示したということは、恵美とバイクの男が懲戒請求人ということなんでしょうか」

「請求人か、あるいは非常に近い関係なんでしょう。それで桐生くんは請求人が誰かわかって、もう調べる必要はないと考えた。というより、調査されたら困るといった雰囲気だったわね、あれは」

「調査されたら困る……やっぱり佐灯昇の関係者？」

「わからない。でも、動揺は相当激しかった。それで、ひょっとしたらあなたがいってたように、桐生くん個人に絡む事情じゃないかと思い直して」

陽子は法律用箋を中山に示した。

「佐灯事件で恨みが生じたとすれば、事件で桐生くんが利益を得た可能性があるんじゃないかと思って、桐生くんを中心に事件を見てみた」

「桐生先生を中心に？」

「佐灯事件で生じた相続関係を整理してみたの。すると、被害者である寿子の財産は、桐生くんが代襲相続できる可能性があるとわかった」

中山は、手書きの相続関係図を目で追った。

「そうか。代襲相続だと、桐生先生が寿子の相続人になりますね。でもこれ、寿子から夫の茂への相続は発生しないんですか」

「被相続人と相続人が同時に死亡したときは相続が発生しない、という同時死亡の特則があって、佐灯夫婦の間では相続が発生しない。だから桐生兄弟は、昇が欠格になれば寿子の財産を相続できる。そこで問題となるのが、寿子に財産があったか、財産があったとして桐生兄弟が実際に相続したか」

「もし桐生先生が相続していたとしたら」

「問題ね。佐灯昇が殺人罪で有罪になれば、欠格事由が明らかとなって桐生くんは代襲相続ができる。つまり昇と桐生くんは、利益が相反する状態だった」

「でも自白していたんでしょう。誰が弁護しようと、有罪は間違いないんじゃ」

「欠格になるのは故意に死亡させた場合だから、同じ有罪でも殺人じゃなく傷害致死罪だったら欠格にはならない。あるいは、故意に死亡させた場合でも、正当防衛などで無罪になれば欠格を免れる。佐灯事件で故意を裏づける証拠は自白だけ。その自白は、事件発生後、警察官が駆けつけるまでに桐生くんと二人きりで過ごした後になされた」

「桐生先生が、殺人の自白を強要したとでも！」

そんなことを考えるなんて信じられない、といった口調だ。陽子は弁解するようにいった。

「強要したとまでは考えてないけど……桐生くんにとって、殺人罪の故意、殺意があったという自白に佐灯を誘導するのは簡単だったはず」

「どうやって」

「『包丁が刺されば死ぬかもしれないということはわかるよな。そうとわかっていて包丁を突きだしたんだろう。だったら死んでも構わないと思ってたということじゃないか。そうだろう？』これで未必の殺意の一丁あがり。法律家なら皆やり方を知ってる」

「そんな……」

「確かめる方法はある。事件後、寿子の財産を桐生くんが相続したかを調べればいい」

「寿子さんの相続財産調査ですか。十六年前に亡くなった人ですし、相続事件を受任しているわけでもないですから、調査は難しいのでは」

「違う、桐生くんの。桐生くんの財産を調べるのよ」

「それはもっと難しいと思いますよ。金融機関は情報開示に応じません」

「不動産なら？ 民間業者のサービスを使えば不動産登記の名寄せができる」

「でも先生、桐生先生から手を引くようにいわれたのに、いいんですか」

「会議室に盗聴器が仕掛けられた時点で、これは私の問題になった。森田恵美を必ず見つける。そして森田恵美につながる手がかりは桐生くんだけ。だから、何としても桐生くんに口を開かせる必要がある。いいわね」

中山は、気圧されたようにうなずいた。

21

調査中止をいい渡された三日後、陽子は東京都足立区にある、古いアパートの前にいた。色褪せたトタンの外壁に、ペンキで黒々と「コーポはま」と書かれている。陽子はスマートフォンの地図アプリで、目的の建物であることをもう一度確かめた。隣では、新井が紙の地図で同じように確認している。

桐生一志の戸籍附票で最後の住所地となっているアパートだ。

請求していた戸籍附票が届き、陽子が新井に住所を伝えると、新井は現地に行くといった。

霞が関にある日弁連会館での会議を翌日に控えていた陽子は同行することにし、日弁連の会議に出席した次の日の朝、住所地の最寄り駅で新井と落ち合った。

錆の浮いた外階段を上りきってすぐのドアが住所地で、新井が呼び鈴を押したが返事はない。ドアを軽くノックしても薄い板が軽い音を立てるばかりで、やはり反応はなかった。

廊下に面した擦りガラス窓から陽子は中の様子を窺った。電気は点いておらず、物音もしない。ドア横に設置された電気メーターをチェックすると、じっと見つめてようやくわかる程度にゆっくりと円盤が回っている。居留守ではなく本当に不在らしい。

新井が隣の部屋のドアを叩いたが、そこも不在だった。またその隣も不在で、ようやく住人を捕まえることができたのは三つ隣の、一番奥の部屋だった。

「階段側の部屋？」頭を掻きながら、学生風の男は答えた。「外人が住んでる」

「外人？」新井が訊き返す。

「うん、実習生というの？　いつも朝早く車が迎えに来て、わらわらとその車に乗って、夜遅くに同じ車で帰ってくる」

「住んでるのは一人じゃないんだな。何人くらい」

「僕がわかるのは三人くらい。でももっと住んでるかもね、あいつら顔よくわかんないし。ってか、おじさんたち、誰?」

陽子は若い男の無警戒ぶりに呆れつつ「私は弁護士で、この人は調査員」といった。

「へえ、弁護士も聞き込みなんてするんだ。何を調べてるの? あいつら犯罪者?」

「何でそう思うの? 外国人だから?」

陽子の厳しい口調に、男はきまり悪そうな表情を作った。新井が救いの手を差し伸べる。

「私たちが調べているのは、あそこに住んでいた日本人だ」

男は俯いて「だったら最初からそういえばいいじゃん」と小声で文句をいう。

「きみはいつからここに住んでいる?」

「えっと、三年前、いや四年かな。それくらい」

「学生か?」

男は近くにある私立大学の名前を口にした。

「そこの七年生」

「七年生? 大学は四年生までだろ」

「あまり突っこまないでよ。あと一回ダブると放校になっちゃう」

「きみがここに住み始めたとき、あの部屋の住人はどんな人間だった」

「外人……外国の方だよ。たぶん今の人とは違うと思うけど、自信はない」

「日本人ではないんだな」

学生はこくりとうなずく。新井はアパートの管理会社の名前と電話番号を聞きだしてから学生を解放した。

路上に戻り、陽子は管理会社に電話をかける。

「福岡の弁護士で、一坊寺陽子と申します。足立区の『コーポはま』の担当者をお願いしたいのですが」

〈弁護士さんですか。ちょっとお待ちください〉

女性が戸惑ったようにいい、受話器を受け渡す気配があった。

〈弁護士さん、いっときますけど、あそこに住んでるのは、ちゃんとビザを持ってる人間ばかりだよ〉

のっけから警戒心も露わに、中年らしい男性がいった。

「いえ、現在の住人の方についてではありません。ずっと昔に住んでいた、日本人男性を探しています」

〈なんだ、人探しか〉男は安堵の声をだす。

「ええ。十六年前、あそこの二〇一号室に住んでいた、桐生一志という人間を探しています」

〈十六年前ですか！　参ったなあ〉

「もし転居先などがわかればと思いまして」

〈十六年前ねえ。調べてみないとわからないけど、そうはいっても個人情報だし、どうしたもんかな。何でその人を探してるの〉

「実の弟から依頼された事件の関係です。必要なら、個人情報保護法の例外となる、弁護士法二十三条の二に定める弁護士会照会手続をとっても構いませんが、互いに煩雑になりますよ」

〈ややこしいのは困るよ〉

「じゃあ、こうしません？　日本弁護士連合会のホームページで私の法律事務所の番号を調べて、そこに電話をかけてください。中山という事務員が対応しますので、私が日弁連に出張中であることを確認したうえで、彼女に情報を伝えてください」

〈法律事務所に電話して、そこの事務員に伝えればいいんだね。それなら〉

「お願いします」

陽子は電話をきるとすぐに事務所に電話し、中山に伝える。スマホをバッグにしまうと、新井が呆れた顔で見ていた。

「まったく、口八丁というか何というか」

「電話があるまで、どこかで時間を潰しましょう」

「だったらメシを食いたい」

「まだ十一時を過ぎたばかりよ」

「埼玉からここに来るのに、朝飯を抜いてきた。腹が減ってしょうがない」

じゃあ駅前に戻りましょうと歩き始めたら、アパートから五十メートルも離れていない定食屋の店先で、エプロンをつけた女性が暖簾《のれん》をだしていた。

陽子と新井は目配せを交わし、店に戻った女性を追いかけるように戸を開けた。

「いらっしゃいませ」

女性がちょっと驚いたように二人に目を向ける。

「二人だけど、いいかい」

「もちろんです、そちらの広いところにどうぞ」

店内は四人掛け席が中央に二つ、二人掛け席が壁際に二つ置かれ、厨房とホールを分けるカウンターにも幾つか椅子が置いてある。二人は店員に勧められた、厨房に近い四人掛け席に座った。

陽子はA4プラケースに入ったメニュー表を眺め、水を運んできた店員にざるそばを頼む。新井は親子丼を注文した。

「ざる一丁、オヤコひとつ！」店員が威勢よく厨房に声をかける。

陽子がカウンター越しに厨房を見ると、新井より年上に見える女性がガスコンロにマッチで火を点けていた。

「お母さん？」

同じように厨房を見ていた新井が、小声で店員に訊く。

「ええ、親子二人でやってます」

「いいねえ。私なんか、子どもがいないから、うらやましいねえ」

「あら、こちらの方はお嬢さんではなく?」

「そんなことといったら怒られるよ。この人は若いけど、取引先のお偉いさんでね、福岡から出張で来られてるんだ」

「あ、九州から。じゃあお客さんは、こっちの人?」

「埼玉のほう。この人の知り合いがここらに住んでいてね、久しぶりに訪ねてみたいというんで、私が会社から案内役に指名されたわけだ」

新井が苦労しているようにいった。新井の芝居に陽子の頬が引きつるが、無理に笑みを浮かべる。

「あらそうなんですか、それで、知人の方とはお会いできたんですか」

店員が、陽子をちらちらと見ながらいう。

「それがね、どうも引っ越していたようなんだ。それもずいぶんと前に。もっと前に来ればよかったんだろうけどねえ。落ち込むこの人をどう慰めようかと思っていたら、あなたが店を開けていたものだから、一息つこうと寄らせてもらったんだ」

新井は、いかにも疲れたとでもいうように、水を飲んだ。店員が同情の眼差しを向ける。

「でもその方、転居のご挨拶はなかったんですか」

店員が、新井に訊くような、陽子に訊くような、中途半端な向きでいった。

「この人がいうには、忙しい人間だったらしくてね。養護施設を出てすぐに働き始めたそうだ」

「養護施設？」店員はいっそう興味を示す。

「彼は両親を早くに亡くしたらしくてね、弟と一緒に施設に入ったらしいよ。でも、弟は弁護士にまでなって、今は自分で法律事務所を構えている。兄貴が努力したんだろうねえ」

「苦労人なんですね」

店員が目を輝かせ、新井が頃合いを見計らったように尋ねる。

「ところで、君たち親子はここら辺の人？」

「私は結婚してこっちに来たんですが、義母《はは》は昔からこのあたりですよ。この店も、義母の親の代からやってるそうですし」

実の親子と思ったのは、陽子の早とちりだったようだ。

「そうだ、義母に訊いてみましょうか。ひょっとしたらその方を知ってるかもしれませんよ」

「いい考えだね、そうしてもらえると助かるよ。桐生一志というらしいんだ。年のころは、今は四十半ばぐらいかな」

ちょうど女性が、ざると丼を丸盆に載せて厨房から姿を現した。店員が盆を受けとり、二人に料理を出してから、義母を追うように厨房へと姿を消す。

警察官の常として、新井はものを食べるのが早かった。陽子も、負けじとざるそばを平らげる。二人が食事を終えたところで厨房の女性が姿を現した。

「誰か、人をお探しとか」

割烹着で手を拭きつつ、警戒感を滲ませながらいう。新井が答えた。

「ここから北の角を曲がったところにある、古いアパートに住んでいた人間だけどね、桐生一志というんだが、そこには今は外国人が住んでるらしくて」

「あそこはもう長いこと東南アジア人が住んでるよ」

女性は無遠慮に新井の顔や姿を眺め、同じように陽子を見てから、また新井に視線を戻していった。

「あんた、警察の人だね。これは聞き込み？」

新井は表情を消した目で割烹着を見返した。

「わかるのか」

「何年、メシ屋をやってると思ってるんだい。ここらで事件が起きると、みんなまずこの女将に話を聞きに来るんだよ。あんた見ない顔だね、ヨソから出張ってきたのかい」

みんな、というのは所轄署の警察官のことだろうと陽子は見当をつけた。ひょっとしたら、女将は情報提供者として知られた存在なのかもしれない。

「半分当たりで、半分外れだ。私はもう退職している」

「なんだい、警官崩れの興信所員かい」

「そのいい方は気に食わないが、それも外れ。定年退職して、この弁護士の調査員として働いている」

「こっちは弁護士さんかい」

女将の顔に初めて好奇の色が浮かんだ。弁護士の調査が珍しいのかもしれない。

娘が厨房から出てこようとするのを、「日替わりランチの野菜が足りない。奥からキャベツを持ってきて、刻んどいて」と足止めを食らわせ、自分は陽子たちのテーブルの空いた席に座った。

「探してるのは、一志くんかい」

「知ってるのか」

「よく食事に来てたよ。といっても、うちの母が亡くなる前だから、もう十年はとっくに超してるだろうが。何であの子を探してるんだ」

「彼の弟が弁護士になったのは知っているか」

「さっき嫁から聞いた」

「彼女から聞くまでは、知らなかったのか」

新井と女将は視線で互いを探り合い、やがて女将がいった。

「いいや。知ってたよ」

「じゃあ、一志とは親しかったのだな」

「そういうわけじゃないが、まず、なぜ彼を探してるのか話しな」

新井が陽子を見る。

「私の同期の弁護士が、彼の弟なんです。その同期が厄介ごとに巻きこまれていて、お兄さんに会う必要があって」

「一志が弟を助けてやれるという話かい。それとも、一志が厄介事の原因という話かい」

「それが、わからないんです。わかってるのは、トラブルに一志さんが関わってるかもしれない、ということだけ」

「何もわかっちゃいないじゃないか」

「だから一志さんに会う必要があるんです」

女将は、陽子から視線を外し、また手を割烹着の裾で拭《ぬぐ》った。

「弟のトラブルというのは深刻なのかい」

「命にかかわるという話ではありませんが、弁護士資格を失うかもしれません」

女将が遠くを見る目になった。

「弟というのも覚えてるよ。土方で鍛えた兄貴と違って、色が白くて華奢な子だった。兄貴がここに食事に連れてきてね、こいつが大学に受かった、と自慢したら恥ずかしそうに笑っていたっけ。賢そうな子だった」

女将は二、三度うなずいてから、「あの子が弁護士になったと知っていたのは、自治会長から聞いたからさ」といった。

「自治会長？」新井が訊き返す。

「そう。お節介な世話焼き爺さん。田んぼに部長の部とかいてタナベと読むんだが、ここらの住民のことなら私より詳しい。兄貴の面倒もよく見ていた。おしゃべりじゃないが、私から聞いたといえば、邪険にはしないだろうよ。行ってごらん」

「あなたのことは、なんていえばいい」新井が訊いた。

「白木《しらき》食堂のお姉さんから聞いたといえば、わかるよ」女将が笑った。

二人は、女将が娘に描かせた地図を頼りに自治会長の家へと向かった。よく出歩く老人らしいが、昼食は決まって自宅でとるらしく、今から行けば捕まえられるだろう、と女将はいった。

途中、中山から陽子に電話があった。

〈二〇一号室は、もう十年にわたって企業が借りて社宅として使っていて、それ以前の入居者の記録はないそうです。あの会社が管理を引き受けたのは社宅になって以降ということで〉

中山が残念そうに報告する。

「ありがとう。でも落ち込む必要はないわ。桐生兄弟を知ってる人間を見つけた」

〈そうなんですか〉中山の声に明るさが戻る。〈やっぱり現場を歩き回るのが一番ですね。朗報を期待してます〉

自治会長の家は、定食屋から歩いて五分ほどのところにあった。

アパートと仕舞屋《しもうたや》、それに建売り住宅が混在する地域で、下町が住宅街に生まれ変わろうとしたところでバブルがはじけてしまったという印象を陽子は受けた。自治会長の家もそんな取り残された仕舞屋の一つで、間口の大きな店舗シャッターの隣に片開きのドアがあり、〈田部〉と墨入れされた木の表札が横に掛かっている。

陽子は、表札の下にあるインターホンを押した。

〈はい、どちらさん〉

「弁護士の一坊寺といいます。白木食堂の方に田部自治会長のことをお聞きしました。桐生一志という人間のことで、ちょっとお話を伺いたいのですが」

〈ああ、白木の婆さんから電話があったよ。鍵を開けるから、上がっておいで〉

ジーという音とともに、戸口の鍵が外れる音がした。遠隔操作でドアの鍵を開閉できるようだ。

新井がドアを開けると鉄製の階段があった。二階に玄関扉があり、扉の中央に付けられた馬蹄型のノッカーを新井が叩く。

ドアが開き、禿頭の、長袖下着にステテコ姿の老人が姿を見せた。

「元警官と女弁護士とは珍しい組み合わせだな。さ、入りな」

「よろしいんですか」

「いいよ、上がんな」

二人は、老人のあとについて家に入った。新井はハンチング帽を脱ぎ、綺麗に折り畳まれた白いハンカチで額の汗を拭う。老人は二人をダイニングに案内した。

食卓の上には氷水の入った盥《たらい》が載っていて素麺が沈んでいる。傍らに渡し箸の架かった猪口があり、青ネギの浮いた麺つゆが入っていた。

田部が座るようにいい、冷蔵庫から麦茶ポットを取りだしコップに注いで二人に差しだすと、猪口が置かれた席に座った。

「昼メシを食ってたんだ。悪いが、食いながら話を聞くよ」

田部は、箸を取りあげ、素麺をすすった。

「そんでな、桐生一志だって？　白木の婆さんから聞いたが、弟くんの弁護士資格の危機だってな。あれは優秀な男で、兄貴の自慢だった」

「桐生一志を覚えてるんですね」陽子は期待を込めて訊いた。

「もちろんだよ。真面目な奴だった」顔が曇った。「ただ、去り際がなあ」

「去り際というと、アパートを引っ越すときですか。何があったんです」

陽子の問いには答えず、また素麺をすする。

「俺は自治会長のほかに今、民生委員もやってる。ほら、民生委員は他人のことを話すと法律に違反するんだろ？　守秘義務とかなんとかで」

「一志さんの面倒を見ていたときも民生委員だったんですか」

「いや、そのときはただの自治会長。ただの自治会長という言い草も変だけど」

「だったら大丈夫です。民生委員の守秘義務は、民生委員として知った事実が対象ですから」

「そうかい」

田部は箸を置き、麦茶を飲みながらコップに入っていた氷を口に入れ、ガリリと嚙み砕いた。歳のわりに頑丈そうな歯だ。

「俺もな、気にはなってたんだ。何というか、こう、ふと昔の記憶が甦《よみがえ》って、あれどうなったっけなあ、と不安になることあるだろ。そんな思い出の一つだよ、一志のことは」

一志は、中学校までカトリック団体が運営する児童養護施設で暮らしていたが、中学校卒業と同時にアパートで一人暮らしを始めた。養護施設の職員という神父が一志を連れて、わざわざ田部の家に挨拶に来たという。

本来、自治会長の任期は一期二年だが、六つにわかれた自治会内区の取りまとめや住民の世話、区との話し合いなど雑務が多い仕事だけに引きうけ手が見つからず、田部は長きにわたって自治会長を続けているという。ちなみに副会長はずっと白木食堂の女将が務めているそうだ。「腐れ縁さ、あいつとは」

神父からくれぐれも一志をよろしくと頼まれていたこともあり、田部は中卒で働き始めた一志のことを何かと気にかけた。

「当時の法律じゃ、養護施設は未成年者の後見人になれないということだった。それが神父さんは悔しそうでね」

「佐灯寿子という後見人がいたはずですが」陽子が訊く。

「親族の後見人がいたのは知ってるよ。しかしその後見人が、どうにもなあ。一志から聞いたんだが、両親が亡くなったあとも、一志たちを養護施設に預けて知らんぷり。一志が独りで暮らし始めても何の援助もなしだ」

一志は、晴仁が中学を卒業すると施設からアパートに引きとり、自らは働きながら高校、大学へと進ませた。大学に入った晴仁が学生寮に入り、ようやく一志の生活は落ち着いた。

「そんでな、落ち着いたとたん、一志は、親の遺産の調査を始めたんだ」

「遺産、ですか」

一志は田部に相談したり、弁護士会や自治体が行なう無料法律相談に通ったりしながら、少しずつ資料を集めていった。また、このころには晴仁が弁護士の道に進むことを決意したようで、司法試験の勉強に励む晴仁の協力を得ながら、遺産がどこに消えたかを調べていった。

「そんでな、一志は、遺産を後見人に横取りされたと信じるに至るわけだ。で、ちょっと問題を起こしてしまった」

一志は、後見人の家に乗りこんで言い争いになり、後見人の夫に怪我を負わせ、警察沙汰になったという。

「俺が引きとりに行ったんだよ、後見人の家まで。古い家で、警官に挟まれた一志が、しょんぼりと立っていた。被害者とされた男は、顔にちょっと擦り傷を作っただけ。一志は胸倉を摑まれ、それを振り払ったら、柱で顔を擦ったらしい」

「後見人夫婦の家というのは、埼玉の熊谷か」

新井が尋ねる。それで陽子も、佐灯寿子の家といえば佐灯事件の現場に他ならないことに思い当たった。

「そうそう、あんた、よく知ってるねえ。そのころは私もまだ下で商売をやってたね、店の軽トラをとばして迎えにいったけど、なかなかの田舎だった。そのときのあいつらの態度が酷くてね。男は一志を野良犬よばわり、女のほうも聞いてるこっちが耳を塞ぎたくなるような罵詈《ばり》雑言だ。警官も一志を捕まえるというより、あいつらを宥めるのに忙しい感じで、早く一志を連れて帰るようにいわれた。あとから呼びだしがあるかもといわれたが、その後音沙汰なしで、晴仁が問い合わせたら、あいつらが被害届を出さず事件扱いにはならなかったそうだ」

自治会長は思い出したように素麺をすすり、伸びてしまっていたのか温くなっていたのか顔をしかめた。

「それからどうなった」新井が訊く。

「どうもこうもないさ。帰りの車の中で、俺は一志に、親の遺産なんかあてにせずに、しっかり働けと説教じみたことをいってしまった。一志は、警察に呼びだされた俺にひどく恐縮していたけど、親の遺産なんかあてにしていない、そんなんじゃないと、そこだけはえらくむきになって否定していたね」

「一志は遺産探しを諦めたのか」

「それがなあ。その後、一志は女の子と同棲を始めてね。それでまた落ち着いたと思っていたら、晴仁が弁護士になるときに」

「ちょっと待ってください」陽子は話を遮った。

「一志さんは、女性と暮らしていたんですか」

「そんなに驚くことでもないだろう。もう二十はとっくに越えていたんだから」

「その女性の名前は」

「アイちゃんだ」

「どんな字を書きます？　苗字は」

「人を愛する、の愛だ。苗字は……聞いてないなあ、いや、聞いてないということはないか。しばらくして二人は結婚したから、俺の中では桐生愛ちゃんよ。旧姓が何といったか忘れた。顔は十人並みだが、品のいい娘さんだった。どこで知り合ったか知らんが、何でこんなお嬢さんが一志と、と思ったよ。一志には悪いけど」

「二人は共働きだったんですか」

勤務先がわかれば身元がわかると思い、陽子は尋ねた。

「ああ、もちろん。いや、もちろんということはないか。愛ちゃんのほうは、看護師を目指して近くの病院で働いていた」

「その病院はどこにあります」

「すぐそこの、内科の病院だけど、最近なくなったよ。院長が死んでね、跡を継ぐ者がいなかった。もう建物も取り壊された」

「一志は、愛という女性と暮らし始めた。そして晴仁が弁護士になった。それで、先ほどいいかけたのは？」新井が話を戻す。

「何だったかな、遮られたから忘れちゃったよ」

自治会長は最後の素麺を盥からすくい、麺つゆにつけた。

「ああ、思い出した。そう、弟が弁護士になれば後見人から裁判で財産を取り戻すこともできる、といったんだ。それを聞いて、まだ遺産を諦めていなかったのかと驚いた」

自治会長は食事を終えて、御馳走さまと手を合わせ、コップに残っていた麦茶を飲み干した。

「まあ無理もないか。愛ちゃんが身重になって、日雇いの土方や交通整理の警備員の仕事を掛け持ちしても、一杯いっぱいだったんだろう。親の遺産にまた興味が向いたのも仕方がないよ」

「愛さんは妊娠していたんですか」

「うん、安定期に入ったとかで挨拶に来たころだった」

田部は冷蔵庫から麦茶ポットを取りだし、自分のコップに麦茶を注ぎ、二人に向けてポットを掲げてみせた。二人とも首を振る。

田部はポットを冷蔵庫に戻してから、「それからしばらくして、一志がいなくなった」といった。

「いなくなった?」新井が訊き返す。

「そう。ぷいっと」田部は座って寂しそうにいう。

「ある晩、突然、愛ちゃんがうちにやって来て、一志がいなくなったというんだ。驚いたよ。慌ててアパートに行ってみたら、卓袱台《ちゃぶだい》の上に置き手紙があって、生活に疲れた、探さないでくれと、こう書いてある。俺は情けなくなってね、こんな奴を何年も面倒見ていたのかと悔しくて涙が出そうになった。でも愛ちゃんは気丈にふるまっているし、俺が取り乱すわけにはいかない。とりあえず愛ちゃんを連れてうちに戻り、神父さんに電話をかけて、一志がいなくなった、何か知らないかと尋ねた。すると神父さんは、一志から相談を受けたかを含めて答えるわけにはいかないというんだ。俺はピンときたね、この人は何か知ってるって。それで俺は、神父だか坊主だか知らないが、人ひとりいなくなって身重の奥さんが残されてるんだ、せめて奥さんには話したらどうだといった。すると愛ちゃんが堪りかねたように、大丈夫です、という。健気だね、きっと神父さんを困らせないようにしたんだろう。あとから知ったけど、神父さんの守秘義務ってのも重いんだって? 懺悔《ざんげ》の内容を人に話せば、地獄に落ちるっていうじゃないか。知らずとはいえ、神父さんに酷いことをいったもんだ」

「晴仁には知らせなかったのか」

「電話したさ。でも電話にでやしない。そのうち手紙が来て、いま初めての殺人事件の弁護をしてる、兄は兄なりに悩んで家を出たのだろう、そっとしてやってくれないか、愛さんのことは私が責任を持つから、とこうきたんだ。兄も兄なら弟も弟だ、本当に情けなくなった」

田部は、長年溜まっていた憤懣《ふんまん》をぶちまけるように、一気にしゃべったが、

「でもね、この歳になって思うんだよ。あいつら兄弟は兄弟で苦しかったんだと思う。生活が大変だった一志も、弁護士になった晴仁も。殺人犯の弁護なんて、俺だったらできないもの。大金積まれてもお断りだね。それを弁護士一年目でやろうというんだ、たいていの苦労じゃなかったろう」

と、最後は同情的な言葉を口にした。

そんな田部の心情を慮らないわけではなかったが、陽子には確認しなければならないことがあった。

「一志は、いついなくなったんです」

「いつって……ああ、後見人夫婦が息子に殺される事件があったんだけど、その後《あと》だ」

「一志は、佐灯事件……熊谷で佐灯夫婦が殺された後にいなくなったんですね」

「そうだよ」

「どれくらい後です」

「どれくらいって……しばらく経ってからだよ」

「数日ですか。それとも一週間とか、一か月とか」

「しつこいねえ。しばらくは、しばらくだよ。一か月は経ってないと思うけど、数日か一週間かといわれても、覚えてないよ」

「佐灯事件の後だと、どうして断言できるんです」

陽子の物言いが癇《かん》に障ったらしく、田部が顔をしかめた。

「事件のニュースを見たとき、一瞬、俺は一志がやったんじゃないかと思ったんだ。でもすぐに同じニュースで息子が自首したというのを聞いて、ああ一志じゃなかった、よかったと安心して、ざまあみろ自業自得だ、と思った。死んでるのに不謹慎だがね、それが正直な感想だよ。ともかく、それでニュースが印象に残っていたから、愛ちゃんがうちに来たのはその後だったと断言できる」

「では、ああ一志じゃなかった、と思ってから、一志さんに会ったことはありますか」

「それは……」田部は口ごもった。「覚えていない」

つまり、一志がいなくなった時期が佐灯事件のしばらく後だという根拠は、愛が事件のニュースの後に来てそういったから、ということでしかない。そして身内の供述があてにならないことは、検察官時代に陽子は身に沁《し》みている。身内の証言という意味では、失踪した時期についての桐生の言い分にも当てはまる。

「アパートを引き払ったのは誰だ」新井が訊く。

「愛ちゃんが一人でやったよ。晴仁が手伝っていたんだろうが」

「どこに引っ越したか、聞いてないか」

「家賃を浮かすために、とりあえず晴仁のところに行って、それから地元に帰るといっていた」

「愛さんの地元はどこです」陽子は尋ねた。

「詳しい住所は知らんが、九州だ。福岡だよ」

22

「感想は？」

アスファルトの照り返しに焼かれながら、二人は駅を目指して歩いていた。東京の残暑は峠を越していたが、それでも午後一時過ぎ、陽射しの下を歩いていると汗が滲みでてくる。

「どう捉えるべきか、難しいわね。簡単なところからいくと、まず、一志は愛と籍は入れていない。これは一志の戸籍から明らかだわ」

「一志と愛が、自治会長に嘘をついていた？」

新井が日光から目を隠すように、ハンチング帽を深くかぶりながらいった。

「いえ、そうとは限らない。結婚式だけ挙げて婚姻届をださないカップルはたくさんいる。自らの意思で事実婚を選ぶカップルもいれば、事情があって届出をだせない人間もいる。親の反対とかね。次に、神父というのが度々でてくるわね」

「養護施設の職員という神父だな。見つけることができれば、一志がいなくなった事情がわかるかもしれない」

「どこの施設かは一志の戸籍附票から調べられるとは思うけど」

いいながら、陽子は如月の姿を思い浮かべていた。

如月はカトリックの神父で、桐生は「いろいろと世話になった」といっていたし、如月の所属する教団は児童養護施設や児童ホームにも出資しているといっていた。実際、梨花が一時保護されたとき、如月はソーシャルワーカーを務めている。

「でも、神父の守秘義務を突破するのは難しいでしょうね。たとえ殺人を犯したという告解でも、守りとおす人たちだから」

「弁護士だって同じだろう。あと、一志が親の遺産を取り戻そうとしていたという話も気になるな」

陽子は、代襲相続の話を新井にすべきか迷った。だが、桐生兄弟が佐灯寿子の財産を代襲相続したというのはまだ可能性に過ぎず、時期尚早だと判断する。

「一志がいなくなった時期だけでも特定したかったな。佐灯事件の後にいなくなったという根拠は、ニュースの後に自治会長の家に来て、一志がいなくなったといった愛の供述があるだけだ」

陽子は、新井の不穏な口ぶりに足を止めた。

「何がいいたいの」

「先生も気づいているのだろう。一志が、佐灯夫婦を殺した可能性だ。あるいは、昇の共犯か」

陽子は軽い眩暈を感じて、目を閉じた。

「昇は一人で罪を被ることにし、晴仁もそれに協力した」

新井は陽子の先を歩きながらいう。

「昇が、一志の分まで罪を被った理由は」

陽子は目を開け、新井に追いつこうと足を速めながらいった。

「昇自身の手も綺麗じゃないということだろう。昇の自白も真実なのだ。ただ、もう一人、その場にいたということじゃないのか」

「説明して」

「あの日、一志は再び佐灯夫婦のところに押しかけた。ちょうどそのころ、佐灯家では昇が両親と口論になっていた。あるいは、ちょうど昇が茂や寿子を刺そうとしていたところだったのかもしれない。そこで一志は昇と共に佐灯夫婦を亡きものにした」

陽子は新井に追いつき、横に並んだ。

「なんで一志が佐灯夫婦を殺すのよ」

「親の遺産を佐灯夫婦に奪われたと思っていたのだろう。動機はある」

陽子も眩暈に襲われたとき、その考えに辿りついていた。

「一志は晴仁を呼びだし、昇の自首に付きあわせた。昇をコントロールするためにな。そして自分は愛と謀って姿をくらました」

「じゃあ、一志は今どこに」

「愛はどこにいる。晴仁は？」

「福岡、ね」

「だったら一志もそこにいると考えるのが自然だ。そして懲戒請求書の『桐生晴仁が佐灯昇を殺した』という言葉。晴仁が昇にすべての罪を被せたことを一志が指摘していると考えれば辻褄があう」

「懲戒請求人は一志ということ？　じゃあ盗聴器を仕掛けた高校生みたいな子たちは」

「一志と愛の子供だろう。父親に命じられて盗聴器を仕掛けた。犯人グループが仲間割れするのは珍しくはない。一志と晴仁は仲違いをした」

陽子は桐生の動揺ぶりを思いだした。あれが、一志の子供たちの仕業だと知った動揺だとしてもおかしくはない。

「仲違いというのは？」

「そうだな、例えば事件後、犯人隠避に協力した晴仁を一志が強請《ゆす》っていたというのはどうだ。弁護士である晴仁は、犯人隠避が明るみにでれば資格を失う。それを強請りネタにしていたが、最近になって晴仁が金を拒絶した」

「どうかしら。兄が弟を強請るなんて。しかも今ごろになって仲違いなんて」

二人はようやく駅に辿りついた。改札階に上がるエスカレーターに乗って一息つく。

「トラブルなんてものは、いつでもどこでも起きるものさ」

新井はエスカレーターの手すりに体を預け、首筋を白いハンカチで拭きながらいった。エスカレーターを降りる前にハンカチを仕舞い、切符売り場の前まで歩いて電光掲示板に目をやる。

「次の電車まで、十分以上あるのか」

新井は改札の向かいにある自動販売機に歩み寄り、ペットボトルのスポーツドリンクを買った。陽子もつられて麦茶のボトルを買う。二人並んで販売機の横に立ち、キャップを捻った。

新井が辺りを見渡し、ほかに人がいないのを確認して口を開く。

「昔、空き巣専門の武富《たけとみ》という男がいてな。三角破りの手口を使う前科二十犯のこそ泥で、半分ぐらいは私が検挙した。お得意さんというやつだ」

三角破りとは、窓のクレセント錠近くのガラスとサッシの間にマイナスドライバーをねじ込み、てこの原理でガラスにひびを入れて三角形にガラスを割り、開錠する手口をいう。古典的な方法だがこの手口を使う者は多い。

「あるとき、そいつが家にいた老婆を、持っていたドライバーで刺し殺した」

キャップを捻ったものの新井はペットボトルに口をつけようとしない。

「私は驚いた。体も気も小さく、侵入した家に人がいれば一目散に逃げだすようなやつだったし、粗暴犯の前科《マエ》はなく、取調べではいつもへらへら、こちらの機嫌をとるように笑っていた。そいつが人を殺した。私は、なぜ、という思いが頭から離れず、強行犯係の同僚に、やつの逮捕直後の弁録調書を見せてもらった。そこには、家に侵入し、出合い頭に老婆の首にドライバーを突き立てたとあった。動機は書かれておらず、ただ突き立てたとだけ」

　新井の目は宙に向けられている。

「取調べが進むにつれて、後づけのように動機が作られていった。曰く、叫ばれそうになったので刺した。曰く、自分よりも小さいので勝てると思って刺した。だが、私はそれらは全部違うと感じた。表面的な動機なんて嘘っぱちだ。たぶん原因なんて、あいつ自身わかっていない」

「量刑の証拠となる動機とは別の、原因……」陽子は、事務所での新井の言葉を思いだした。

「犯罪の原因は、何なのか。それがわからない限り、たぶん更生なんてできやしない」

「だから手伝ってくれてるの？　佐灯事件の原因を見つけるために」

　新井が鼻で笑った。

「そんな殊勝な人間ではないよ、私は。ただの暇つぶしだ。そろそろ行こう」

　新井はボトルに口をつけることなく、キャップを閉めなおした。二人して改札を通り抜け、ホームへのエスカレーターに乗る。

「その武富って人はどうなったの」

「死刑は免れたが無期懲役。年齢からして、生きて刑務所から出ることはないだろう」

無期懲役囚が仮釈放になるまで、三十年以上服役することがほとんどだ。刑務所における、受刑者間の老々介護が行われるようになって久しい。

「ともかく、桐生兄弟が昇の共犯で、それをネタに兄が弟を強請っていたとしても私は驚かない」

陽子は、後ろの段に立つ新井を見下ろしていった。

「足跡は？　桐生くんと昇の二人分しかなかった。一志のものと思われる足跡は現場に一切なかった」

新井は沈黙し、顎をさすりながら考えこんだ。

「一志が晴仁に、自分と同じ靴を履いて来るように指示したとか」

新井の声に、それまでの勢いはない。

「一志が当日履いていた靴と、たまたま同種のものを桐生くんが持っていたとでもいうの。それに警察の鑑識なら、同種の靴であってもソールの傷や減り具合で個体の識別をするでしょう」

新井が唸った。

「わからないな。まだ足りないピースがあるということだ」

「そのとおり。だから、まだ情報を集める必要がある。前に頼んでおいた、佐灯家と桐生家の関係についての調査はどうなってる」

「難航している。なにせ何十年も昔の話だからな」

「桐生くんの両親が亡くなった原因から攻めてみて。除籍謄本によると、両親の死亡届は埼玉でだされてる」

「わかった。除籍謄本をメールで送ってくれ。死亡届から探ってみる」

「福岡に帰ったら、すぐに送る」

23

「どうしたと、陽子」上機嫌に史郎がいう。

会社設立の話が進んでいるらしく、最近の史郎は躁に近い状態にある。陽子は答える気力もなく、リビングのソファに倒れこんだ。

羽田空港から福岡に戻った陽子は、事務所に寄って新井にメールを送信し、ようやく自宅に帰り着いたところだ。

「お茶を持ってこようか」

「ビールが良か」

「どうしたん？」

冷蔵庫から持ってきた缶ビールをローテーブルに置き、史郎が質問を繰り返す。

陽子はソファから身を起こし、プルタブを開けて一気に半分ほど飲んだ。

「ねえ史郎。兄が弟を強請るってこと、ある?」

史郎が目を丸くする。

「兄と弟とは、昔、二人して罪を犯した。その後、弟は社会的地位を得て、それなりに収入を得てる。兄には、内縁の妻と、養うべき子がいる。さて、兄にお金がないとしたら、兄は昔の犯罪をネタにして、弟からお金をとると思う?」

「とるね」史郎は即答する。「というより、弟は兄に金を分け与えないけん。だって兄弟でしょ」

「兄が、大金が欲しいと思ったら?」

「どれくらい」

「そうね、百万とか二百万とか」

「分け与えるべきだ」

「五百万とか、一千万とか」

「弟は分け与えない。そして兄が恐喝する」

「恐喝するかしら」

「するっちゃないと。どうしてもお金が欲しければ」

「史郎が兄だったら、どげんする? やっぱ恐喝する?」

「僕だったら弟に出資してもらって、会社を作って、金を稼いで、皆で楽しく暮らす」

史郎が立ちあがってパラパラを踊り始めた。

陽子はビールを手に持ち、でたらめに動く史郎の手足を見ていたが、缶を呷って飲み干すとキッチンに運び、冷蔵庫から白ワインの瓶を取りだした。リビングには戻らず、そのまま浴室に向かう。

「どこ行くと」史郎が踊りをやめずに訊く。

「お風呂。半身浴して、ワインをらっぱ飲みして、音楽を聴いて、一人で楽しく過ごす」

24

「先生、桐生先生のところの事務員さんが来ています」

昼、陽子が執務机でコンビニ弁当を食べていると、中山が近づいてきていった。

「事務員？　学生風の男の子？」

はい、と中山が答える。翔太に違いない。何の用だろう、と陽子は箸を置いて会議室に向かう。

部屋に入ると、翔太が背を丸めて座っていた。

「桐生先生が、事務所を閉めるって」翔太は、心ここにあらずといった体だ。

「いったい、何があったんだよ、あの晩」

「あの晩?」向かいに座った陽子が尋ね返す。

「婆さんに鰻を食わせた晩だよ。あの翌日から、先生は辞任するって電話を依頼人にかけまくってる。事務所を閉めるって」

翔太は泣きだしそうだ。

「落ち着いて。桐生くんが仕事をキャンセル? 依頼人にどんな説明をしてるの」

「人によって違うけど、一番多いのは、懲戒請求されたから業務を続けられないって」

陽子は頭に血が上るのを感じた。懲戒請求されたら業務を停止しなければいけないという規定はない。桐生は嘘をついて委任契約を解除しているのだ。

――どういうつもりなの!

手帳を開き、午後の予定は顧問先の法律相談一件であることを確認する。長い付きあいの顧問先だから、急な予定変更にも応じてくれるだろう。

「連れて行きなさい」陽子は立ちあがった。

「え」翔太が戸惑ったように陽子を見上げる。

「私を事務所に連れて行きなさい」

翔太は旧型のバンを近くのコインパーキングに駐めていた。

「これって、NPOと同じやつ?」

自動精算機に駐車料金を投入し、陽子は助手席に乗りながら訊いた。

「年式が違います。団体のやつは昔、桐生先生が寄付したもので、こいつは僕が入所したときに事務所用に買ったやつ。桐生先生が自由に使っていいって。事務所を閉めるなら、これも返さないと」

道中、陽子は盗聴器が会議室に仕掛けられていたこととその時の桐生の反応を話した。高校生らしい男女二人組に心当たりがないか尋ねたが、翔太は思い当たらないという。事務所に着くと翔太は陽子を車から降ろし、少し離れた月極駐車場へ駐めてくるといって走り去った。

翔太を待つのももどかしく、陽子は階段を駆け上がる。一階の床屋では主人が客の髪を切っていた。

陽子が扉を開けると、電子チャイムが鳴った。前に来たときには鳴った覚えがなく、一人でいるときにスイッチを入れるのだろうと陽子は思った。天井の蛍光灯はすべて消えている。

「翔太か？　お前さんの机の上の段ボール、車に積んでおいてくれ」

奥から桐生の声がする。

「私よ。一坊寺」

陽子は大声を出した。

「なんだと」

廊下奥の扉が開き、桐生が姿を現した。ポロシャツにチノパンという格好は変わらず、軍手をはめている。

「何でここにいる」

陽子は腕組みをして足を肩幅に開き、一歩も引かない姿勢を示した。

「どういうことなの、事務所を閉めるって」

「そうか、翔太だな」桐生は舌打ちした。「余計なことを」

「質問に答えて」

「そのままだ。扉を閉ざし、賃貸借契約を解除し、ここから退去する」

「弁護士を辞めるつもりなの」

「福岡ではな。どこかほかの土地で開業するかもしれないが、しばらくブラブラするつもりだ」

「なぜ？　いえ、どうしてこのタイミングで？」

「前から考えていたんだ、四十を過ぎたら長期休暇をとろうと。リフレッシュ休暇というやつだ」

「事務所を閉鎖する理由にはならない。それに、嘘をついて委任契約を解除する理由にも」

「嘘？　人聞きが悪いな、嘘なんてついてないぞ」

「懲戒請求を受けたことを理由に、委任契約を解除しているっていうじゃない。懲戒請求を受けただけでは、業務を停止する必要はない」

「言葉の綾だな。懲戒請求を受けている状態で弁護士業をする気にはならない、といったつもりだ」

「ごまかさないで。なんで事務所を閉めるの、本当の理由をいって」

「くどいぞ、休暇を取りたいだけだ」

二人は睨み合った。

「一志さんはどこにいるの」

陽子が切りだす。調査が終わるまで桐生への追及は控えるつもりだったが、事ここに至っては仕方がない。

「何？」桐生が驚く。

「お兄さんの一志さんよ。彼が懲戒請求の張本人なんでしょう」

驚きの表情を浮かべていた桐生が、笑った。

「よりにもよって、どうしてそんな結論になるんだ」

陽子は戸惑った。桐生が怒る、あるいはごまかすという反応は考えていたが、笑われるとは思っていなかった。

「違うの？　あなたは一志さんに弱みを握られていて、それで事務所を閉めることにしたんじゃないの」

「弱みだと。どんな弱みなんだ」

陽子は逡巡した。まだ桐生を追及できるほどの情報は集まっていない。だが、退くわけにはいかず、当てずっぽうにでもぶつけてみるしかなかった。

「あなたは佐灯事件で、何かしら過誤を犯した。一志さんはそれをネタにあなたを強請り、あなたも応じていたけど、最近になって拒絶し、それで一志さんは懲戒請求を使ってあなたに揺さぶりをかけた。あなたは一志さんから逃れるため、事務所を閉鎖して別の土地に逃げようとしている」

桐生が大げさにため息をついた。

「いったはずだ、一志は失踪したと」

「いいえ、一志さんは福岡にいる。内縁の奥さんである、愛さんと一緒に」

桐生の顔に、怒りの色が浮かんだ。

「愛のことを、どうやって知った」

「一志さんの最後の住所地に行ったわ」

「調べたのか。調査中止を指示したはずだ」

桐生が陽子を睨み、強い口調でいう。陽子は両足に力を込めた。

「勝手なことをいわないで。盗聴されたのは私の事務所よ。私は真相を知る必要がある」

「情報が外に出ることはないといったはずだ」

「それを信用しろというの。事務所を閉鎖して、逃げだそうとしている人の言葉を」

桐生は軍手をはずし、腰に手をあてた。目には怒りがある。陽子は怯まずに続けた。

「盗聴器を仕掛けた森田恵美と、バイクの男は、一志さんの子供でしょう。あなたは一志さんに、盗み聞きした情報を外に出さないように頼んだけれど、話し合いはうまくいかなかった。だからあなたは逃げだそうとしてる」

「俺がそんな無責任な男に見えるか」

「私だって信じたくはない。でも事務所を閉鎖しようとしているのが、何よりの証拠じゃない。翔太くんはどうするの。あなたを頼りにしてる、如月さんや諸星さんは」

「翔太は団体に雇ってもらえるよう頼んだ。如月さんは……すべてわかっている」

陽子の胸に、やはり、という思いが湧いた。

「如月神父は、あなたと一志さんが育った養護施設の職員ね」

「そんなことまで……」桐生が呻く。

「一志さんに会わせて。強請りをやめるよう、私が説得する。応じないようなら、子供たちを建造物侵入罪で告訴するといってやるわ」

桐生は顔を紅潮させた。

「何度いえばわかる。俺は脅されてなんかいない」

電子チャイムが鳴り、陽子が振りかえると、翔太が事務所に入ってくるところだった。

「翔太、先生がお帰りだ。送って差しあげろ」

陽子は桐生に顔を戻す。

「桐生くん、一志さんに会わせて」

「一志は、いない。いないんだよ」

踵を返し、背を向けた桐生の声は苦しげだった。

「きみの読みは少しだけ当たっている。懲戒請求書を書いたのは、子供たちだ。双子で、愛は福岡で産んだ」

「あなたが福岡で開業したのは、ここが愛さんの故郷《ふるさと》だったからね」

桐生は質問に答えず、「懲戒請求人がわかった以上、手続を長引かせる必要はない。答弁書を出して終わりだ」といった。

「二人はなぜ、あんな懲戒請求書を出したの」

「理由は訊いてない。愛に、二人が君の事務所を盗聴していたと伝え、録音データを取りあげるよういっただけだ」

「普段から愛さんに会ってるの」

「いいや。愛は、俺に会うのを避けている。連絡はいつも電話だ」

表情は見えないが、桐生の声には苦痛が籠っている。愛に対する桐生の想いが窺えた。胸に走る微かな痛みを陽子は押し殺す。

――一志が福岡にいないというのは、本当なのか。

陽子はさらに問い詰めようとしたが、桐生は、

「翔太、さっさと先生を送って、早く戻ってこい。片づけはまだ終わってないぞ」

といいながら奥の部屋に入り、音を立ててドアを閉めた。

帰りの車中で、陽子は翔太に桐生の情報を教えた。

一志という兄がいること、二人は如月が職員だった養護施設で育ったこと、一志と交際していた女性が福岡にいて二人の子供がいること、その子供たちが懲戒請求を行なったこと。

桐生のプライバシーを踏みにじることになるが、翔太を味方につける必要があった。

「桐生くんは、一志さんが福岡にいないといったけど、鵜《う》のみにはできない。だって、どう考えても事務所を閉鎖するのはおかしいもの。リフレッシュ休暇といっていたけど、働く場所がなくなるんだから、リフレッシュも何もあったもんじゃない」

「愛という人を見つければ、なぜ先生が事務所を閉めるのかわかりますか」

「たぶん。愛さんを見つければ、子供たちも、そして一志さんも見つかるはず。そうなれば、事務所閉鎖の理由も、懲戒請求の理由もわかると思う。愛を探せ、よ」

「僕、先生の周りを探ってみます」

ハンドルにしがみつくようにして、硬い表情で翔太がいう。

「桐生くんをスパイするような真似、できる？」

「本当はやりたくありません。でも、このまま理由もわからず事務所が閉鎖されるのは、もっと嫌です。閉鎖されるなら閉鎖されるで、ちゃんとそのワケを知りたい」

「あなたのことは如月さんのところで面倒を見てもらうつもりのようよ、彼。あなたが嗅ぎまわれば、その話もなくなるかも」

再就職先のことには心動かされたようで、翔太の表情が少し緩む。しかし赤信号で停車したとき、翔太は意を決したように陽子を見た。

「やっぱり納得できない。調べてみます」

「見つかれば、クビよ」

信号が変わり、翔太はアクセルを踏んだ。

「どちらにしろ、クビです」

25

事務所に戻ると中山が待ち構えていて、陽子にバッグを置く暇も与えず、書類を突きだした。不動産の全部事項証明書だった。

「不動産、桐生晴仁で名寄せしてみました。そうしたら、一筆だけ、共有名義人になっている土地建物があり、過去の所有者も見てみようと全部事項を取り寄せました。それがこれです」

陽子は書類の甲区欄を見た。甲区欄は所有権の移転を記録する欄である。

佐灯寿子から、相続を原因として、桐生一志と晴仁に所有権が移転しており、今は二人の共有となっていた。

――やっぱり代襲相続が発生していた。

「お手柄よ。これで佐灯寿子の財産が桐生兄弟に流れたことが証明された」

陽子は書面から顔を上げて、中山を褒めた。しかし中山は、眉根を寄せ口角を下げた、不機嫌にも見える表情を崩さない。

どうしたのと問おうとして、何かを見落とした気がした。もう一度、甲区欄を見る。甲区欄の、佐灯寿子の名前の上には杉野正幸《すぎのまさゆき》という見知らぬ名があり、更にその上に、桐生一志と晴仁の名前が共有者として記載されていた。しかもその上には、桐生純子と修一の名前もある。

――どういうこと？

陽子は椅子に座り、法律用箋と万年筆を引き寄せた。所有権の移転順序を、矢印を使った図に書いてみる。

『桐生正太郎《しょうたろう》↓（相続）桐生純子↓（相続）桐生修一↓（相続）桐生一志・晴仁↓（売買）杉野正幸↓（売買）佐灯寿子↓（相続）桐生一志・晴仁』

陽子の作業を見守っていた中山が、「正太郎さんは、純子さんのお父さんです」と、ファイルに綴じられている戸籍を示した。純子の父の姓が桐生ということは、純子と結婚したときに修一が桐生姓に改姓したということだ。

――この土地建物は、もともと桐生家のものだった？

正太郎から純子へと相続され、純子が亡くなると夫の修一へ、修一が亡くなると子の一志と晴仁へ。土地建物は桐生一族の間で相続されている。それが崩れたのは、桐生兄弟から杉野という人物に売却されたときだ。そのあとの、杉野から寿子への売買は、杉野が買いとってから一週間も経たずに行なわれている。

そして、桐生兄弟から杉野に売却された時期は、寿子が二人の後見人であった時期と一致していた。

「背任行為……」陽子は呟いた。

「やっぱりそういうことですよね、これって」

後見人の重要な役割の一つは、後見する相手の財産が散逸するのを防ぐことだ。佐灯寿子に関していえば、一志と晴仁の財産を、二人が成年に達するまで適切に管理しなければならない。ところが寿子は、二人が相続した土地を第三者に売却し、さらにそれを自分で買いとっている。

杉野に売却した行為については、二人の養育費を捻出するためなどと理由をつけることができるだろうが、時おかずして杉野から買い取ったのは明らかに不自然だ。最初から土地を我が物にする目的で、寿子が第三者をダミーに仕立てて売買したと考えるのが自然で、これは後見人としての任務に背く背任行為に当たる。

後見人が被後見人の財産を自分のものにする横領、背任行為は珍しくなく、後見人を監督する立場にある家庭裁判所も神経を尖らせている。寿子は家庭裁判所の目を欺くため、ダミーとして杉野を噛ませたのだろう。

さらに問題なのは、この土地を、一志と晴仁が代襲相続によって取り戻したように見えることだ。

陽子の背筋に悪寒が走る。

自治会長の田部は、一志が、佐灯夫婦によって親の遺産を奪われたと信じ、それを取り戻すことに執着していたといっていた。新井が主張した一志共犯説が、急速に現実味を帯び始めた。

陽子は、新井の携帯を呼びだす。

「一坊寺です。伝えておきたいことがある」

陽子は新井に、桐生兄弟が親から相続した不動産が、後見人の寿子によって杉野という第三者に売り払われ、その後すぐに寿子により買いとられたものの、佐灯事件による代襲相続で桐生兄弟に戻ったと伝えた。

新井は黙って聞いていたが、陽子が話し終えると、〈それはどこの土地だ〉と尋ねた。

「熊谷になってるけど、住居表示ではなく地番表示なの」

地番は、登記や課税のために土地を特定する番号であり、建物や住居を表示し郵便配達などに使われる住居表示とは異なる。

〈地番でいいからいってくれ、どこら辺か大体わかる〉

陽子は、書面の表題部に記載されている地番を読み上げた。

〈やはりな〉新井が嘆息を漏らす。

〈そこは、佐灯事件の現場だ〉

「あの家は、もともと桐生くんたちの家だった……」

〈昇が逮捕されたことで、桐生兄弟は利益を得たということだな。だったら、事件そのものにも桐生兄弟が嚙んでいる可能性は高い〉

「捜査班は、鑑捜査はやったのよね。代襲相続の話は出なかったの」

〈無理をいうな。警察は、事件で利益を得た者は調べるが、犯人が捕まったことで利益を得る者までは調べない。もし調べたとしたら、事件解決に必要のない捜査権の濫用と騒がれるし、騒ぐのは弁護士だろう？〉

そうかもしれないと陽子は思った。犯人を逮捕し起訴した時点で捜査は結了する。それ以上に事件関係者のプライバシーに踏み込めば、捜査権の濫用といわざるをえない。

「桐生くんは、法律事務所を閉鎖しようとしてる」

〈姿をくらます気だな。佐灯事件の真相が明るみにでると悟ったのだろう〉

「でも、止めることはできない」

〈ああ、警察は動かない。せめて、見張りをつけておきたいところだ〉

「事務員がこちらに協力的だから、彼に頼んでおく。でも四六時中見張ることはできないわよ」

〈何もしないよりかマシだ〉

「そっちの調査はどうなの」

〈桐生兄弟の母親、純子の死因は自殺だ。所轄の記録を見た〉

「三十年以上前の記録がよくあったわね」

〈所轄の書類なんてそんなものだ。知っているか？　捜査員が事件記録を自宅に持ち帰ったりロッカーに仕舞いこんだりするものだから、わざわざ警察庁が、捜査資料は捜査員個人ではなく警察組織として管理するように、という通達を出したことがある。私たち現場は大いに笑ったものだ。せっかく集めた資料を無駄にするバカがどこにいる。保管期限が決まっていても、誰かが積極的に廃棄しようと腰を上げるまではそのままだ〉

新井は声を落とした。

〈しかもこの件は、いわくつきらしい〉

「いわくつき？」

〈当時、本部の防犯部が内偵していた事件に関係しているらしい。所轄もかなり突っこんだ捜査をしたようで、それで幾つかの書類を後輩が残していた。それを読ませろと交渉しているところだ〉

「佐灯事件との関連を気づかれないようにね。桐生晴仁は一応まだ私の依頼人だから、秘密を守る必要がある」

〈わかっている。だが、桐生晴仁は先生をそこまで信用していないぞ〉

新井のいい方が引っかかった。

「どういうこと」

〈そもそも、なぜ彼が先生に懲戒請求事件の依頼をしたか、だ〉

陽子は受話器を握りしめた。

「理由がわかるの」

〈気づいてないのか？　自分のこととなると見えないのだな。一志の子供たちが懲戒請求人とわかった途端、先生に調査を止めるよう指示した。それが答えなのではないか〉

——まさか。

陽子の頭に衝撃が走り、手から受話器が滑り落ちそうになる。

「私を、懲戒請求人でないかと疑ってた……」

〈愛と一志を除けば、福岡で佐灯事件の関係者は先生だけだ。おまけに検察庁という、桐生兄弟が欺いた捜査機関に属していた。晴仁の立場にたてば、先生を懲戒請求人ではないかと疑うのは当然だろう〉

「それで私に事件を依頼して反応を探った……」

陽子は情けなくなった。そんな桐生を憎からず思うようになっていたとは。

〈どうする？　調査を続けるか〉

陽子は気力を奮い起こした。

「当たり前じゃない。ここまできたら引きさがれない。それに私は、佐灯事件の公判を担当したのよ。事件の真相を、必ず突きとめる」

26

桐生兄弟から不動産を買った男、杉野正幸の戸籍と戸籍附票を取りよせたところ、杉野は三重県鈴鹿《すずか》市に住んでいることがわかった。陽子は新井と二人で杉野を訪ねることにした。

新井は一人でいいといったが、陽子は自らの手で真相を突きとめるという決意のもと、スケジュールを調整して何とか午後半日の時間を作りだし、名古屋駅で新井と落ちあった。午後八時三十分ごろに名古屋駅を出る、最終の新幹線で博多駅に戻らねばならない。

「無理をする必要はなかった。七十を超えた爺さん相手なら、私ひとりで充分だ」

名古屋駅新幹線北口改札内にある待合室で新井がいった。

「わかってる。でも、杉野正幸がどんな男か見ておきたい。事件の感覚を摑むには現場が一番でしょ」

「変わっているな。検察官は机でふんぞり返っているのが普通だろう」

「あら、検察官の口だしを嫌がるのは現場の刑事じゃなくて?」

「違いない」新井は笑った。

「防犯部が内偵していたのは電話で伝えたな。担当は生活経済課で、対象者は佐灯茂、取りこみ詐欺の疑いだった。杉野は、その共犯者として名前があがっていた」

「取りこみ詐欺？」

「茂は自分の会社の約束手形を使って、高級外車や家電などを購入し、それを転売した挙句、不渡りを出した。被害相談が県警本部に寄せられ、生活経済課が捜査していた。杉野は茂の会社の従業員で、転売するのを手伝っていたらしい」

「どんな会社だったの」

「印刷会社だ。なのに外車や家電を手形で売るのだから、売るほうも売るほうだな」

「個人事業に近い会社なら、経営者が私物を約束手形で分割払いで買うのは珍しくない。そこに付けこまれたんじゃないかしら」

「その茂の親族の自殺ということで、所轄はかなり詳しく調べたようだ」

「でも、取りこみ詐欺と純子さんの自死は関係ないでしょう」

「それがそうでもない。茂は夜逃げし、残された借金は連帯保証人が払わざるをえなくなり、その連帯保証人は破産した。誰だと思う」

「茂の連帯保証人……きっと親族ね。妻の寿子は一緒に逃げたでしょうし」

陽子は気づいた。

「茂に親族はいなかった。義理の姉夫婦を除いては」

「そう、連帯保証人は桐生修一。つまり桐生兄弟の親父は、茂のために破産した。生活経済課は、連帯保証人の修一が茂の共犯ではないかと疑い、茂が夜逃げしたあと、しばらく修一を張っていた。修一は破産し、熊谷にある純子名義の家に引っこむ」

「純子さん名義の家……佐灯事件の現場ね」

「そのとおり。桐生兄弟は、両親とともに事件現場の家で暮らしていた。ところが、その家で純子が自殺する」

「自死の原因は」

陽子は暗い気分になりながら訊いた。

「修一の破産だよ。妹夫婦のために夫が財産を失ったあと、精神を患っていたらしい。警察は、純子の自殺で修一を取り調べる大義名分を得た。自殺の周辺捜査という名目で、狙いは佐灯茂の行方にあった。ところが、取調べの帰りに修一が車で事故を起こし、そのまま入院。検査で病気がわかり、一年後に死亡した」

「何てこと」

残された桐生兄弟のことを思い、陽子は憤った。

「かなり無茶な取調べをしたんでしょう。警察が殺したようなものじゃない」

「おいおい、修一の死因は病気だ。警察は関係ないだろう。むしろ事故を起こして病気の発見が早まったとも考えられる」

「あなたもしょせん警察の人間ね」

「突っかかるなよ」

「桐生兄弟はどうなったの」

「さあな。記録はそこまでだ。たまたま後輩が自宅で保管していたからよかった。後輩にはブランデーを手土産に持って行ったから、経費で請求するぞ」

二人は駅の改札をでて近鉄線の特急に乗り、白子《しろこ》駅へと移動した。白子駅からはタクシーで伊勢湾に面する漁港の近くへと向かう。

タクシーを降り、海風に吹かれながら、背の低い松に囲まれた青い瓦屋根の平屋に辿りついた。玄関脇に「杉野」という表札がかかっている。

玄関は木製の縦格子に模様ガラスが嵌った引き違い戸で、道路から戸に至る段差の一部が削られ、スロープが造られている。玄関戸の横にはプラスチックの手すりが付けられていた。スロープも手すりも、建物に比べればずいぶんと新しく、後から取りつけられたものだ。

新井が、表札の下にある、レンズの付いた真新しいインターホンのボタンを押したが反応はない。

「いないみたいだな」

新井が戸に手をかけたが、ガタガタと音がするばかりだ。

「どうする？　張り込むか」

「ちょっと待って」

陽子は息を吸いこみ、辺りに響けとばかり「杉野さん、市役所のものです。バリアフリーについてお話しに来ました」と声を張りあげた。

新井が眉毛をあげ、「どういうことだ」と目顔で問う。陽子は右手の人差し指を立てて、唇の前に持っていった。

果たして、数秒後、引き戸が開いた。

「やっと費用がついたんかいな。遅いで」

白髪の男が、臙脂《えんじ》色のジャージを着て、小ぶりの車いすに乗っていた。血色のよさそうな顔が印象的だ。

「金さえくれれば工事はこっちでやるから。金はいつもらえる」

「杉野正幸さんですね。佐灯茂の印刷会社で働いていた」

陽子は男を見下ろしていった。相手が市役所の人間ではないと気づいたらしく、男は床を蹴って車いすを後退させる。その動きに合わせ、陽子は玄関に踏みこんだ。

「誰や、あんた」

「弁護士の一坊寺といいます」

新井も玄関に入り、戸を閉めた。

申し訳程度の三和土《たたき》の脇には下駄箱と傘立てがある。

下駄箱の上に、素っ気ない茶色の陶器製の花瓶が花も挿されずに置かれていた。三和土に続く框も一部が削られてスロープになっている。

「あなたは昔、埼玉県熊谷市の不動産を買いとり、それをすぐに佐灯寿子に売却していますね」

杉野の目がすっと細められた。

「知らひん。何や、おまえら」

「私は、ある依頼人のために当時のことを調べています。お話を聞かせてもらえませんか」

「知らひんっていったろ。帰れ」

「知らないは通らない。登記簿に名前が載っているんだ。それにあんた、警察に話を聞かれただろう。取りこみ詐欺の話だ。茂が夜逃げしたあと、警察の取調べで、あんたは佐灯茂に指示されて転売したと供述した。それなのに、なぜ熊谷市の不動産乗っとりでまた佐灯夫婦に手を貸した」

「おまえ、警官かい」

「違う。だが、あんたの調書には目を通している」

「帰れ。話すことはあらひん。このとおり、不自由な身なんやぞ」

「足が悪いのか」

「労災事故さ。高い所から落ちた」

「ほう、大変だな。どういう事故だ」

話の継ぎ穂にしようと思ってか、新井が話をふる。

「屋根の張りかえ作業をしているときに、落ちたん。頭をやってな、中等度の四肢麻痺とやらで、三級三号の認定を受けた」

「三級三号？　体が動かないの？　ＭＲＩは？」

陽子は杉野の全身を見た。

後遺障害等級三級といえばかなり重度の障害で、「神経系統の機能の著しい障害によって終身労務に服することができない」という要件のもと障害年金が支給される。杉野のいうとおりであれば、頭を打って脳を損傷し、神経障害により一生働くことのできない身体になったということになるが、素早く車いすを後退させた動きといい、杉野の話しぶりといい、陽子には疑わしく思えた。

「知るかい、そんなの。とにかく、こっちは障害者なんや、おとなしく帰れ」

「佐灯夫婦はもう死んでる。義理立てすることはないだろう」

「そんなんじゃあらひん」

「じゃあ何で話さない」

「初めて会ったやつに、べらべらと昔のことを話すような間抜けちゃうってことや」

「あなたが寿子に協力したせいで、二人の子供が家を失った。そのことは知ってた?」

杉野が言葉に詰まる。

「その子供たちの父親が、佐灯茂の取りこみ詐欺で破産したことは?」

杉野は顔を下に向けた。

「子供たちの母親が、その破産を苦に自殺したことは?」

杉野は微動だにしない。

——この男は、すべての事情を知って寿子に協力したのだ。

陽子は、頭の芯が冷えていくのを感じた。

「この花瓶、あなたが買ったのかしら」

下駄箱の上を見ながら突然陽子は話題を変え、思わず杉野が答える。

「海岸にほかしてあったのを拾ってきたんや」

「重そうね」

「そうでもない。一キロくらいやろ」

「そう」

いうや否や、陽子は花瓶を杉野に向けて払い落とした。

杉野は、車いすから飛びあがるようにして立ち、花瓶を避けた。勢いに押された車いすが框にぶつかり横転する。

「何するんや！」

杉野が陽子に詰めよろうとし、新井が間に割って入った。

「あら、歩けるじゃない」

陽子が杉野の足に目をやると、しっかりと両足で立っている。

「著しい神経障害で終身労務に服せない状況には見えないわね。ついでに教えてあげると、麻痺の中等度というのは、上肢だとおおむね五百グラムの軽量な物を持ち上げられない程度のもの。いけないわ、障害年金を騙しとるのは犯罪よ」

杉野は、怒るべきか狼狽《うろた》えるべきか決めかねるように「火事場の何やらや」と弁解した。

「そう。じゃあこれなら？」

陽子は、傘立てに差さっていたビニール傘を取りあげ、石突きを持つと振りかぶって持ち手で引き戸を叩いた。高く硬質な音がしてガラスにひびが入る。

新井に何かいわれるかと思ったが、新井は杉野を見つめたまま何もいわない。

「てめえ、何しやがる！」

杉野は額に青筋を立てて陽子に摑みかかろうとし、新井がその肩を押さえ、杉野がその手を払おうとしたところを逆手に摑んで背中で捻じりあげた。

「痛え！　自分は障害者だぞ、警察よぶぞ！」

捻じりあげられた腕の痛みを逃そうと、両足で跳ねながら杉野が叫ぶ。

「呼びなさい。あなたが取りこみ詐欺と背任横領の共犯で、おまけに今は障害年金を詐取してると告げるから」

「被害者は自分だ！」

陽子は傘を放り捨て、痛みに身をよじる杉野の顔に自らの顔を近づけた。

「いいから呼びなさいよ。後遺障害三級ですって？　ふざけないで。元警官と弁護士が、あなたが立ちあがって跳ねまわったと供述したらどうなるかしらね、楽しみだわ」

血走った杉野の目をしっかと見すえる。

「あなたは幼い兄弟から家を奪った。さあ警察を呼びなさい」

「わかった！　話すから」

「どう思う？」陽子は新井に訊いた。

新井は答えるかわりに、杉野を突き放した。

「嘘はつくな。佐灯夫婦はもういない。私たちが知りたいのは、佐灯夫婦が夜逃げをしたあと、どうやって奴らが熊谷の家を手に入れたかだ。もし嘘をついたと思えば、本当に警察に行くぞ」

「わかった、話したるから、年金は見逃してくれ」

「敬語！」

新井が凄み、杉野は怯えたように、「わかりました。お話ししますから、障害年金をチクるのだけはやめてください」と頭を下げた。

「正座だ」

新井の言葉に杉野はおとなしく従い、框の上で正座した。新井は車いすを脇に押しやり、杉野と同じ目線に腰を落とすと、うなずいた。それを見て陽子は質問を始める。

「あなたは茂の会社の従業員だったのよね。茂は取りこみ詐欺を働き、埼玉県警に内偵されていた。どんな詐欺を働いたの？　あなたの役割は？」

「社長は借金を返そうと、高級そうな外車やテレビ、洗濯機などを買って、すぐに売ってました。外車はさすがに本人でなきゃ売れませんでしたが、テレビなんかは自分が古道具屋に持っていって買いとってもらいました」

杉野が神妙に答える。もう抵抗する気力は残っていないと見て陽子は核心をつく。

「寿子は、どうやって熊谷市の不動産を手に入れたの」

杉野が上目遣いで陽子を見ながら唇を舐めた。それを見た新井が釘を刺す。

「ごまかしは、なしだ。あんたをどうこうしようとは思っていない。正直に話せ」

杉野は首をすくめて話し始めた。

「会社がつぶれ、社長たちとは連絡がとれなくなって退職金ももらえず、失業保険で何とか食いつないで、それがきれると土方の仕事をやって暮らしてました。でも、嫌がらせのように警察から呼びだされたりして、テレビや洗濯機を売ったことを責められて、社長と連絡をとってるんじゃないかと、しつこく聞かれて」

「実際、佐灯夫婦と連絡をとっていたのだろう」

「そんなことはありません、本当に連絡はとってなかったんです。警察の呼びだしが嫌で、自分は逃げるように名古屋に移りました。でも何年かたって、突然、社長から電話があって、名義を借りたいといわれて、何のこっちゃと思いました」

「事情は訊いたのか」

「もちろん。社長が逃げたおかげで、自分は警察に呼びだされて痛い目にあってますから。どういうことですって訊いたら、寿子が面倒をみている子供たちの家を売りたいが、裁判所の目があるので、いったんお前に売りたい、っていうんです。何だかきな臭い話だなあと思って断ろうかと思ったんですが、名義代で五十万くれるっていわれて」

「佐灯夫婦は、姿を消していた間、どこで何をしていたかはいわなかったのか」

「そこらへんのところは何も。自分も訊いたんですが、教えてくれませんでした。ただ、保険会社が子供らの面倒をみる人間を探してると耳にして、それで社長の奥さんが名乗りをあげたと」

「保険会社？」

陽子は聞きとがめた。子供らというのは桐生兄弟のことだろう。それにしても、なぜ保険会社が桐生兄弟の後見人候補者を探したのか。

「なんでも、病気で死んだ子供の親が生命保険に入っていたとかで」

杉野が陽子の機嫌をとるようにいう。

桐生修一が子供たちに生命保険金を残していた。保険会社は幼い子供たちに多額の保険金を渡すのに不安があったのか、それとも孤児の行く末を慮った親切な人間がいたのか、二人に後見人を付けようと親族を探したに違いない。そして保険会社の前に寿子が現れ、自らを兄弟の後見人にするよう家庭裁判所に申し立てた。

まさか保険会社も家裁も、兄弟の両親が亡くなった原因がその叔母夫婦にあるとは思いもしなかったのだろう。陽子は唇を噛んだ。

「それで？　名義貸しの話はどうなった」新井が続きを促す。

「名義貸しといっても、表面的には売買契約なので、お金のやり取りをしなければならないとかで。自分が、そんな金は持ってませんというと、おまえに用意させようとは思っていない、生命保険金があるからそれを貸してやるというんです」

――見せ金ね。

売買代金がきちんと入金されたか裁判所が確認するため、桐生兄弟の口座に金が入った痕跡を残す必要がある。生命保険金の入っている口座とは別に、桐生兄弟の名義で口座を作り、そこに杉野名義で生命保険金を不動産の売買代金として振りこめば、入金の偽装ができる。生命保険金の口座のほうは、出金の記帳をしなければそれで済む。

何のことはない、佐灯夫婦は、桐生修一の生命保険金を循環させることで売買を偽装したのだ。

陽子は怒りで呼吸が苦しくなり、そっと右の手首を左手で押さえて密かに脈を数える。

「それで、実際に売買契約を結んだのか」

「はい。五十万もらうかわりに、契約書にハンコをつきました。子供たちから買う契約書と、それを社長の奥さんに売りわたす契約書」

「寿子名義にしたのはなぜだ。佐灯茂の名義にしてもよかっただろう」

杉野が、へっと笑った。

「無理ですよ。社長は、姿をくらます前の詐欺でトラブってましたから」

「だが起訴はされていない」

「民事のほうが片づいてないっていってました」

茂は自分名義にすれば詐欺の被害者たちに差し押さえられると心配したのだろう。新井がそれまで杉野を見すえていた視線を外し、陽子に目を向ける。

「もういいわ。でも残念だけど、私たちの取引は不成立よ」

陽子は、床に落ちていた傘を改めて手にとった。

「ちょっと待てい！　いえ、ちょっと待ってくださいよ、どういうことですか」

杉野が白髪を振り乱して抗議する。

陽子は石突きを持って傘を振りかぶった。

「佐灯夫婦が姿をくらました間、連絡をとっていなかったですって？　だったら、どうして茂はあなたに電話ができたの？　佐灯夫婦が夜逃げしたあと、警察の事情聴取が嫌で、あなたは逃げるように名古屋に引っ越したんでしょ。携帯なんてなかった時代よ。名古屋に移った時点で、佐灯茂はあなたの連絡先がわからなくなったはず。あなたは本当は佐灯夫婦と連絡をとりながら、警察の捜査状況を伝えていた。詐欺の共犯が濡れ衣で、本当に警察に呼ばれて迷惑していたなら、茂から名義貸しを持ちかけられても断ったはずでしょ。名義貸しの報酬は、それまでのスパイの報酬込みの値段で、だから茂は五十万円も支払った」

陽子は傘を振りおろした。柄が戸の中央に当たり、ガラスの一部が砕け落ちた。三和土に散った破片が光を浴びて輝く。

陽子は三和土にビニール傘を放り投げた。杉野は言葉もなく、慣れぬ正座で足がしびれたのか立ちあがることもしない。

「行きましょう」

陽子は新井に声をかけ、ガラスの欠けた戸を引いて外に出た。背中から新井がガラスを踏みしめる音が聞こえる。

陽子は無言で足早に歩き、杉野の家の青瓦が松に紛れて見えなくなったのを確認すると、道端で腰を落とした。

「どうした」

驚いた新井が駆けよってくる。陽子は両膝を抱え、後ろの塀にもたれかかった。

「ごめんなさい。嫌なことをしちゃった、と思って」

陽子は額に手をあて自己嫌悪と闘った。対照的に、新井の目に安堵の色が浮かぶ。

「酷いことしたわね、わたし。いくら何でも、やりすぎよね」

陽子は額にあてていた手を後頭部に回し、古傷にそっと触れた。心なしか疼いた気がした。靴箱の上の花瓶。暴力。あの男とどこが違うのかと嫌悪が深まる。そんな陽子に向けて新井は微笑み、「そうでもない。あいつがやってきたことに比べれば、まだかわいいものだ。それに私も昔のやり方を使った」といった。

「敬語と、正座?」

「ああ。敬語を強制し、椅子の上で正座させて取り調べる。たいていの被疑者はこれでおとなしくなる」

「今じゃ違法よ」

「だが効果はあっただろう。それに、先生のスイングもよかった」

新井が冗談めかしていった。陽子も軽く笑い、肩から力が抜けた。新井が陽子に手を差しのべ、陽子はそれを摑んで立ちあがる。

「ありがとう。みっともないとこ、見せたわね」

「なあに、先生はよくやった。どうする、障害年金を詐取してると通報するか」

陽子は首をふった。

「それには及ばないでしょう。あんなちゃちな偽装、役所のほうでいずれ気づく」

新井はうなずき、それにしても、といった。

「佐灯夫婦のやり口は、想像以上にあくどいな。父親の保険金を見せ金にして、子供たちから家を奪うとは。甘く見ていた。調査員の仕事も楽ではないな」

「そうね」陽子は同意した。

「ええ、まったく楽じゃない。真実を知るというのは、いつも辛い」

27

「先生、うちの翔太に何ばさせようと」

陽子が会議室に入るなり諸星がいい、陽子は目を丸くする。諸星の隣には翔太が座っていた。杉野を訪ねてから四日が経っている。

「不当解雇の件の打合せじゃないの？」

一時間ほど前、諸星から電話があり、今から事務所に行きたいといわれたので、陽子はすっかり会社を解雇された男性についての打合せだと思っていた。

「今日、翔太がうちの施設に来たと。様子がおかしかけん、話ば聞いたら一坊寺先生に頼まれたって。それでここに連れてきたっちゃ。ほら、あんたから話さんね」

諸星に促され、翔太は元気なく話し始めた。


今朝、桐生の出勤前に情報を探ろうと、翔太はいつもより早く事務所に行った。

まず事件管理データベースで「愛」という事件関係者がいないか検索し、空ぶりに終わると、次に桐生の執務室で連絡帳や日記の類いがないか探った。

いつもは乱雑に散らかっている机の上も、今は綺麗に片付けられている。物が少なく捜索はすぐに収穫なく終わった。

翔太は意を決して机の上のデスクトップパソコンの電源を入れたが、ＰＩＮコードを要求されて途方に暮れる。

——何をやっているんだ俺は。

事務所入口が開錠される音が聞こえ、翔太は慌ててパソコンの電源を落とした。用意していた雑巾を手にし、机や棚を拭く。電子チャイムがなり、しばらくして執務室のドアが開いた。

「おはよう」桐生がいった。

「おはようございます」

「掃除はもういい。カウンターの上のやつが、NPO関係の最後の段ボールだ。今から施設に届けてくれ。昨夜、書類の一覧表を作って中に入れておいたから、如月さんにそう伝えるように。届け終わったら、今日はそのままあがっていい」

翔太は執務室を出て、事務所を見渡した。NPO以外の事件記録も依頼人に返すか、事件を引き継ぐ弁護士に送付済みだ。

壁際に並べられたスチールキャビネットは完全に空になり、本棚も何冊かの法律書を残すだけ。残っているのは古本屋で買い取りを拒否されたものばかりだから、古紙として事業ごみにだすほかない。キャビネットや本棚、それに事務机なども、リサイクルショップへの売却が決まっている。営業を終えた事務所というのは、こんなに侘《わび》しさが漂うものかと翔太は思った。

「翔太、少し早いが、退職金だ」

桐生が近づいてきて、銀行の封筒を渡す。封はされておらず、翔太が口を開けると、帯のついた札束が入っていた。

「先生、これはちょっと」

多いという言葉を最後までいわせず、桐生が「事業主都合に伴う解雇一時金も含んでいる。受け取れ」といった。翔太は、封筒を押しいただく。

「あと、車もお前にやる。俺は運転免許を持っていないし、売っても二束三文だ。これが権利関係書類」

桐生がＡ４のクラフト封筒を翔太に手渡した。

「司法試験の勉強は続けるんだろ」

「はい。いつか先生のように、社会的弱者のために働く弁護士になりたいです」

桐生は「俺がやってきた仕事は、そんなに格好いいものじゃない」と苦笑する。

「だが、その気持ちを忘れないようにな。予備試験に合格するまで、如月さんのところで働くといい。話はつけてある」

すみませんと頭を下げたら、桐生は手をひらひらと振って照れを隠した。この人はいまだ感謝されることに慣れていないのだと思うと、翔太は胸が熱くなり、

「先生、本当に事務所を閉めるんですか」と訊かずにいられなくなった。

「どうした、今さら」

「先生は、自分の仕事に誇りを持っていた。リフレッシュのために事務所を閉めるなんて納得できません」

「俺も一杯いっぱいだった。そういうことだ」

「違います。いえ、一杯いっぱいだったかもしれませんが、それで仕事を投げだすなんてありえない。それに手際が良すぎます。ひょっとして先生は、ずいぶん前から事務所

の閉鎖を考えていたんじゃないですか」

「参ったな。一坊寺にもいったが、四十過ぎたら長期休暇をとろうと思っていた。そういった意味では前から事務所の閉鎖を考えていたとはいえる。たまたま懲戒請求を受けたことで予定が早まっただけだ。だから手際が良く見えるのさ」

「しかし」

「議論するつもりはない。さあ、早いところ段ボールを持っていけ」

翔太は肩を落とした。ショルダーバッグをたすき掛けにし、桐生から受け取った金と書類を入れ、段ボールを抱え上げる。小型の箱だが、中身が紙ということもあってずしりと重い。

入口まで進んだところで、桐生に呼び止められた。

「気をつけて行け。じゃあな」

翔太は慎重に階段を下り、涙を堪えるのに苦労しながら駐車場へと歩いていく。

更生保護施設では、如月が事務室で翔太を待っていた。事務室は施設の玄関脇にあり、入口には「外出するときは事務室内の外出簿に名前と行き先を書くこと」と、入所者向けの張り紙がしてある。

「お疲れさま。今後のことは、桐生くんから聞いてるかな」

事務室には如月のほかに諸星がいるきりで、ほかの職員は出払っているようだ。二人はいつもの作業服を着ている。

「はい。お世話になります」

「こちらこそ。勤務場所が遠くなって大変かもしれないが、よろしく頼みます。初めのうちは入所者やワーカーの送り迎えが中心になるが、いずれはケースを担当してもらいたいと思っている。ああ、制服も作らないとね」

「あの……如月先生は、桐生先生がいた養護施設の職員だったんですよね」

如月が驚きの表情を浮かべた。しかし隠すつもりはないようで、すぐにうなずき、

「そうです。誰から聞きました？　桐生くんから？」と翔太に尋ねた。

「いえ、桐生先生ではありません」

「すると一坊寺先生ですね。彼女が、桐生くんと私の関係に気づいているようだと、桐生くんから聞いていました」

「桐生先生から聞いたのは、それだけですか」

どういうことかな、と問うように如月が首を傾げた。

「どうして事務所を閉めるのか、理由も聞いてるんじゃないですか。一志というお兄さんや、その奥さんの愛という女性の居場所も、如月先生は知ってるんじゃないですか」

翔太は感情を抑えられなくなり、如月を詰問した。如月は立ちあがり、宥めるように翔太の肩に手を置く。

「きみが憤りを覚えるのも当然です」

如月は翔太に座るよう勧めた。諸星がパイプ椅子を持ってきて如月の机の前に置き、

翔太は腰かけた。

「きみは桐生くんを尊敬している。その彼が、突然事務所を閉めるといい、その理由はいわないのですから、さぞ苦しい思いをしているでしょう」

如月も座り、祈るように手を組んだ。

「人には、それぞれ、なすべきことがある。神が試練をお与えになるのに理由はありません。いえ、私たち人の身では、その理由を理解することはできないのです。人はただひたすら試練に堪えるのみ。それは大変に辛く、苦しく、時として大切なものを差しださなければならない。桐生くんはそれを迫られたんです。彼の試練は厳しく、孤独なものだ。どうか彼の選択を尊重し、そっとしておいてあげてください」

「説教を聞きたい気分じゃないんです。一体何なんです、その試練とやらは。教えてくれれば僕も納得します。教えてください」

「それはできません」如月は穏やかに笑った。「私には誓いがある。神父として知ったことの沈黙も、その誓いに含まれている」

「どんなことでもですか」

「たとえ罪を犯していても、です」

如月の温和な表情に潜む鋼の意志を知り、翔太の目からついに涙が零《こぼ》れた。諸星が心配そうに翔太の横顔を見つめる。

しばらくしてから、翔太は服の袖で頬を拭き、顔を上げた。

「すみません、今日は帰ります」

翔太が立ちあがり、如月は「仕事始めは、いつでもいいですから」といって見送る。

「うちも外回りに行きます。如月先生、また後で」

諸星が如月にいい、翔太と共に事務室を出た。

「福岡に帰るんやろ、乗せてって」

助手席に乗りこむ。翔太は無言で運転席に座り、エンジンをかけた。

「うちと一緒に働けるっちゃけん、もっと楽しそうな顔をしたらどうなん」

「僕は理由を知りたいだけだ。神父ってのは、そんなに偉いのか。悩む人を導くのが神父だろ」

言葉こそ強いが、翔太の口調に生気はない。

「神父の文句をあたしにいってもしょうがないっちゃ。あたしはバリバリの浄土宗だし。ほら元気ばださんね」

翔太は動かない。

「まったくしょうがなかね。さっきいいよった一志とか愛とか、いったい誰ね」

翔太は諸星に、愛という女性を探していることを説明した。

「あの弁護士、あんたをスパイにしようとね！」

「それについては、僕も納得してるからよかと」

諸星の怒りが違う方向に行こうとしているのを感じ、慌てて翔太はいった。

「ふうん、あの女に使われてもいいっちゃね」

「よせよ。僕の気持ちはわかっとろうもん」

翔太のひと言で諸星は機嫌を直す。

「でも、そうか、如月先生の昔なじみの女性で、双子の子連れ……」

諸星は翔太の肩を叩いた。

「あたしを一坊寺先生のところに連れてき」


「それで私に苦情をいいにきたの?」

「苦情は翔太に止められたっちゃ。そうじゃなく、愛とかいう女の人のこと。翔太に、愛という女性のことを探るようにいったっちゃろ。翔太は桐生先生のことを好きなんやから、そんなことさせたらいかんて」

翔太が、おい、と諸星を肘で突いた。

「わかっとうって。今年の春、キョウカイに来た女性がおったっちゃ。学ランを着た男の子と、セーラー服を着た女の子を連れて」

「キョウカイ?」

「そう、施設の隣に建ってるキョウカイ。如月先生が住んでて、ミサとかする」

陽子はキョウカイが教会であると理解した。

「チャーチのことね。そこに女性が来たと」

「日曜に管理人当番で事務室におるとき、窓の外がざわついたけん、ああミサが終わったっちゃねと思って外を見たと。窓から教会の扉が見えるっちゃけど、思ったとおり如月先生が扉のところに立って信徒さんを送りだしよった。すると人の流れに逆らって先生に近づく女の人がおって、頭を下げるのが見えたんよ。そしたら、先生がえらく驚いた顔をしたっちゃ。あんなに驚いた顔は見たことがないくらい」

「その女性が、学生を二人連れていたのね」

「そう、二人は新しか制服ば着とった。それで、ああ、昔なじみの信徒さんが子供の高校入学の報告に来たんやな、同い年の兄妹なら双子やねと思った」

陽子は、諸星が二人の子供を高校生と特定していることに気づいた。

「諸星さん、なぜその二人が高校生だとわかったの」

諸星が笑った。

「まさにそれをいいたかったっちゃ。二人が高校生とわかったのは、セーラー服の背中の襟の両端に、線で囲まれたお星さまが縫い付けてあったから」

セーラー服の後ろ襟の、五瓜五芒星。

「それって」

「そう、県下一の公立高校、甘棠館の制服」

諸星たちが帰ると、陽子はすぐに史郎の携帯を呼びだした。

「史郎、私たちの高校の在校生名簿、手に入る?」

〈どうしたと、藪から棒に〉

「とにかく一年生の名簿が今すぐほしいの」

〈OB会の名簿なら手元にあるけど。どうやろ、現役となると難しいっちゃない、最近は学校も個人情報に厳しいし。在校生の親でもない限り、名簿は手に入らんと思うよ〉

この役立たず、と罵ろうとして陽子は思い止まった。

――子供が甘棠館高校に入学した、といっていたのは誰だったか。

陽子の頭に、奥永副会長の顔が思い浮かんだ。

「ありがとう、史郎!」

陽子は返事も聞かずに電話をきり、奥永の携帯にかける。

「先生、お子様が甘棠館の一年生でしたよね」

〈いきなりなんね〉

「一年生の名簿を急いで確認したいんです。名簿見せてください」

〈名簿はあるやろうけど……部外秘やろうもん〉

「そこを何とか。先生と私の仲じゃないですか」

厚かましいと思いつつ陽子は頼みこむ。

〈参ったな……明日、事務所に持ってきてやるけん、俺の目の前で見るんなら〉

「ファックスをお願いするわけにはいきませんか」

〈それはできん。ボウジがどうの、という問題じゃなく、俺の情報管理の問題や〉

きっぱりとした奥永の態度は妥協の余地がないことを伝えていた。陽子は歯嚙みしたが、見せてもらえるだけでも大変な収穫なのだと思い直した。

「わかりました、それでお願いします。でも朝イチで」

〈明日は十時から期日が入っとう〉

裁判所は原則として十時から法廷を開く。奥永は、朝イチは法廷が入っているといいたいのだ。

「じゃあ朝の八時半に先生のところに行きます」

〈たまらんな。わかった、九時に事務所に来んしゃい。ところで、懲戒事件の答弁書は提出したんやろうな〉

「名簿を見せてもらえれば提出します」

陽子は本気だったが、奥永は冗談と思ったようで笑いながら電話をきった。

諸星の見た女性が愛かどうかはまだわからないが、如月の古くからの知り合いで、双子の子供がいるという条件には合致している。今すぐにでも森田恵美の首根っこを摑まえたいところだが、明日まで我慢するしかなかった。

28

陽子は奥永の事務所で名簿に目を走らせ、同じ姓で、同じ住所の生徒二人を探した。

――いた！

宮本美羽《みやもとみう》に、宮本大輝《だいき》。

陽子は二人の同じ住所と電話番号を書き留めながら、ついに突きとめた、と思った。

「ボウジ、念のためにいうが、良からぬことには使うなよ」

「もちろんです。先生にご迷惑はおかけしません」

「その子たちにとって良からぬことには使うな、という意味たい」

「むしろ、この二人にとってはいい話ですよ」

盗聴を不問に付そうというのですから、と心の中で付け加える。

事務所に戻るタクシーの中で、陽子は戦略を考える。

二人の住所地には、愛も暮らしているだろう。愛に直接当たってみようかと考え、すぐにその考えを打ち消した。いきなり愛を問い詰めても真相を話すとは思えないし、愛のそばには一志がいるかもしれず、警戒心を呼びおこすだけの結果になりかねない。

まずは盗聴していた子供たちを捕まえ、盗聴した理由を訊きだすべきだ。盗聴が一志の指示であると子供たちが認めれば、それを材料に愛や一志と交渉することができる。

下校時を狙おうと陽子は考え、二人の自宅住所からして、高校への通学手段はバスだろうと見当をつけた。甘棠館高校は今も昔もバイク通学を禁止している。校舎の近くには生徒が利用するバス停が二箇所あるが、二人の自宅へ向かう路線はそのうち一箇所からしか出ていない。校門とバス停の間にある喫茶店で張り込もうと陽子は決めた。

森田恵美を見つけたのは、下校する生徒が校門から吐きだされ始めてから二十分ほど経ったころだった。部活をしていたら夜まで張り込まないといけないと思っていただけに、陽子は興奮と安堵の入り交じった息を吐いた。

「あら、美羽ちゃん、久しぶり」

喫茶店を出てバス停のそばまで後ろをつけて歩き、ゆっくりと距離を詰めて声をかけた。

美羽が振りかえり、陽子を見て不思議そうに首を傾《かし》げ、そして目を見開いた。美羽の反応に、一緒に歩いていた生徒が怪訝そうな顔をする。

「ごめんなさい、お友達が一緒だったのね」わざとらしく陽子がいう。

「私は一坊寺陽子、弁護士で、甘棠館のOGなの。担任は村谷《むらたに》先生だったけど、お元気かしら」

「あ、そうなんですか、村谷先生、隣のクラスの担任です」

女生徒が明るく答える。卒業生の女性弁護士ということで警戒心を緩めたようだ。

「美羽ちゃん、大輝くんはまだ校内かしら」

「知りません」美羽は陽子にふたたび背を向けた。

「大輝くんならまだ教室にいましたよ」

友人が答える間に、美羽は逃げるようにバス停から離れる。

そんな美羽を陽子は追いかけ、「少し時間を頂戴。さもなくば自宅に行く」と小声で脅した。胸は痛むが逃すわけにはいかない。

「そこのフレッシュネスバーガーで構わないから」

美羽が立ち止まった。追いかけてきていた友人に、

「ごめん、ちょっと一坊寺先生とお茶して帰る」と告げる。

美羽の硬い口調に友人は「大丈夫？」と心配そうな声をかけ、美羽がうなずく。友人は陽子に頭を下げながら離れていった。

「行きましょう。自宅はわかってるから逃げても無駄よ」

まるっきり悪役のセリフだと思いながら、陽子は美羽を促して歩きはじめた。

「なぜ事務所に盗聴器を仕掛けたの」

店の奥の四人掛けテーブルで陽子は美羽と向かい合った。テーブルの上には、温かい紅茶の入ったマグカップが二つ載っている。美羽が注文しようとしなかったため陽子が適当に選んだものだ。

「何のことかわかりません」

「否認するの？　じゃあ、森田恵美という偽名を使って事務所に相談に来たのはなぜ」

「相続関係で、わからないことがあったからです。偽名を使ったことは申し訳ありませんでしたけど、誰にも知られずに相談したかったんです。そのことなら謝ります」

「盗聴器を仕掛けたことは認めないつもり？」

「認めるも認めないも、そんなこと、いっさい知りません」

「仕方ないわね。警察に行かざるをえない。盗聴器と、それについていた指紋を持って」

「指紋？」

「ええ。盗聴器に指紋がついていたの。法律相談カードに残された、あなたの指紋にそっくりなものが。指紋の照合ってどうやるか知ってる？　二つの指紋から、分岐点や合流点といった特徴点を十二個とりだして、それが一致するかどうか見るの。私が見たかぎりではとても似ていた。でも素人目だから、きちんとプロの目で見てもらわないと。警察の鑑識官に」

陽子は嘘をついた。盗聴器の実物は桐生が持って行った。

「そんなわけない。盗聴器を仕掛けるような人間が、指紋を残すはずがない」

美羽の顔はそれとわかるほど蒼白になった。

「相談のとき、あなたは手袋をしていなかった。私が部屋を出て、戻るまでに盗聴器をコンセントに差しこんだのよね。私がいつ戻るかと緊張して手袋をつける時間も惜しかったでしょうから、ハンカチで盗聴器をつまんで挿しこんだんじゃない？　三角タップを摑んでいる指はハンカチをしっかりと捉えていたけど、ほかの指は宙に遊んでた。きっと薬指か小指が三角タップに触れたのね」

「嘘よ、うそ。私は……」

「私は？」

陽子は促したが、美羽は口を閉ざして目の前のマグカップを見つめる。さすがに知恵が回って簡単には誘導に乗らない。

「あなたが否認するなら話し合いは無駄ね。妥協点を見つけることができると思ったのだけど。私は警察に行くし、そうなれば学校にも連絡がいく」

俯いた美羽を、陽子はじっと見た。

「妹をいじめるな」

突然、美羽の隣の席に男が座った。少年の面影が残る目元は、桐生とともに窓から見た、バイクに跨った男のそれだった。

「レナが教えてくれた。おまえがオバさんに連れていかれたってな」

「大輝くんね。美羽さんが妹で、あなたがお兄さんなの。双子なんでしょ」

オバさん呼ばわりは無視して陽子は尋ねた。

「よく知ってるな。俺のほうが先に産まれたらしくて。だからこいつが妹」

「やめてよ。たった数秒の差じゃない」美羽が大輝を睨む。

「あんたの話は、盗み聴きの件だろ。やり方が汚いぜ、母さんを利用して俺たちに圧力をかけようなんて」

「ちょっと！」

美羽が止めるのに構わず、大輝はしゃべり続けた。

「そりゃ、法律事務所の会議室から情報が抜かれたとなったら大問題だもんな。こっちには録音があるんだ。頭を下げるのはあんたじゃないのか」

大輝はテーブルにＳＤカードを放りだした。美羽が隣で、「バカ！」と小さな悲鳴を上げる。

「あんたの会議室での会話が入ってる。いっとくが、こいつはコピーだから」

「やっぱりあなたたちが事務所を盗聴したのね」

「何を今さら。母さんにいいつけたくせに」

大輝が不服そうな顔でいう。

「あなたたちのお母さんに話をしたのは桐生弁護士でしょう。愛さんから聞いてない？」

「あんたが直接、ねじこんだんじゃないのか」

「私は今朝まであなたたちの名前すら知らなかった。でも、今ではあなたたち二人を警察に告訴することができる。盗聴は犯罪なのよ、わかってるの」

「嘘だね、盗聴を取り締まる法律はない」

「直接取り締まる法律はね。でも、コンセントに盗聴器を挿しこめば電気窃盗罪が成立するし、盗聴器を仕掛ける目的で事務所に入ることは建造物侵入罪になるし、盗聴器の電波の強さによっては電波法に違反する。盗聴そのものは犯罪でなくても、そこに至る過程で犯罪が成立するのよ」

美羽は顔を伏せたが、大輝は強気だった。

「そんなことといっていいのかよ。こいつがネットに流れて困るのは、あんただ」

「それはそうね」

陽子は泰然と応じた。これまでは得体の知れない盗聴者が相手だったが、素性がわかれば恐れるに足りない。相手が高校一年生となればなおさらだ。

「でもインターネットに流れると、あなたたちは損害賠償請求を受けることになる。未成年者だからといって民事裁判を免れることはできないのよ。その歳で借金に追われる生活を送りたいの」

大輝の瞳に不安の影がよぎる。

「損害賠償額を知りたい？　百万を超えるのは確実よ」

大輝がそれとわかるほど顔を歪めた。

少しいじめすぎたかなと陽子は思ったが、二人が法律事務所の会議室を盗聴したのは事実で、その代償の大きさを教えることは大人の責任だ。これだけ脅せば二度と盗聴などという卑劣な行為をしようとは思わないだろう。

美羽と大輝の反応を確かめて、陽子は救いの手を差し伸べることにした。

「でも、さっき美羽さんにいったとおり、私たちは妥協点を見つけることができるかもしれない。そのためにはあなたたちがどうして盗聴したのか知る必要がある。困りごとがあるなら、場合によっては相談に乗るわよ」

美羽が顔を上げて瞳を輝かせたが、すぐに「先生は桐生弁護士の味方なんでしょう」と声を曇らす。

「懲戒請求事件では彼の代理人だけど、盗聴に関しては別。私の事務所で起きた問題だから彼は関係ない。この件をどう決着つけるか私が一人で決めるし、彼の意向に従うつもりもない」

美羽が大輝を見る。大輝はそっぽを向いて足を組んだ。勝手にしろといっているようにも、任せるといっているようにも見える。

美羽は陽子に向き直った。

「お話しします」

29

「私たちは父親を知りません。でも、最近になって、佐灯昇が自分たちの父親かもしれないと思うようになったんです」

美羽の言葉に陽子は絶句した。

「母が私たちを産んだのは、佐灯昇の事件の直後でした。母は、佐灯と付きあっていた可能性があるんです」

「ちょっと待ちなさい」陽子は慌てた。「佐灯昇は、事件を起こす数年前から部屋を一歩も出ない、今でいう引きこもりの状態だったの。あなたたちの父親である可能性は、まずない」

「当時の新聞記事は私たちも読みました。でも当時は、引きこもりは今ほど社会現象になっていなかったし、引きこもりといってもいろいろ程度があるから、佐灯も、たまに外出していたんじゃないかって」

——佐灯が外出していた可能性は、ない。

いくら警察の捜査が通り一遍のものであっても、犯人の生活状況ぐらいは近所の聞き込みなどでウラをとっている。

ただ、それをいっても水掛け論になるだけだろうと陽子は思い、

「どうして愛さんが佐灯昇と付きあっていたと思うようになったの」と尋ねた。

夏休みに入って早々、美羽たちは、県外に引っ越すことになったらどうすると愛から訊かれた。

「甘棠館に入学したばかりなのに、転校するなんてありえない」

美羽は激しく反発した。大輝のほうがまだ冷静で、なぜそのようなことを訊くのかと愛に尋ねた。

「あなたたちのお父さんが、もうすぐ帰ってくるの」

「お父さん？」あまりにも意外な答えに、美羽の頭は真っ白になる。

「そう、お父さん。帰ってきたら一緒に暮らしたいと思ってる。それで、どこか別の土地で暮らすのはどうかと思って」

「ハァ？　ふざけんといて。なんで私たちがその人と一緒に暮らすの。誰それ、お父さんって。たいがいにしいよ」

「誰って、まだ詳しいことはいえない。でも、あなたたちのお父さんよ」

「十六年も放っといて、お父さん？　私たちに父親はおらん、いい加減にして」

「美羽が怒るのも当然だよ、母さん。ちゃんと説明すべきだ」

「だから説明できないんだって。県下一に行ってるわりには理解力がないわね。とにかく一年以内に帰ってくる可能性が高いから、そのつもりで」

「冗談じゃないわ、ふざけないでよ」

「もう行かないと仕事に遅刻しちゃう。じゃあね」

伝えるべきことは伝えたとばかり、愛は自分の弁当箱をもって家を出た。

その後、二人はことあるごとに愛に問い質そうとしたものの、ベテランの看護師である愛は多忙を極め、たまに短時間話すことができても愛は二人をいなして言質を与えない。父親が戻ってくると宣告したことで、あとは成り行きに任せる決心をしたようだった。

両親の援助があったとはいえ、愛は大輝と美羽という双子を独りで育てあげていて、こうと決めたら変えない芯の強さがある。そんな母の口を割ることは無理だと二人は悟った。

二人は、父親の情報を得ようと祖父母のもとを訪ねた。愛の両親は福岡県の筑後平野に位置する久留米《くるめ》市で暮らしている。

その祖父母も、父親のことは初耳だという。

愛は自立心が強く、福岡の女子短大を卒業後、両親の反対を押しきって上京し、看護師を目指しながら病院で働いていたが、突然、身重の体になって戻ってきた。

自立を宣言して実家を出たにもかかわらず、妊娠して両親を頼らざるをえなくなった愛には忸怩《じくじ》たる気持ちがあっただろう。それでも愛は、「ここで産ませてください」と帰省するなり玄関で土下座した。愛の我の強さを知っているだけに、子供のために土下座して頼む姿に胸を打たれ、祖父母は娘を家に迎えいれる。

ただ、父親が誰であるか祖父母が幾度となく尋ねても、愛はそれだけは頑として口を割ろうとせず、「いずれ迎えに来る」といい張るばかりだった。

愛は二人を出産し、保育所に預けられるようになると働きながら看護師の資格をとり、福岡市の病院に職を得た。祖父母はそんな愛を見守りながら今日まで来たといい、父親については何も知らないという。

美羽は、何か手掛かりはないかと祖父母に訊いた。

「愛の部屋の、押入れを見せてやりなさい」

祖父が祖母にいった。押入れには、愛が東京から持ち帰った私物が置いてあるという。

祖母は「でも、愛に内緒で見せるのはねえ」と渋った。

「いくら二人でも、愛の物を勝手に漁るのは、どうなのかしら」

「ここに置いていったものやけん、どうしようと私らの勝手やろ。私たちがいくら訊いても何もいわんかったくせに、突然父親が戻ってくるって、二人が怒るのも当たり前たい。この子らに見せてやりなさい」

「じゃあ……みーちゃんだけになら」

祖母は、同性の美羽に愛の私物を調べることを許可した。

大輝は不服だったかもしれないが、それ以上に安堵の気持ちが大きかったようで、どこかほっとした表情を浮かべた。美羽も母親の私物を漁るのは気が重い。

それでも美羽は祖母に連れられ、広い屋敷の二階にある部屋に入った。

愛が使っていた六畳間で、旧家の日本家屋の京間だから、かなりゆったりとしている。

産後しばらくの間、美羽と大輝は愛とともにこの部屋にいたらしい。

部屋には古びた学習机と、揃いの本棚が置かれ、通常よりやや小さいベッドがある。

愛は小柄だから、大人になってもこのベッドを使っていたのだろう。

美羽は襖を引いて押入れを開けた。ひな人形が入った段ボールが大部分を占めている。祖父母が愛のために買ったもので、五段の大きなひな飾りだ。今でも毎年、祖母は美羽のために飾ってくれる。鉄製の台と緋毛氈《ひもうせん》は二つの長い段ボールに、人形や飾りは大小かたちの違う五個の段ボールに収まっている。段ボールの側面には楷書体で人形店の名前が仰々しく書かれていた。

——ここに片付けてたんだ。

毎年、ひな人形を居間に出すのは祖母と愛の仕事で、祖父や大輝はもちろん、美羽も手伝ったことはない。美羽は、祖母と愛が床に並べる人形を段に飾るのが楽しくて、それらの人形がどこから出てきてどこに帰っていくのか気にかけたことはなかった。

美羽は押入れの中に目を走らせる。人形店の段ボールに混じって、薄く黒い布がかけられた一山があった。美羽はそっとその端を持ち上げる。黒く見えた布は、濃紺に染められた風呂敷だった。

風呂敷の下には、二段二列に積まれた衣装箱があった。引出し式で、外側ケースは肌色のプラスチック、一つの大きさは奥行き六十センチ、幅と高さはともに三十センチくらい。もとはピンク色だったらしい引出しは褪せて白くなっている。一つ持ってみるとそれなりの重さがあったが、抱えられないほどではない。美羽は一つずつ部屋の中央に持ちだした。

中を検《あらた》めてみると、三つには古い洋服が、一つには愛が昔使っていたらしい髪飾りやネックレスがそれぞれ小箱に入れてしまわれていた。

贈り主の名前でも刻まれていないかと小箱の中の装飾品を一つひとつ手にとってみたが、可愛らしくはあるもののこれといった特徴のない、ありふれた品ばかりで、名入れしてあるものはない。子育ての間、これらを身に着けることはないと実家に置いていったのだろうと思い、美羽は、ほんの少しだけ申し訳なさを感じた。

——何もないじゃない。

祖父母のいい方が大仰だったから、何か父親につながる手がかりが隠されているに違いないと期待していただけに、美羽は肩透かしにあった気分になった。

ひな飾りの段ボールに何か隠されていないかと探ってみたが、考えてみれば祖母もひな人形を出している。もし何かあれば祖母が見つけているはずだと思い、美羽は途中で馬鹿らしくなった。

衣装ケースを押入れに戻し、風呂敷を上に掛け、ふと疑問に思った。

——なんで風呂敷？

美羽はもう一度風呂敷を手にとり、端を摘まんで広げてみた。中央に、斜めになった長方形の皺がうっすらと付いている。

——何か、本みたいなものをこれに包んでいたんだ。

美羽は、本棚を振りかえった。皺に合う大きさの本は、一番下の棚に収めてある図鑑しかない。

図鑑は医学生向けのものらしく、外科や内科など診療科目区分ごとに巻が分かれ、外箱に入っている。美羽は右から順に図鑑を取りだしていった。そのうちの一冊、気管食道科と書かれた箱がひどく軽い。ひっくり返してみると、図鑑ではなく一冊のスクラップブックと一枚の写真が滑りでてきた。

花をつけた桜の木の下にスーツを着た男が立ち、隣に眩しそうな顔をした愛が写っている。男ははにかんだ表情を浮かべていて、愛はずいぶんと若い。

若いころの愛の写真を見て、美羽は小さく歓声をあげた。美羽たち三人暮らしのアパートには美羽と大輝の成長を記録した写真は山ほどあるものの、愛の昔の写真は一枚もない。

美羽はスクラップブックを開いた。殺人事件の、犯人逮捕から判決に至るまでの新聞記事が貼りつけてあった。佐灯昇という男が起こした、両親殺害の事件だ。

そのなかの一つに、佐灯が送検されたときの記事があり、警察署を出てワゴンに乗りこむ佐灯を写した写真があった。佐灯は顔を伏せ、事件のときに怪我をしたのか頭と顔の一部に包帯が巻いてあり、容貌はよくわからない。

しかし美羽の目には、愛と一緒に写っている男のように見えた。

これまで、愛に父親のことをそれとなく訊いたことはあったものの、その度に愛は答えをはぐらかし、美羽もひとり親として自分たちを育ててくれている愛に遠慮があって、執拗に追及することはなかった。ひとり親といっても、美羽にはそれで苦労したという記憶はない。学校でいじめを受けたことはなく、コンプレックスが全くないかといわれれば考えこんでしまうが、少なくとも引け目を感じたことはない。だからしつこく父親のことを訊きだそうと思わなかったともいえる。

それだけに、写真とスクラップブックの衝撃は大きかった。

祖父母にどう話せばよいかわからず、何も手がかりはなかったと偽り、自分のリュックに二つを忍ばせて持ち帰った。

家に着いてから大輝と話しあい、その晩、二人で愛に突きつけた。

「あんたたち、急にじいじのところに行ったかと思えばそんなもの持ってきて、どういうつもり」

愛は怯むどころか、腰に手をあてて二人を叱責した。

「なんでこの事件ばかり、スクラップしてあるのよ」

「さあ。どうしてやろうね、もう忘れた」

「じゃあこの写真は。このスーツの人は誰？」

「東京で知りあった学生さん。家の近所に早咲きの桜があって、その人が大学を卒業したときに、その樹の下で写真を撮っただけ」

「なんでわざわざこの一枚だけ、大切に取ってあったの」

「大切に取っとった？　たまたま挟まっとっただけでしょ」

愛はのらりくらりと質問をかわした。

しかし、佐灯に言い渡された懲役十七年の判決のうち十六年が間もなく過ぎることや、愛が「もうすぐお父さんが帰ってくる」といっていたことから、美羽は佐灯が父親ではないかと疑い、いったん芽生えた疑いはなかなか消えず、それは大輝も一緒だった。

疑いを消す方法が一つある。佐灯昇に会うことだ。

だが二人には佐灯昇がどこの刑務所に収容されているのかわからず、記事に名前が出ていた、弁護人の桐生晴仁を探すことにした。

日弁連のホームページで名前を検索してみると、驚いたことに福岡で開業している。

桐生弁護士にアポイントをとろうと、大輝が事務所に電話をかけたが、男性の事務員は「守秘義務上、受任の有無を含めて一切の質問に答えられません」といって電話をきった。

それでも二人は諦めきれず、佐灯の手がかりがないかと愛の周りを探り続けた。

「これを見ろよ」

ある日、大輝が預金通帳を手に美羽にいった。

「あんた、通帳を勝手に持ちだして何しようとよ」

愛が家計費に使う通帳を洋服箪笥に隠していることは、家族にとって公然の秘密だ。

「いいから。母さん、よく通帳に書きこみをしてるだろ」

愛は、出入金ごとにこまめに通帳に手書きで摘要を書きこんでいる。

「ここだよ」

大輝が指さしたのは、手書きで「8月分電気代」と書きこまれた次の行だった。十五万円の振込入金があり、「キリュウ」と印字されている。

二人は使用済みの通帳も引っ張りだして調べた。すると、毎月十五万円が「キリュウ」名義で振り込まれている。それも一年や二年ではない。簞笥に保管されている過去の通帳のすべてに振込が記帳されていた。

なぜ弁護士の桐生が、愛に金を送っているのか。

「桐生が、佐灯昇から金を預かってたのかな」

預金通帳を簞笥に戻した二人は、自宅近くのマクドナルドで話しあった。

「それはないでしょ。このスクラップブックによると、佐灯昇は仕事をしていなかった。毎月十五万円を十六年間、ざっと計算すると……」

「二千八百八十万円」理系志望の大輝が、美羽よりも早く暗算する。

遅れをとった美羽は大輝を睨みながら、

「無職の人間が、そんな大金を持っとったと思う?」といった。

「じゃあ、佐灯が相続した親の財産を桐生弁護士が換金して、母さんに送っていたとか」

「佐灯は相続できん。親を殺した子供には相続権がないとよ。『Wの悲劇』を読んだことなかと」文系志望の美羽がいった。

「だったら、佐灯の両親の財産はどこにいくんだ」

「わからん。国が管理するんじゃない？」

「いったい何なんだろ」大輝は頭の後ろで手を組んだ。

「佐灯のために桐生弁護士が母さんに金を送っていたのは間違いないと思うけど、まるで逆やん、依頼人が弁護士にお金を払うのが普通なのに」

「普通とは、逆」

大輝の言葉に、美羽は考えこんだ。「弁護士が依頼人に金を払うときって、どんなときやろ」

「仕事に失敗したとき？」

「それはないでしょ。裁判に負けたから弁護士が金を払うなんて聞いたことない」

「失敗は失敗でも、ありえん失敗やったら？」

「……弁護過誤か。だったらありえるかも！」

「弁護過誤？」

「医療過誤とかと一緒。弁護士としてありえない失敗をした。だからお金を払って、弁償しようっちゃん！」

声が大きくなったが、周りの客はそれぞれの雑談に夢中で誰も気にしない。

大輝がスマホを取りだし、「弁護過誤」を検索する。

検索結果のリンクのなかから、目ぼしいものをタップして表示させると、専門家としての注意義務を怠った弁護士は、依頼人に対して損害賠償を行なわなければならないとあった。同じページには懲戒請求事例についても記載されている。

「母さんへの支払いは、佐灯事件でなにか弁護過誤を犯した桐生弁護士の、佐灯の妻への支払いか。可能性はあるな」大輝がいう。

「ちょっと、この懲戒請求ってどういう手続か、調べてみて」

美羽にいわれ、大輝は続けて懲戒請求制度について検索する。

弁護士会が、対象弁護士から事情聴取を行なうなどの事実関係を調査するとあった。

「これ、使えるっちゃない。弁護士会が事実関係を調査するってなっとう。おまけにタダでできる」

「どう使うんだよ」

「桐生弁護士が、佐灯の弁護で失敗したって懲戒請求すると。弁護士会が事件を調査して結果を公表するけん、どんな失敗をしたのかわかる。そうすれば、桐生弁護士が母さんに金を払っとった理由も、母さんと佐灯の関係もわかるっちゃない？」

「失敗がわかれば、少なくとも桐生との直談判のきっかけにはなる、か」

大輝はスマホの画面を見ながら考えこんだ。

「でもダメかな、根拠が乏しいのに請求したら、逆に弁護士から裁判を起こされることもあるってなっとう」美羽が一転して弱気にいう。

「いや、適当な名前で請求すればいい。ダメ元でやってみる価値はある。というか、ほかに手がかりがない」

大輝が乗り気になり、その意気は美羽にも伝染した。

二人はインターネットで、ある弁護士への懲戒を呼びかけるサイトを見つけ、そこに掲載された請求書の書式例を参考に、桐生に対する懲戒請求書を作成した。

懲戒請求の理由には、「桐生晴仁が佐灯昇を殺した」と書いた。

美羽の発案だ。弁護士会の調査を佐灯事件に向けさせるためであり、インパクトの強さを狙ったものでもあり、

『弁護過誤で、父親である佐灯昇を自分たちから奪った』

という意味も込めた。

鈴木太郎という名前で懲戒請求書を郵送し、頃合いを見て大輝が鈴木太郎として弁護士会に進展を問いあわせたが、なかなかこれといった動きはない。二人が焦り始めたころ、問いあわせた電話で桐生が陽子を代理人に選任したと知った。

自分の代理人に相談するときは、きっと本当のことをいうに違いない。焦っていた二人は何とかして桐生と陽子の打合せ内容を知ろうとした。盗聴器をインターネットで購入し、美羽が事務所の会議室に仕掛け、放課後、美羽と大輝が交代で時間の許すかぎり盗聴する。

だがにわか仕込みの盗聴はうまくいかず、すぐに陽子と桐生に見破られ、美羽たちはほとんど会話らしい会話を盗聴することができなかった。

陽子は、依頼人の情報が持ちだされていないと知って安堵した。次いで、二人に、愛が付きあっていた相手は桐生弁護士の兄、桐生一志だと告げるべきだろうかと悩む。

愛が、スーツ姿の男と一緒の写真を持っていたというのが気にかかった。大学を卒業したというのであれば、その男は一志ではなく晴仁に違いない。

——愛が、桐生くんと付きあっていた可能性はあるかしら。

だが、それは桐生の印象とも愛の印象ともそぐわない。当時、一志と晴仁の仲は良く、しかも司法試験の受験勉強に忙しかった晴仁が、一志の目を盗んで愛と付きあっていたというのは現実的でないように思えた。

それはともかくとして、桐生との関係を愛が子供たちに話していないのであれば、それを陽子が明らかにするのは行き過ぎで、二人にはいわないほうがいいという結論に落ち着く。

陽子の沈黙の意味を勘違いしたらしい美羽が、「懲戒請求を取り下げましょうか」と提案する。

「残念だけど、取り下げは意味がないの」

陽子が説明すると、二人はばつの悪そうな顔をした。

「事務所に盗聴器を仕掛けた理由はわかった。でも、佐灯昇があなたたちの父親というのは、ちょっと考えられないと思う」

「じゃあ、なんで母はその人が犯した殺人事件の記事を集めて大事にとっておいたんですか。それに、桐生弁護士が母にお金を送っていたことはどう説明するんですか」

「わからない。私が愛さんに訊くのはどう？」

「母に訊いても何も答えないと思います。最近、いつも以上に頑固になってて。それに、あまり母には……」

会って欲しくない、という美羽の表情だ。桐生に懲戒請求を行なったことを知られるのを恐れているのかもしれない。

陽子としては愛に直接会ってみたい気持ちが強かったが、無理に面会すると美羽と大輝の反発を買い、二人のコントロールが利かなくなる可能性があった。

盗聴器を仕掛けた犯人がわかり、懲戒請求人も判明した今となっては、あとは佐灯事件の真相を突きとめればよく、愛との面会は必須とはいえない。

「あなたたちの関心は、佐灯が父親かどうかということと、なぜ桐生弁護士が愛さんに送金していたのか、という二点ね。いいわ、私が桐生弁護士に訊いてみる。だからあなたたちはじっとしていて。わかったことは知らせるから、いいわね」

「ホントだろうな。いい加減なこといって、バックレるつもりじゃないだろうな」大輝が不信を露わにする。

「私が甘棠館のＯＧというのは本当よ。先輩を信頼しなさい」

陽子は史郎を思い浮かべ、先輩だからといって信用しないほうがいい人間もいるけど、と心の中で訂正した。

30

事務所に帰った陽子に、つい先ほど翔太から電話があったと中山が告げた。すぐに折り返すと、桐生が姿を消したという。予感していたらしく、翔太の声は諦めに満ちていた。

事務所を閉鎖すると聞いたときから、いつかこうなるだろうと思っていた。陽子にも驚きはない。だが、予想よりも早い。懲戒請求に対する答弁書にまだ目を通してもらっていなかった。

——彼は、どこにいるのか。何を知っているのか。

陽子は鉛筆を手にし、七十五ミリ角のポストイットを引き寄せた。

事実関係は既にすべて出揃っていると直感が告げている。あとは集めた材料をどう読み解くかで、ばらばらの材料を一本の糸で繋ぐのは想像力の勝負、それこそがヤマを見ることだと陽子は思っていた。

付箋にこれまでに判明した事実を書きだし、執務机の隣に置かれたスチール書庫の扉に貼りつけていく。書きだし終わると付箋を眺め、関係のありそうなものを固めて貼りなおす。

一とおりグルーピングが終わると、今度は万年筆を手にとり、一つ一つのグループを眺めながら、思いつくままにグループの内容を簡潔に表す言葉を法律用箋に書きつける。

――まだだ。まだ想像が足りない。

陽子は法律用箋を一枚破り、破った頁に書きつけた言葉を見ながら、それら全ての言葉を網羅する物語を考え、文章を書いていく。

頁の半分ほどを埋めたとき、筆先を用紙に押しつけたまま陽子の手が震えて止まった。黄色い法律用箋の上で、ブルーブラックのインクが滲んで涙滴形に盛り上がる。

陽子は、想像の窓が開くのを感じた。

父の冤罪事件が蘇り、梨花の事件を思い出す。

――身代わり。

だが、ありえない。一足す二は、三。二になることはない。陽子の思考が空転する。

そのとき、中山の声が聞こえた。

「先生、山下梨花さんの法律記録、すべて謄写が終わりました。司法解剖の鑑定書もできてましたよ」

ファイルを両手に抱え、中山が近づいてくる。

――一つの口に、二つの穴。

想像の窓が閉じる。

陽子は震える手で受話器を持ち上げ、新井の携帯電話の番号を押す。

「佐灯が、事件前、五年にわたって家から出てないのは、間違いないのよね」

〈先生も捜査報告書に目を通したはずだ。近所の聞き込みで、少なくとも五年間は家から出ておらず、姿を見た者がいないと確認している〉

陽子は息を吸い、

「じゃあどうやって逮捕した佐灯昇が、佐灯昇だと確認したの？」と吐きだした。

新井は質問の意図を理解しかねたのか、長い沈黙が電話線を漂う。

やがて新井が怖い声で「本人が佐灯昇だといったんだ、何を疑う必要がある」といった。

陽子は細い嘆息を洩らした。

31

三日後、陽子は翔太を連れ、打合せどおり浦和駅で新井と落ちあった。

二人を迎える新井の顔に笑みはなく、目の下には濃い隈がある。だが、ろくに寝ていないのは陽子も一緒だ。翔太が初対面の新井に挨拶する。

「私たちが、誤認逮捕をやらかしたというのか」

陽子が翔太を紹介する前に、新井が低い声でいった。改札の前で立ち止まっている陽子たちを、通勤客が迷惑そうに避けていく。

陽子は首を振り、

「警察が逮捕した佐灯昇は、佐灯昇ではなかったかもしれない。でも逮捕した相手は殺人犯の可能性があるから、誤認逮捕かどうかはわからない」と答えた。

新井が背を向けて歩き始め、二人はそのあとに続く。三人は駅前の百貨店の脇にある、席の間が比較的ゆったりとした喫茶店に入った。

陽子と新井が向かいあって座り、陽子の隣に翔太が座る。

なぜ自分が連れてこられたのかと翔太は不思議に思っているに違いない。昨夜、陽子は翔太に電話して「桐生くんのことで埼玉に行く。あなたもついてきなさい」と告げ、道中で説明を求められても首を振り、「行けばわかる」とだけいって何も説明していない。

陽子は、自分のヤマを見る目は曇っていないか、翔太に真相を教えてよいものかと未だに逡巡していたが、それでもなお、翔太を連れていく必要性を感じていた。翔太がいなければ答えに辿りつけなかったし、同行すれば桐生の口を開かせることができるかもしれないとの計算もある。

ウェイターが全員にアイスコーヒーを配り終えると、陽子はテーブルの上に事件現場となった家の全部事項証明書を広げ、「どうだった」と新井に訊いた。

「いわれたとおり、現場の家を見てきた。まず、建物は当時のまま残されている。築年数が古いからボロボロだろうと思ったが、状態は良かった。人の住まない家は傷むというが、それを考えれば上等な部類といっていい。周りの人間の話では、年に二回ほど植栽の刈り込みに植木屋が入り、その際に男が窓の開け閉めをしているということだ」

「やっぱり……」

「家を手入れしているのは、桐生弁護士か」

「ええ。たぶん、あそこは彼にとって、いえ、桐生兄弟にとって聖廟《せいびょう》なの」

「セイビョウ……墓のことか」

「そう、それも決して侵されてはならない、聖なる祠《ほこら》」

「訳がわからない。どういうことだ」

陽子は、しばらく黙りこんだ。アイスコーヒーの氷が解けて、カランという音を立てる。陽子が口を開く。

「桐生弁護士のお母さん、純子さんのものだった家は、その死とともに夫の修一さんに所有権が移り、修一さんが亡くなると幼い一志と晴仁の桐生兄弟に相続された。しかし、二人の後見人となった純子さんの妹である佐灯寿子は、兄弟の代理人として家を杉野という男に売却し、すぐに杉野から買い戻して自分のものにした」

隣で息を呑む気配がする。翔太にとっては初めて聞く話で、驚くのも無理はないと陽子は思った。

「さて、寿子とその夫の茂が昇に殺されれば、家の相続人は桐生兄弟となる。昇は『被相続人を殺した相続人』として寿子の相続資格を失い、寿子の姉、純子が相続人になるものの、すでに死亡してるから、代襲相続で兄弟に相続権が生じる。ここでのポイントは、寿子が昇に殺されることと、寿子から茂への相続が発生するのを防ぐために、茂が寿子と同時に死ぬこと。茂が生きていたのでは茂にも相続権が発生してしまう」

「一志は昇の共犯ではないかと私がいったとき、先生は否定したと思うが」

「あの時点ではね。情報が少なかったし、足跡のこともあった」

「そうだ、私はそれで引き下がった。犯行時に残されていた足跡は、昇と晴仁のもの、二種類だけ。その点はどう考える」

「当日、犯行前に桐生兄弟が家を訪れていたとしたら、真新しい二つの足跡は誰のものということになる？」

「桐生兄弟のものだろうな」

「つまり、そういうことよ」

新井が顎を引いて陽子を見た。翔太だけが話についていけない。

「どういうことなんです」

「事件直後の現場周辺には、新しい二種類の足跡が残されていたの。警察は、昇と晴仁のものと考えた。しかし実際には、一志と晴仁のものだった」

「それなら辻褄があう、か。いや、それ以外では辻褄が合わない」

陽子からの電話を受けて、新井は新井なりに考えていたのか陽子の仮説を素直に受けいれた。翔太はまだ混乱している。

「ちょっと待ってください。だったら昇はどうなるんです。昇は出頭したんでしょう」

「昇と晴仁の足跡が、一志と晴仁のものだった。だったら、昇の足跡は誰のものだ」

「一志……」翔太が呟く。だがすぐに反論した。

「それだと、昇はどうなるんです。事件のあった家から、昇が出ていった足跡はないんでしょう。家に隠れていてもすぐに見つかりますよね」

陽子が、薄くなったアイスコーヒーを一口飲んでから、翔太を見つめた。

「そう、一足す二は、三。二にはならない。二になるためには、一を引かなければ。逮捕されたとき、昇になりすました男は、なぜ穴を掘っていたと思う」

「死体を埋めるため」

いって翔太は口を噤んだ。やがて目を見開き、「まさか」と呻いた。

「そう、彼は逮捕されたとき、穴を掘っていたのではなく、穴を埋めていたのよ」

「昇を、埋めていた」翔太が喘ぐ。

陽子はうなずき、自らの言葉に喉の渇きを覚え、またアイスコーヒーに口をつける。

「本物の昇の体格はわからないが、逮捕された一志と変わらない、痩せ型で中背だったのだろう。もし体格が大きく違えば、昇の部屋を調べた捜査班が洋服のサイズで疑問を持ったはずだ。屈葬にすれば、五十センチ四方の穴でも埋めることができる。ところが、掘っていたとされる穴は、長さ百七十センチ、横六十センチの大きなものだった」

「二つの口に、二つの穴」

陽子は、梨花の父親の傷口のイラストを思い起こしていた。入口が一つでも、中の穴は一つとは限らない。

「大きな穴はカモフラージュ。遺体が埋葬された本当の穴は、その見せかけの穴の底にあった。でも、穴を掘っていて途中で諦めた、と思いこんだ警察は、穴の底を掘り返すことはしない」

「鑑識も、大きさを測るために穴に降りている。足で踏んで一部だけ柔らかかったら怪しんでいただろう。きっと桐生兄弟は、そこまで見越して細工していた。穴の底全体を掘り起こして均《なら》すなどし、固さを均一にした」

「まさか、桐生先生が」

翔太は呼吸困難のように喘いでいる。桐生を慕う翔太にとっては信じ難い話に違いない。

「もちろん、まだ仮説に過ぎない。でも多くの事実関係がその仮説を指し示している。新井さん、昇が引きこもった時期はどうだった」

「先生のいったとおりだったよ。昇が家に引きこもるようになったのは、一志が最初に佐灯夫婦のもとに押しかけた時期と一致している」

「やっぱり…。昇の引きこもりの原因は、両親が桐生兄弟の財産を奪ったと知ったことによるものでしょう」

陽子は翔太を見た。

「推認させる事実がまた一つ。そして、確かめるのは簡単よ」

「床下を掘り返せばいい、というつもりだろう。しかし令状《ふだ》をとることはできない。物証がないし、何より警察にとっては結了した事件だ。警察がこの事件を再捜査することはありえない」

「私たちは警察じゃない。私は桐生くんから懲戒請求事件の答弁書について了承をもらわなければならないの。だから彼を探してあの家に行く、という建前」

「桐生弁護士があの家にいると思うのか」

「いったでしょう、あそこは彼にとって聖廟だって。そして墓を暴こうとする私たちがいる。守《も》り人なら、どうすると思う」

「車は駅前の駐車場に駐めてある」

新井が立ちあがった。

32

家は、熊谷バイパスの北、住宅街が田園地帯に景色を変えてすぐのところにあった。道路に面した塀の上には柊《ひいらぎ》の生垣《いけがき》が頭をのぞかせていて、その葉の間から、昔ながらの鬼瓦が載った屋根が見える。両隣や裏の家とは畑を挟んでおり、いずれの家も敷地が広いため、ちょっとやそっとでは音が届くことはないだろう。

「駐車場は見つかった?」陽子は新井に訊いた。

「このあたりに駐車場はない。幹線手前の、迷惑にならない道路に置いてきた。前の聞き込みのときもそこに駐めた」

新井は生垣を見上げた。手には真新しいバールを持っている。

「何に使うつもり」

「奴がいなければ扉をこじ開けるものが必要だろ。こいつは穴を掘り返すのにも使える」

「そんなことにはならないわよ。たぶん彼はここにいる」

「身を守るためにも、バールぐらいはあったほうがいい」

「桐生先生が暴力をふるうとでもいうんですか」翔太が食ってかかる。

「その先生は罪を犯しているかもしれない。穏やかな話しあいですむとは限らない」

「何だと」翔太が新井に向けて踏み出す。

その腕をとって制し、陽子は「暴力沙汰にはならないわ」といった。

「何故いいきれる」

「暴力でどうにかするつもりなら、私が一人でいるときを狙ったはず。福岡でとっくに襲われてる」

新井は少し考えてから、バールを門の傍に立てかけた。

陽子は門を開けて入り、玄関まで進んで引き戸を叩いた。

「桐生くん、私よ。開けなさい」

待ち構えていたように戸が開き、桐生が姿を見せた。髪は整えてあり髭も剃っているが、疲労の色が濃い。服はいつもどおり洗いざらしのポロシャツにチノパンだ。

「もっと早く来るかと思っていた」

「買い被りね。私はそれほど優秀じゃない」

桐生が翔太を見て、陽子を詰《なじ》るようにいった。

「翔太も連れて来たのか」

翔太が顔を伏せる。

「彼がいなければここに辿り着けなかった。あなたの唯一の事務員でしょう。何が起こったか、どうして事務所を閉めたのか、理由を教えてあげるべきじゃなくて」

「こちらは?」

「新井さん。前に話した埼玉県警OBの人よ。彼がいなければ、やっぱりここには辿り着けなかった」

「警察に話が漏れるのは困る」

「話す気はないし、話しても奴らは信じてくれないだろう」新井がいった。「立ち話もなんだ、中に入れてくれないか」

「彼とは守秘義務契約を取り交わしてる」

桐生は肩をすくめて、戸を大きく開いた。三人は三和土に入り、靴を脱ぐ。玄関から幅の広い廊下が奥に続いている。

桐生は先に立って廊下を進み、左手の襖を開けて中に入る。陽子たちもあとに続いた。そこは和室で、中央の二枚の畳が上げられ、床板はなく、褐色の土が露わになっていた。床上から地面までは六十センチほどで、捜査が終わってからカモフラージュの穴も埋め戻されたようだ。高さ三十センチにも満たない小さな十字架が立てられ、根元に白いユリの花が手向けられている。

「ここね」

「そうだ」

隣のリビングには、寝袋とカセットコンロがあった。

「ずっとここにいたの」

「ああ。遅かれ早かれきみが来ると思っていたからね、離れられなかった」

陽子はうなずいて歩を進め、暗がりに目を落とした。

窓からの光で床土が見えるが、光が届かない床下には闇が漂っている。この土の下に、人ひとりの死体が埋まっているとは信じられない思いがした。どこか現実感がなく、桐生も、桐生から話を聴こうとしている自分も、まるで映画の中にいるように思える。

「掘り起こして、隠そうとは思わなかったの」

「それも考えなかったわけじゃない。だが、とてもそんな気にはなれなかった。掘り起こしてしまうと、これまでの十六年が無駄になるような気がして」

「十六年を無駄にしないようにするなら、死体を掘り起こして、どこかに隠し直すほうが合理的だわ」

「昇を、これ以上冒瀆《ぼうとく》することはできない」

死体という単語が癇に障ったらしく、桐生の口調が荒れた。

「怒らないで。全部わかってるわけではないの。十六年前、ここで何が？　あなたもその場にいたんでしょう」

桐生は大きくため息をつき、「話さないといけないのか」と柱にもたれかかった。

「私たちはたぶん真相に辿りついたと思う。ここに昇さんの遺体が埋まっていて、その昇さんの身代わりとして一志さんが出頭して服役した。でも、なぜそうなったのかはまだ臆測でしかない。何があったのかはっきりさせるのは、あなたのためでもあると思うけど」

「臆測？　どんなものだ、聞かせてくれ」

「いろんなパターンがあるけど」

「それなら、一番良いやつと、一番悪いやつを」

「いいわ。最良のものは、佐灯家で起きた何らかの事故にあなたたち兄弟が居あわせて、それを利用したというもの。最悪のものは……」

陽子は、桐生を見すえた。

「あなたたちが佐灯家を皆殺しにした」

桐生が目を閉じて頭を掻いた。

「じゃあ、俺は殺人犯ということだな。そんな奴のところに乗りこんできたのか」

「自分でいっといて何だけど、そんなこと信じちゃいないわ。最悪を聞かせろというから話しただけ。でも、このままだと私たちの心に最悪の臆測が生き続ける。それでもいいの」

「堪らんな……」桐生は翔太を見た。「きみら二人にどう思われようと構わんが、翔太に殺人犯と思われるのは、ごめんだ」

桐生は陽子に目を戻し、おもむろに話し始めた。

「そうだ。事件の日、俺たち二人はここを訪れていた。その日俺たちは、銀行預金の取引履歴と、家の売却の金銭の動きを一致させることができたんだ。注目したのは、杉野という人間に家が売り払われた時期の金の出入りだ。杉野に売られる前、預金が細かく多数回に分けて引きだされ、それとほぼ同額が家の代金として別の口座に振りこまれていた。叔母が俺たちの預金を使って、家の売買が行なわれた形をとっていたんだ」

「この家の登記は私たちも見たわ。それで？」

「そこの——」

桐生は顎でリビングを示した。黒檀の座敷机が中央に鎮座している。

「テーブルの上に一つひとつ書類を置いていく俺たちに、叔父はだんだんと興奮し、ついには俺に摑みかかってきた。俺は振りほどこうとしたが、その時叔母が、背後からあいつの頭をフライパンで殴りつけるのが見えた。俺は必死に叔父を押しのけて立ちあがり、叔母からフライパンを奪いとろうとした。そしたら今度は、叔父が床の間に置いてあったゴルフバッグからクラブを取りだすのが見えた」

桐生は、今は何も置かれていない和室の床の間を右手で指し示した。

「マズいと思った瞬間、包丁を握った昇が部屋に飛びこんできた。刺されると思って俺は焦ったが、昇は真っすぐ叔父に向かって突っこんでいき、二人はそこの敷居のところに倒れこんだ」

桐生が指さした敷居は、事件後に磨かれたのか、木目を見せて光っている。

「倒れこんだ二人に、悲鳴をあげながら叔母が近づいた。すると昇が起き上がりざまに包丁を突きだし、刃先が、すうっと叔母の胸に吸い込まれた。叔母は崩れ落ちて、叔父と並ぶように転がった。立ちあがった昇は、二人の上に屈みこんで、包丁を滅茶苦茶に振り下ろし始めた。無言で、無表情。あんな人間の顔は見たことがない」

桐生は昇の姿を思い浮かべたのか、顔を両手で擦《こす》り上げた。

「俺は何も考えられなくなって、昇を止めるとか、叔母夫婦を助けるとかは思いつきもしなかった。だが、あいつは違った。包丁を振るう昇の手を両手で掴み、体をぶつけるようにして昇を押し倒し、二人はもつれあって血だまりの中に倒れた。あいつが体を起こすと、包丁が、倒れた昇の腹に根元まで刺さっていた」

桐生は、自分のみぞおちの上あたりを押さえた。包丁が刺さった場所だろう。刃体の長さにもよるが、心嚢《しんのう》にも達しかねない箇所だと陽子は思った。

「立ちあがったあいつは、呆然と自分の両手を見つめていた。俺は我に返って昇の上半身を抱えあげたが、もう虫の息で、それなのに昇は笑ったんだ。そして、これでいいとはっきりいった。苦痛のせいか体を丸めながら、『両親が財産を奪ったのは、僕を育てるためだった。僕はそれを知って部屋から出られなくなった。今日、君が父さんと話すのが聞こえて、もうおしまいにしようと決めた』と。昇は包丁を自分で引き抜き、血が溢れた。救急車を呼ぶ間もなく、昇はそのまま息を引きとった」

凄惨な光景を思い浮かべたらしく、翔太が右の拳を口元に当てる。

陽子も、頭が麻痺したように桐生の話に聞き入っていた。

そんな中で、ひとり新井だけが元警察官らしく冷静に質問する。

「包丁が昇に刺さったのは偶然だったのか。それとも一志が刺したのか。あるいは、昇が自ら？」

「あいつが刺すわけないだろう」

桐生がむっとした様子で答える。

「そう信じたいのはわかるが、事故や自決にしては傷が深い。包丁を引き抜いたら血が溢れてすぐに死んだのだろう。だったら刃先が心臓か、それを包む心嚢、あるいはそのあたりの動脈を傷つけていたことになる。事故や自決で、そこまで刺さるものだろうか。一志は自分の両手をじっと見つめていたんだろ」

新井は桐生を見つめて問い詰める。

「それに、そんな場面で素早く動けたというのも気になる。あんたは動けなかったんだろ。一志は、もともと佐灯一家に含むところがあったのでは」

「はっきりいってくれ。含むところ、とはどういう意味だ」

「つまり、一家を殺害しようと考えていたということだ。昇が茂と寿子を殺したのをいいことに、その機会に乗じて昇を殺害した」

「おい！」桐生ではなく、翔太が反発した。「いくらなんでもいい過ぎだ！」

新井に詰めよろうとする翔太に、桐生が「待て」と声をかける。

「警官の目からすれば、やはりそう見えるだろうな。だがな、あいつがあのとき動いたのは発作的なものだ」

「発作的？」新井が訊きかえす。

「あいつは小さいころ、母親が自死した場面を見ている。そのせいなのかわからないが、あいつは他人が危険に晒《さら》されると、身を投げだしてでも守ろうとする」

「他人の危険？」新井は訝しげだ。

「小学生のとき、教師が同級生を叩くのを見て教師にむしゃぶりついていった。中学生では、高校生のカツアゲを止めようとして殴られた。大学生のときは、チンピラ同士の喧嘩に飛びこんでいって、あべこべに袋叩きにされた。普段は冷静でおとなしいが、そんな場面に出くわすと衝動的に体が動くらしい」

新井は桐生の言葉に考えこんだふうだが、やがて首を振りながら「一志にそんな傾向があったとしても、昇を刺さなかったということにはならない」といった。

さすがに反発するかと思いきや、陽子の予想に反して桐生は落ち着いている。

「今から思えば、あれは昇の拡大自殺だったんじゃないかと、俺は思っている」

「拡大自殺？」翔太が誰ともなしに訊く。

「明確な定義はないけど、自殺しようと思い定めた人間が、道連れに他人を殺すことよ。刑事司法の分野では精神疾患を原因としたものを指すことが多いわ」

「そのトリガーを、俺たちが引いてしまったんだろう。だがその人がいったように、警察がどう考えるか想像がついた。警察はあいつが刺したと疑い、出頭すれば殺人罪で逮捕される。そうなると人殺しの汚名が残ってしまう。それでは困るんだ」

桐生は口を噤んだ。何かを迷っているようだったので陽子は口を開いた。

「一志さんの彼女、宮本愛さんが妊娠していたから？　産まれてくる子供の、美羽ちゃんと大輝くんが人殺しの子になってしまう」

桐生が、二人を知っているのか、と驚く。

美羽と大輝に会ったことを陽子は話した。

「でも、あなたたちが佐灯夫妻を殺したのではなくてよかった」

「復讐のために叔母夫婦を殺したとでも」

「半分はそう思った。残り半分はあなたを信じてた。あなたの目は、曇ってない。復讐のために殺人を犯し、それを隠している人間とは思えなかった」

「父は」

桐生は天を——正確には天井を見上げた。

「父は今際《いまわ》のとき、俺たち兄弟に、必死で何かを訴えていた。復讐だったのかもしれない。少なくとも俺はそう思った。だから、叔母夫婦を殺してやりたいと思ったことがないといえば嘘になる。そんな俺を引き留めたのは、守るべき者の存在だった。兄弟であり、愛だった。愛と知りあって、俺は本当に復讐を忘れた」

陽子の胸がちくりと痛む。やはり桐生は、兄の内縁の妻である愛に特別な感情を抱いている。だからこそ、福岡に帰省した愛を追いかけ、愛と兄の子供たちのために毎月十五万円もの送金を続けていたのに違いない。

「だが、この家だけは何としても取り返したかった。この家は、俺たちと、両親の家だ。俺たち家族はここで暮らしていた。母が亡くなった場所だが、それでもこの家を継ぐべきは俺たちなんだ。だけどな、俺たちはあくまで法律で片をつけるつもりだった。そのために二人とも死ぬほど法律を勉強したんだぞ」

桐生の顔に初めて笑みらしきものが浮かんだ。

「昇が亡くなってから、あんたがた兄弟はどうした」

新井が話を戻す。桐生は笑みを消し、いったん歯を食いしばってから口を開いた。

「三人、人が死んでる。事件を隠すのは不可能だということは二人ともわかっていた。

だから事件発覚を前提に、俺たち二人が現場にいなかったように偽装することにした」

「身代わり出頭、いいえ、すり替わり出頭ね」

「ああ」

「具体的にはどうやった」

「まず叔母夫婦の遺体をこちらの和室に移動させ、仰向けに並べた。死後硬直前に体位を変え、二人の動きがわからないようにするためだ。それに遺体を動かしておけば、血液飛沫と供述の矛盾も突っこまれにくくなる。次に、昇の遺体を両腕で膝を抱えた状態に固定して死後硬直が始まるのを待ち、それまでに俺は床板を剝がして穴を掘った。剣先スコップやバールは昔のまま庭の倉庫にあったから、それを使った。あいつはその間に、二階の昇の部屋にあった服やパソコンを、昔、自分が子供部屋として使っていた一階の部屋に移動させた」

「荷物を移動させただと。なぜだ」

「指紋だよ。万人不同、終生不変」

「おいおい」新井が天を仰いだ。「鑑識も、してやられるわけだ」

「どういうことです」

翔太にはわからなかったようだ。

「指紋というのは意外と落ちにくいの。アルコールで拭いても消せないことがあるくらい。だから、日が当たらず、空気の入れ替わりが少ない場所に付いた指紋は長期間、それこそ十年以上残留することがある。桐生くんたちは、それを逆手にとったのね。昇さんの部屋から、昇さんの指紋を完全に消去するのは難しい。だったら、部屋を変えてやればいい。かつて自分が住んでいた部屋に」

「でも、変えた先に残っているのは、子供のころの指紋でしょう」

「終生不変、万人不同。一生のうち変わることがなく、二人として同じものがない、というのが指紋の特徴だ。警察は特徴点を数えて指紋の異同を決める。だから大きさが違っても同一人物のものだと判断される」

新井が翔太の疑問に答え、さらに桐生が補足する。

「警察の捜査が集中するであろうパソコンのモニターやキーボードは洗剤できれいに拭きあげ、あいつがその上から触った」

パソコンには成人後の指紋が付着していて、それと同じ特徴点をもつ子供の指紋が、同じ部屋の押し入れや机の裏から見つかる——警察に、逮捕した男が昇でないかもしれないと疑えというのは、あまりに酷だと陽子は思った。

「血痕は……そうか、両親の血と混ざれば、昇の血は識別できない」新井が悔しそうにいう。「ABO鑑定でもDNA鑑定でも、昇の型は両親の型が遺伝しているから、混ざってしまえばその存在すらわからない」

「それから昇さんの遺体を埋めたのね」

「死後硬直が始まると、長方形の穴の中央に掘った、さらに深い竪穴に昇を埋葬した。

昇の血液がついた俺の服を一緒に埋め、遺体の周囲を隙間無く土で固めて沈下を防ぐ強度を確保し、さらに長方形の穴の半分くらいまで土を埋め戻した。その頃には明け方になっていた。そして、あいつが昇として出頭した」

「我われ警察は、玄関の二種類の足跡を、一つはあんたが駆けつけたときのもの、もう一つは佐灯があんたを出迎えたときのものと考えた。何のことはない、二つとも事件前にあんたら兄弟が佐灯家に入ったときのものだったのだ。事件後に現場に来たと思われていたあんたは、最初から現場にいたんだな」

「パソコンのデータを消去したのも、中を見られないようにするためではなく、中に何が入っているかわからないから取調べでボロがでないように消しておいたのね」

陽子はため息をついた。

「一志さんは昇さんとして裁判を受け、あなたは弁護人として一志さんを弁護した。それもこれも、愛さんと双子を守るため」

桐生は俯き、「昇の遺体を掘り起こすのは待ってくれ」といった。

「今、昇の遺体が見つかれば、この十六年間が無駄になる。頼む」

気のせいか、初めて相談を受けたときよりも桐生の白髪が増えている気がする。干からびて割れた唇が、その心情を表しているようだった。桐生はこの「頼む」という一言の願いをするために待っていた。この願いにすべてを賭けているのだ。

——彼も苦しいのだ。

陽子の無言に耐えられなくなったのか、翔太がいった。

「桐生先生、自首してください。先生は常に正義の側だったじゃないですか。警察に行って、すべてを告白しましょう。それが正義の人としての、先生のあるべき姿です。今からでも遅くありません」

縋《すが》るような声だ。翔太は翔太なりに、自らが抱く桐生のイメージ、理想像を崩すまいと必死なのだろう。陽子は土に突き刺さった十字架を見た。

——桐生くんの罪は、何だろう。

昇の死体を隠したことか。確かに法律的には死体遺棄罪だ。

一志を昇として法廷に立たせたことか。犯人隠避罪が成立するかもしれない。

だが、どちらもとっくに時効だ。

——違う、そんなことじゃない。きっとこれは、法律うんぬんの話ではなく、人としてどうかということだ。子供たちを守るために一志が選択した道を、非難できるのか。兄家族のために協力した桐生を、非難できるのか。私が、人として。

陽子の胸中に湧いたのは、非難の言葉ではなく、深い悲しみの感情だけだった。

「新井さん、翔太くん、行きましょう」

翔太が驚いて陽子を見、続けて新井に視線を向ける。その新井は目を瞑り、眉根を寄せて何もいわない。

堪りかねたように翔太は叫んだ。

「昇さんの遺体をこのままにしておくつもりですか！　三人も人が死んでる、誰がその責任をとるんですか！」

「翔太といったか。いま服役している昇は、本物の昇が負うはずだった両親殺しの罪責を負って服役している。たとえ本物の昇を殺した責任が彼にあったとしても、充分に償われていると思わないか」

新井が思いのほか優しい口調でいった。

「捜査員だったあなたは、逮捕した佐灯が、実は佐灯ではなかったなんて公表したくないだけでしょう」

翔太の言葉に、新井は首を振りつつ陽子を見る。

「桐生くんは私の依頼人。弁護士として、依頼人に不利益な行動をとるわけにはいかない。通報することは弁護士倫理に反するわ」

「黙っておくほうが、正義に反する！」

「それが弁護士の正義よ。それに耐えられないなら、弁護士になるのはやめなさい」

翔太は、柱にもたれたままの桐生に詰めよる。

「両親と暮らした家に、遺体を埋めたままでいいんですか」

「遺体は必ず改葬する。必ず」

「如月神父の教会に？　彼は最初から、すべて知っていた？」

陽子の問いに桐生は答えない。答えれば如月を巻きこむことになるからだろう。

桐生はゆっくりと柱から背を離した。

「俺は、父の死に立ち会った。父は叔母夫婦の口車に乗せられて、仕事も妻も失った。悔しかったと思う。そして図らずも、俺たちは叔母夫婦が実の息子に殺される場に立ち会った。俺がそれで快哉を叫んだと思うか。復讐が果たされたと喜んだと思うか。そんなことはない」

桐生が翔太を、次いで陽子を見て、また翔太に目を戻した。桐生の瞳は澄んでいたが、決して無垢《むく》ではなく、並々ならぬ苦悩を経てきた深みがそこにはあった。

「みんな生きていて欲しかった。叔母たちにも生きていて欲しかった。ただ、すべてが最低の巡りあわせだったんだ。如月さんなら神の御心というだろうが、そんなことは知ったこっちゃない。ただの、馬鹿々々しいほどの最低の巡りあわせだ。そんな中、みんながそれぞれ必死に選択をした。きっと母も、父も、叔母も、叔父も、昇も。考えて、悩んで、血迷って、のたうち回って選択した。それが傍《はた》から見れば最悪の選択であっても、人道にもとる選択であっても、その結果を背負って生き、死んでいくのは本人だ。非難してもいい、笑ってもいい。だが弁護士になるなら、そんな選択しかできない人間もいるということを覚えておいて欲しい」

翔太の肩に桐生が手を置く。

「俺たちの選択を、わかってくれとはいわないさ。ただ、このまま見過ごしてくれ。そして十七年間服役する道を選択した男がいたことを、心に留めておいてくれ。保身のためではなく、誰かのために人生の最良のときを投げだした男がいたことを」

「志士仁人か」

新井が呟く。桐生が翔太の肩から手を離し、新井に顔を向けた。

「何ですか」

翔太が目元を拭いながら問う。今は呑みこめなくとも、いつか翔太にもわかる日が来るだろうと陽子は思った。

「論語だよ。たぶん桐生兄弟の名の由来だ」

桐生がうなずき、それを見て新井が続ける。

「志士仁人は生を求めて以て仁を害することなし、身を殺して以て仁を成すことあり。一志は昇に代わって十七年間服役することを選び、そうすることで自分の子供を守ろうとした。身を殺して以て仁を成す。一志がなすべくしてなした選択だ」

陽子は首を振った。

「それでも、別の選択肢があったと信じたいわね。死体隠匿が唯一の選択肢だったとすれば、あまりに悲しい」

鞄からA4の書面一枚を取りだし、桐生に突きだす。

「懲戒請求事件の答弁書。これでいいわね」

形式的な記載事項の下に、「対象弁護士を懲戒しないとの決定を求める。対象弁護士が佐灯昇を殺したことはない」と書かれている。

「明日にでも弁護士会に提出しておく。これでもう、事務所を閉鎖する理由はないでしょう。福岡に帰って、早く事務所を再開しなさい」

33

一か月が経過し、陽子は奥永副会長から、綱紀委員会が桐生晴仁を懲戒しないとの決議を行なったという知らせを受けた。追って通知書が届くことだろう。

「これで事件が一つ片づいた」

陽子は、桐生の事件ファイルを閉じ、両手を上げて伸びをした。

「お疲れさまでした。桐生先生はまだ事務所を閉鎖したままですね。再開するのは、佐灯昇こと桐生一志さんが出所してからでしょうか」

中山が陽子にお茶を出す。陽子は湯呑みを持ち上げ、煎茶の香ばしい匂いを鼻にふくんだ。

「そうかもね。桐生くんは、一志さんを迎える準備で忙しいんじゃない」

「でも、なんで事務所を閉める必要があったんでしょう」

「私たちに佐灯事件の真相を探られるのを怖《おそ》れた。あと、懲戒請求者が一志さんの子供たちと知って、子供たちに身辺を探られるのを嫌がったんじゃない」

「でもそれって変ですよ。知らん顔で事務所を続けたほうが疑われないでしょう。子供たちが事務所に来ても追い払えばいいだけじゃないですか」

中山は、お盆を胸に抱えて首を傾げていい、陽子は言葉に詰まる。

自分たち、あるいは宮本兄妹の追及をかわすために桐生は事務所を閉鎖したと思っていた。しかし中山のいうとおり、それは事務所を閉鎖しなくても可能だったはずだ。

なぜ桐生は事務所を閉鎖したのか。陽子は、桐生が「前から、四十を過ぎたら長期休暇をとろうと考えていた」といっていたことを思いだした。

――事務所の閉鎖は、懲戒請求事件とは関係なく、前から予定していた？

湯呑みを置いて万年筆を手にとった。法律用箋を引き寄せる。

それを見た中山が給湯室へと戻っていく。

閉じた事件ファイルを開いて、懲戒請求書を眺める。

「桐生晴仁が佐灯昇を殺した」

その一文が陽子の目に留まる。

――身代わり。誰が、誰の。

万年筆のキャップをとるまでもなかった。

万年筆をそっと法律用箋の上に置き、新井の携帯電話を呼びだす。

「新井さん、自治会長は、桐生一志がどんな仕事をしてたといってたっけ」

〈建築現場の日雇いや交通整理だ〉

「ありがとう」

新井にそれ以上いわせず、陽子は受話器を置いた。

日焼け。

建築現場や交通整理の仕事では、日焼けは避けられない。一方、佐灯昇は五年以上、家の外に出たことはない。日焼けをするはずはなく、つまり一志が昇に成りすますことはできない。

――告白のとき、桐生くんは「あいつ」といってた。あれは、兄が弟を愛情を込めて呼ぶいい方だったんだ。

陽子はもう一度、懲戒請求書に目を落とした。

請求書は正しかった。

佐灯昇を死なせたのは、桐生晴仁だ。

会議室で相対した桐生の鷹のような目を思い浮かべる。彼は桐生一志だった。

――服役してるのは、晴仁。

昇を死なせた晴仁は、殺人罪に問われる可能性があった。仮に有罪になれば弁護士資格を失い、刑を終えてから十年間は弁護士登録ができなくなる。一志は苦労しながら晴仁を高校と大学に行かせた。万が一にでも弁護士資格を失えば、一志に申し訳がたたないと晴仁は思ったか。そして一志の妻、愛が妊娠していると晴仁は知っていた。一志が弁護士として業務を行なえば、愛や、産まれてくる子供たちに経済的な不自由をさせずに済み、同時に、一志は子供の成長を見守ることができる。

もしかしたら晴仁は、一志が共犯者として逮捕される可能性も考えたのかもしれない。一志は何もしていないが、佐灯家から遺産を取り返すことに執着していたのは一志のほうだ。捜査の矛先は一志にも向くであろうと容易に想像できる。そして一度被疑者になれば、そこから抜けだすのは簡単ではない。一志や晴仁は、叔母夫婦によって家庭生活を奪われた。自分は叔父として、一志の子供をそんな目には遭わせないという、意地のようなものも晴仁にはあったのかもしれない。

——志士仁人、か。志士が一志で、仁者が晴仁。身を殺した仁者は、晴仁だった。弁護士資格を失わず、兄の家族を守り、なおかつ自分たちから奪われた家も取り戻す。そのために弁護士の地位をいったん一志に預けて佐灯昇として服役する。服役が終われば、自分が弁護士として復帰し、一志は愛と暮らす。

そう決意した晴仁は佐灯昇として逮捕され、桐生晴仁に成りすました一志と、被疑者と弁護人という立場で接見を重ねた。一志が弁護士としてどう生活していくかを二人で考え、如月という保護者がいて、愛の郷里でもある福岡の片隅でひっそりと開業する。弁護士数が多いわりには司法修習の同期が少ないという点も、福岡で開業するには有利だったろう。

愛は、晴仁と写った写真を一枚だけ実家に持ち帰っている。会おうと思えばいつでも会える一志と違い、晴仁とは出所するまで会うことができない。だから晴仁の写真だけを実家に持ち帰った。それはつまり、愛も如月と同じく事情を知っていたということであり、だからこそ父親を明かさず秘密を守り続けた。

陽子は執務机を離れ、会議室に入った。桐生が約束もなくこの部屋を訪れたのが随分と昔に思える。陽子は、街を東奔西走していた桐生弁護士こと一志に思いを馳せた。

彼にとっては弁護士であり続けることこそが重要で、皮肉なことに、彼は無資格ながらも優秀だった。晴仁とともに法律の勉強をしていたこともあるだろうが、何より骨身を惜しまず依頼人のために働いていたことが大きかったのだろう。如月や諸星とともに旧型のバンに乗っていたときの彼は、自信に満ち溢れ、仕事に誇りを持っていた。

――桐生法律事務所が、この街で再開することはない。

一志が事務所を閉鎖したのは、二人が元に戻るため。桐生晴仁としての一志が一志自身に戻り、出所した桐生晴仁が弁護士としての桐生晴仁に戻るための準備期間だ。そして一志が桐生弁護士として活動していたこの街で、晴仁が法律事務所を続けるのは危険すぎる。懲戒請求されている間、弁護士は所属弁護士会を替えることはできないが、懲戒請求事件が終わった今、晴仁は日本のどこででも事務所を開業できる。

この会議室に初めて訪れたとき、桐生は、昇が仮釈放を希望していないといった。仮釈放になればその期間中、保護司や保護観察所への出頭が義務づけられ、住居地を離れるにも許可がいる。満期出所であればそんな制限はない。出所後の自由を確保するために、晴仁は満期出所まで待つ必要があったのだ。

そして桐生一志は愛のもとへ帰る。

陽子は会議室の窓辺に近寄った。窓を開け、道路を見下ろす。吹き込む風は冷たいが、陽子が寒さを感じることはなかった。

大輝と美羽はどんな表情を浮かべるのだろう。素直に喜びを表すことはあるまい。きっと桐生は手を焼く。自然と陽子の口元に笑みが浮かんだ。

「先生、お電話です」

中山の声がした。

陽子は窓を閉め、足どりも軽やかに執務机まで戻り、液晶表示を確認することなく受話器を持ちあげた。

「お電話かわりました、一坊寺です」

〈中央警察署、生活安全課の栗秋《くりあき》といいます。今しがた逮捕した被疑者が先生に接見を求めていますので電話しました〉

「被疑者の名前と、罪名は」

〈名前は市川史郎。罪名は出資法違反と詐欺です〉

エピローグ

刑務官に見送られ、男が門から歩いて出てくる。

男は、桐生がこの日のために差し入れたツイードのジャケットを着ている。だが、九州とはいえ二月の空気は冷たく、ことに今朝の大分は冷えこんでいた。

男は寒そうに体を縮こまらせ、左右を見渡す。歩道に佇んでいる桐生を見つけると、目を細めて笑みを浮かべた。

男の後ろで門が閉まる。

桐生は、男に着せるため持参したダウンコートを片腕に掛け、ゆっくりと男に近付いた。鼻の奥に刺激があり、目が潤む。寒さのせいだ、と桐生は思った。

二人は出会うと、どちらともなく手を握りあい、抱きしめ合う。

桐生は、男の肩越しに空を見上げた。

空に雲はなく、ただただ青く澄んでいた。

〈参考文献〉

執筆にあたり様々な文献やホームページを参考にさせていただき、多くの方々に貴重なご意見やご助言をいただきました。文献について主要なものを以下に記し、また、ご協力いただいた方々にこの場を借りて深くお礼申し上げます。

日本弁護士連合会弁護士倫理委員会編著『解説　弁護士職務基本規程　第3版』日本弁護士連合会
前田雅英編集代表『条解　刑法　第3版』弘文堂
石津日出雄・高津光洋編集『標準法医学・医事法』医学書院
中川善之助・泉久雄編集『新版注釈民法(26)　相続(1)』有斐閣

二〇二三年二月に刊行された『正義の段階　ヤメ検弁護士・一坊寺陽子』を改題の上、加筆・修正をしました。

双葉文庫

た-57-01

罪《つみ》と眠《ねむ》る
ヤメ検弁護士《けんべんごし》・一坊寺陽子《いちぼうじようこ》

2025年2月15日　第1刷発行

【著者】
田村和大《たむらかずひろ》

【発行者】
箕浦克史
【発行所】
株式会社双葉社
〒162-8540 東京都新宿区東五軒町3番28号
［電話］03-5261-4818（営業部）　03-5261-4831（編集部）
www.futabasha.co.jp（双葉社の書籍・コミックが買えます）
【印刷所】
大日本印刷株式会社
【製本所】
大日本印刷株式会社
【カバー印刷】
株式会社久栄社
【DTP】
株式会社ビーワークス
【フォーマット・デザイン】
日下潤一

ISBN978-4-575-52826-8 C0193
Printed in Japan